CARTHAGE

IRENE VALLEJO

CARTHAGE

Traduit de l'espagnol
par Bernadette Engel-Roux

ALBIN MICHEL / LES BELLES LETTRES

« Les Grandes Traductions »

Édition originale espagnole parue sous le titre :
EL SILBIDO DEL ARQUERO
chez Editorial Contraseña

Publié avec l'accord de Casanova & Lynch Literary Agency

À mon père, en allé.

« Certaines victoires ne sont ni glorieuses ni mémorables ; mais certaines défaites peuvent se faire légendes, et de légendes victoires. »

Ana María Matute, *Gudú, le roi oublié.*

I

NAUFRAGE

Énée

Et cette nuit-là je peux le dire, une fois de plus, je fus sur le point de mourir. J'ai entendu mon bateau grincer. Le ciel nous écrasait sur la mer, la mer nous soulevait vers le ciel. Puis j'ai cru que mer et ciel se brisaient et se confondaient. J'ai cru que nous chutions dans les zébrures des éclairs et dans les précipices des vagues.

Je ne comprends même pas comment mes hommes ont réussi à accoster là avec ce bateau blessé à mort. Sur cette côte qui, dans la nuit de la mer, n'était qu'un bloc d'obscurité plus profonde, plus fermée. Surgi de la pluie noire, un port naturel s'est ouvert pour nous, une anse d'eaux si paisibles que nous n'avons même pas eu besoin d'amarres pour jeter l'ancre.

La mer rugit encore dans mes oreilles, mais c'est un écho. La tempête se calme, les étoiles apparaissent, ouvrant de minces fentes dans les nuages. Je sais qu'il est urgent de protéger nos fragiles vies dans ce pays inconnu et je sais que je dois être le premier à me relever du sable où je me suis laissé tomber. Rescapés, nous restons là, abattus. Je remarque que des doigts humides tâtent ma jambe ; ils touchent mon corps, j'imagine, cherchant à s'assurer que nous au moins sommes toujours vivants, à s'assurer que cette plage n'est pas la rive où les morts attendent la venue du nautonier qui les conduira dans l'autre monde.

– Énée, dit une voix, qui à ce moment-là semble un souffle du vent.

Il ne m'en faut pas plus pour me dresser.

– Écoutez-moi tous ! Écoutez-moi tous ! redis-je, élevant la voix par-dessus le vent qui nous assourdit toujours. Nous avons survécu à la guerre, qui est la folie des hommes, et à la tempête, qui est la folie de la mer. Les dieux sont avec nous. Ce n'est pas l'heure de s'allonger et de trembler pour le péril déjà surmonté. Je veux établir ici un campement, faire un feu qui puisse réchauffer nos os et élever une prière pour nos compagnons égarés dans la tempête.

Nous reformons une armée. Le sable s'écrase sous nos pas. Je répartis les tâches, sépare les blessés, donne l'ordre de ramener du navire des grains, des outils et des armes. Mes hommes grognent, m'insultent entre leurs dents, mais je sais reconnaître le ton sauvage et joyeux sur lequel ils jurent. Ils me traitent de chien, d'ordure, mais en réalité ils sont en train de me pardonner. Même si nous n'avons rien fait d'autre que naviguer en quête du lieu où doit s'accomplir l'obscure prophétie et même s'ils n'ont presque pas pu jouir de la halte des ports ni tenir une femme entre leurs bras, malgré tout cela ils restent fidèles à leur roi. Un mot de moi les lance à l'assaut. Maintenant que la mort égalisatrice a reculé, ils m'obéissent de nouveau.

Oui, mes hommes sont heureux d'être vivants. La mort n'a ramené ici aucun cadavre, à cette heure-là, nous ne pleurons personne. Et un naufragé est toujours un homme heureux, au moins jusqu'à ce qu'il se remette à penser.

Notre timonier a le bras cassé, peut-être en plusieurs points. Giflé par la mer, le navire a piqué et l'a jeté violemment contre le bord. Il a roulé encore et encore jusqu'à en rester meurtri. Quand je m'approche de lui, il serre ma main.

– Père Énée ! murmure-t-il.

C'est ainsi que m'appellent les plus jeunes de l'équipage.

– Tu es sauvé, lui dis-je. Nous sommes sauvés.

Mais avant de lâcher sa main, la peur me saisit de ne pas revoir mon fils unique. « Père Énée »…

Acate, mon fidèle ami, a réussi à faire jaillir des pierres une étincelle qui met le feu au bois et aux feuilles mouillées. Je regarde le feu qui naît, je regarde le corps tendu d'Acate, qui nourrit et protège la flamme, je regarde le feu enrouler et dérouler dans l'air ses volutes quand enfin il prend. À partir de ce premier foyer d'autres s'allument, en cercle, créant un anneau de chaleur. Le feu est notre première victoire contre la peur et contre la solitude de cette côte.

La chaleur réveille le souvenir de la faim. Nous charrions un panier de blé humide sauvé de la tempête. Des mains habiles s'occupent à le griller à la flamme et à le moudre. Il nous reste de l'eau douce et aussi quelques outres de vin ramenées du navire maltraité. La nuit est envahie par nos odeurs d'humains : nourriture, bois, corps qui suent. La fumée blanche monte vers le ciel comme un oiseau qui ouvre ses ailes et se perd dans les hauteurs. Et cela me préoccupe : les oiseaux de fumée trahissent notre présence ici.

Je ne vais pas permettre que le bien-être ressenti près du feu nous aveugle face au danger qui persiste. Nous sommes dans l'inconnu. Nous avons navigué sans voir ciel ni terre tout le temps qu'a duré la tempête. Les nuages ont éteint les étoiles une à une et ne nous ont laissé d'autre clarté que l'écume marine. Le vent a arraché le gouvernail du navire. Impossible de deviner quelle terre nous avons abordée, chez quel peuple nous sommes, si c'est une côte connue des navigateurs ou si c'est une autre, plus loin, qui fait partie des mondes inexplorés. Qui sait si, tombant endormis, nous ne serons pas réveillés par des mains qui nous immobilisent et nous saisissent, un couteau sur la gorge.

Des sentinelles passeront la nuit les yeux rivés à l'obscurité, sans les fermer. Je fixe les tours de veille, répartis les armes, marque les postes de garde d'un dessin de mon pied sur le sable.

Puis je m'éloigne seul pour reconnaître le terrain. Quand je laisse le campement derrière moi, le vent refroidit sur ma peau mes vêtements humides. Le sel de la mer a tracé sur moi des sillons, cicatrices du naufrage. Dans l'obscurité, je me déplace comme un voleur. Je veux atteindre les écueils qui s'avancent dans la mer et ferment l'anse. Je veux chercher sur la courbe de l'horizon les navires de ma flotte égarée dans la tourmente. Les autres équipages auront-ils survécu ? Et mon fils ?

Les arbres qui plantent leurs racines sur le flanc du coteau projettent leur ombre sur la mer. Obscurité redoublée. Les branches me griffent le visage. Je grimpe, je titube, je tiens l'équilibre. La perspective s'ouvre enfin. Dans la faible lumière, un ciel vide et une mer qui en double l'image. Ni trace d'une proue ni trace d'un mât.

Depuis que nous avons entrepris ce voyage, conseillés par les plus sages de mes hommes, mon fils et moi sommes montés sur des navires différents. Vous êtes les derniers de la maison royale de Troie, ont-ils dit. S'il y a un naufrage, nous aurons ainsi une chance au moins que l'un des deux survive, ont-ils dit.

J'espère ne pas avoir vécu pour le perdre lui aussi.

Endolori, je retourne au campement que nous avons établi au milieu de nulle part, là où mes hommes m'attendent. Maintenant je sais que, même si je retrouve mon chemin là-dedans, je serai un être perdu. Comment puis-je m'orienter ? Le monde connu n'existe plus que dans nos souvenirs.

Ana

On disait que ma mère était une sorcière. Ana, la fille de la magicienne, m'appelait-on. Ana, la fille bâtarde du roi de Tyr. Aucun de ces noms n'était le bon. C'est pour cela que je veux lever l'ancre et partir loin, loin, que l'eau puisse laver tous ces noms. Je porte dans mes veines l'appel du voyage et des pays que je rêve de voir quand je serai grande.

Mes pas se dirigent toujours vers la mer. Si tu suis mes traces, tu trouveras toujours le rivage.

Aujourd'hui aussi, quand j'ai vu arriver le défilé des nuages, j'ai couru m'asseoir sur les rochers. C'étaient des nuages sinistres, le ventre vert olive, lourds de tempête. Sans doute pesaient-ils plus que la mer, mais quelque dieu devait les maîtriser pour éviter qu'ils ne s'enfoncent dans l'eau.

Je connais les meilleurs endroits pour regarder passer les nuages et les meilleurs aussi pour regarder les gens. Ni les nuages ni les gens ne savent que je suis là à regarder, tête penchée. Je suis silencieuse et agile. Je raconte à Elissa ce que je vois et ce que j'entends, et elle m'appelle sa petite chouette, parce que je vois tout. Quand je me cache, je secoue le sable de mes plantes de pieds, parce que sinon il crisse et on me trouve. Je vais d'un lieu à un autre les yeux bien ouverts. Je le fais parce que j'ai toujours aimé savoir ce qui est caché. Et aussi parce que le temps est très long et que chaque jour à sa naissance est très loin de sa nuit. Le dieu qui conduit le soleil à travers le ciel secoue peut-être aussi le sable de ses pieds, et les étoiles sont ce sable que nous voyons ici-bas.

Le temps est long cependant que j'attends le voyage qui me mènera vers un rivage meilleur, où vivront des hommes meilleurs, moins menteurs, des hommes auxquels se fier. Un jour je partirai très loin pour trouver un pays sans palais, où les gens ignoreront la trahison.

Je suis assise sur les rochers la jambe sous un genou quand la première vague se brise sur les écueils en de nombreux éclats brillants. La mer soulève des vagues de la couleur dorée du sable qu'elle retourne du fond.

Lorsque je vivais encore dans la ville où je suis née, à Tyr, ma mère avait coutume de me dire, des après-midi comme celle-ci : « Aie une pensée pour ceux qui sont en mer. » Je pense, oui, je pense à eux. Le vent siffle à mes oreilles. Et soudain, comme surgis du néant, je vois des bateaux, de nombreux bateaux rouler dans la tempête.

Les proues se fendent, se penchent. Il semble que les mâts, si petits là-bas au loin, se sont mis à trembler. Il fait froid. J'ai les chevilles mouillées. Je devrais peut-être rentrer, mais pas parce que j'ai peur. Ne m'effraient ni cette mer grosse ni l'étrangeté de la lumière. Je ne m'effraie pas facilement.

Les bateaux maintenant montent et descendent à cause des vagues. Ils restent parfois suspendus haut en l'air. Je crois que je n'avais jamais vu si haut le blanc liseré de l'écume. La mer semble affamée. Moi aussi j'ai faim et, si je rentre au palais, on me donnera une miche fumante de pain que je pourrai ouvrir dans mes mains.

Je devrais peut-être rentrer, mais ce n'est pas bien d'abandonner les navires quand tombent sur eux des montagnes de vagues. Je peux rester ici un moment de plus, à tenir bon face aux assauts du vent et à la tristesse de l'après-midi, avec les bateaux qui plongent dans les vagues et ma mère morte qui ne reviendra jamais prendre en pitié les hommes de la mer.

Quels hommes doivent-ils être, ceux-là qui luttent contre la tempête, tandis que la mer éclate sur leurs têtes ? Des exilés comme nous ?

Le soleil, fatigué, s'en est allé vraiment. La tempête hurle et il fait de plus en plus noir.

Et si les hommes de cette flotte viennent de Tyr, pourquoi mon demi-frère les a-t-il envoyés pour tuer Elissa, pour nous tuer toutes les deux ?

Comment sait-on que l'on a fui assez loin ?

Je me lève et cours vers le palais.

Elissa

Le vent de la tempête se glisse dans le palais et multiplie les flammes. Une bouffée d'air froid atteint ma nuque. La tempête nous tient dans l'inquiétude, les chiens se sont cachés depuis des heures pour trembler loin de nos regards. J'écoute. Les murs retentissent comme un récif que baigne la fureur des flots. Mes oreilles, accoutumées au bruit de la mer depuis l'enfance, perçoivent néanmoins des pauses dans la rage de la tempête. Le calme ne tardera pas à revenir.

Mes esclaves filent et tissent assises sur des tabourets. De leur peau noire, le feu arrache des reflets dorés et verts.

Une sentinelle apparaît sur le seuil. C'est un homme qui connaît bien le protocole du respect. À distance, les yeux baissés, il dit :

– Ma reine, j'apporte des nouvelles. Les navires de la flotte étrangère remarquée ce matin sont arrivés sur nos côtes, surpris par la tempête. La mer a recraché des corps de naufragés, les uns encore vivants, les autres morts. Hommes et embarcations sont meurtris, mais ils pourraient être dangereux. Nous attendons les ordres.

– Convoque le Conseil.

Les quatre meilleurs guerriers de ma ville sont membres du Conseil. J'ai flatté leur vanité avec des titres pompeux : le Bouclier de la reine, le Poignard de la reine, l'Arc de la reine et la Lance de la reine. Je les ai choisis parmi les plus braves et les plus fidèles soldats de mon père. Ils m'ont servie loyalement pendant des années, depuis que nous avons posé les premières pierres de nos remparts, mais le temps a accru leurs ambitions. Je ne me trompe pas, je sais qu'ils sont préoccupés par le désir de me posséder et d'occuper le trône. Chaque fois que je les réunis, je perçois la pression presque douloureuse de leur regard sur mes yeux et mon corps. À cette heure, ils n'osent aller plus loin. Pour ne pas défier les autres, aucun d'eux ne prétend ouvertement à ma main et à ma couche de reine veuve. Dans l'équilibre de cette rivalité égalisatrice, je demeure libre pour le moment.

Je les attends. À cet instant, mes messagers seront sans doute en train de frapper à la porte de leur maison où, j'imagine, chacun doit être couché près d'une servante et jouir d'elle à sa façon habituelle, brutale et grossière. Mais, quand ils arriveront au palais, ils inventeront tout un tissu de mensonges. Mes hommes se cachent de moi sans nécessité, par habitude.

Peut-être ne savent-ils pas me parler comme ils parleraient à un roi, comme ils parlaient à mon père à Tyr. Peut-être ne connaissent-ils pas d'autre langage que celui de la camaraderie et, à défaut, celui de la dissimulation. Ni mes conseillers ni mes soldats ne nomment devant moi les véritables passions qui les agitent : l'ambition, la peur, l'amour des corps, les rêves de grandeur.

Mon époux avait l'habitude de me répéter que le bon chef doit savoir ce que renferme le cœur des êtres. Il a essayé de m'enseigner ce savoir. Mais a-t-il été capable lui-même de voir le cœur de ses assassins ?

Je quitte mes appartements et, en traversant la cour, j'arrive à la salle du Conseil. Deux sentinelles, armées de haches de combat, m'escortent, poussent les deux battants de la porte et m'ouvrent le passage. Mes hommes sont là, ils parlent d'un ton qui trahit mauvaise humeur ou peut-être paresse seulement. Ils pressentent une mission qui les obligera à surveiller la tempête dans la nuit traversée de vents.

– Mes fidèles capitaines, dis-je.

– Reine, nous venons de te servir au pied des remparts.

De tous mes conseillers, Malco le Bouclier est celui qui ment le mieux. Je réponds à son sourire.

– Je ne peux souhaiter meilleur dévouement.

Dans le silence de la salle, on perçoit leur respiration d'hommes robustes, leur halètement et la tension de leur esprit. Me répugnent leurs corps, d'où émane une odeur de sexe aigre et de vieilles sueurs.

– Vous vous demandez sans doute la raison de mon appel dans cette nuit troublée, poursuis-je. Une fois de plus, j'ai recours à la force de vos bras. Une flotte d'inconnus a débarqué sur nos plages. Aidez-moi à interpréter les signes et à décider avec sagesse.

– Ma reine, répond Safat le Poignard, les étrangers peuvent être des marchands pacifiques ou des pirates impitoyables. Il est trop tôt pour le savoir.

Marchands pacifiques ou pirates impitoyables… Mes soldats parlent avec des mots tranchants. Mais nous, nous sommes nés dans une civilisation de commerçants, nous sommes enfants de la mer et nous savons bien que n'importe quel marchand audacieux deviendra pirate si l'occasion le permet. Oui, personne n'ignore cela. Il n'y a pas de marchandise plus convoitée que les esclaves et si, naviguant le long de la côte, un équipage de marchands remarque une ville naissante comme la nôtre, aux remparts inachevés, il fondra comme un aigle sur nos jeunes hommes et nos jeunes femmes pour s'emparer d'eux et les embarquer de force afin de les vendre sur les marchés d'une grande ville. S'il y a quelque chose que je souhaite de toutes mes forces, c'est défendre mon peuple contre ce douloureux destin.

– Il est trop tôt pour le savoir, tu as raison. Mais mon cœur de femme est inquiet pour les nôtres.

– Organisons une expédition contre les intrus, propose Ahiram la Lance, que l'appel du combat fait palpiter.

Une cicatrice déforme le bord de ses lèvres et l'on dirait que sa bouche en est plus longue : la marque sombre d'un sourire inquiétant ouverte à jamais par un couteau.

– Si dans votre expédition vous vous éloignez des remparts, la ville ne perdra-t-elle pas ses épées invincibles ? Qu'arriverait-il si nous sommes attaqués pendant que vous êtes au-dehors ?

– Reine, je pense que nous devons renforcer la garde sur les remparts et défendre notre cité comme un trésor veillé par un avare, dit Elibaal l'Arc.

– Soit, je me fie à vous, qui avez lutté au côté de mon père et qui maintenant me protégez avec le même amour que lui. Que l'on renforce la garde sur les murailles. Que personne ne parte vers les intrus, mais, s'ils tentent une approche hostile, écrasez-les. S'ils opposent de la résistance, terminez-en. Que tous nos ennemis soient témoins de la force de la jeune cité de Carthage.

Énée

Le sommeil n'est pas venu baiser mes paupières cette nuit. Heure après heure j'ai écouté le bruit de la mer, les pas des sentinelles, le crépitement des feux. Quand le ciel s'éclaircit, dans le doux gris de l'aube, je me lève. Mes vêtements sont encore humides, mes muscles durcis par l'effort d'hier, mon corps endolori.

Je regarde alentour. Dans le ciel couleur de safran se profile la ligne indigo de montagnes lointaines. Au fond de la baie, je distingue une ville qui escalade un promontoire et la ceinture jaune de ses murailles. Des oiseaux volent à ras du sol, leurs ombres bleues glissent sur le sable.

Agenouillé près du foyer, je parle avec les dieux. J'élève les mains, paumes tournées vers le haut. « Dieux, s'il est arrivé que nos sacrifices vous agréent, si nos malheurs vous importent, de grâce, veillez sur mon fils Iule et faites que je le retrouve. Si vous exaucez mon souhait, je vous promets de construire un grand temple en votre honneur quand il arrivera sur les lieux de la prophétie. » Je répands le vin et j'observe comment le sable l'absorbe, cependant que je prie les pouvoirs de la Terre et du Monde d'En Bas pour le salut de Iule.

Le camp se réveille après l'inquiétude de la nuit et les sentinelles se sentent libérées de leur solitude. C'est le début d'un autre jour. Un soleil bien faible chasse à peine le froid et il faut raviver les feux. Nous réchauffons le reste de nos provisions et mangeons en silence, en nous frottant les articulations. Je donne enfin l'ordre qu'on amarre et qu'on dissimule le bateau à l'abri des rochers. Puis je cherche Acate.

– À la lumière de ce jour nouveau, je pars explorer la côte pour découvrir où nous sommes et où les vents ont poussé nos compagnons, lui dis-je.

– Je viens avec toi, répond-il, acceptant de prendre sa part du danger.

Je me couvre d'une peau de loup. Acate et moi nous armons d'une épée à double tranchant et de lances qui nous serviront d'appui pour avancer dans les dunes. Le vent nous entoure d'une nuée de terre rougeâtre, je sens les tourbillons de poussière brûler mes yeux et le sable grincer dans mes dents. Là-haut, les mouettes surprises, qui reposent leur poids sur les rafales du vent, crient, secouées par ses assauts.

J'explique à Acate que je veux m'approcher de la ville et chercher quelque promontoire dominant la vue sur les plages du couchant. Acate regarde le terrain attentivement : le brouillard de sable, les dunes, les taches rares de buissons. S'aventurer dans un espace ouvert et inconnu, c'est risquer sa vie.

– Allons-y, répond-il.

Nous avançons l'un après l'autre, rapidement, les oreilles et les yeux grands ouverts. Le sable avale nos pas. J'admire les mouvements d'Acate, rapides, précis. Dix ans de guerre ont endurci son corps, l'ont rendu fort face aux vents du monde.

Oui, moi aussi, nous tous. Tous les combattants de Troie, nous nous sommes aguerris pendant ces amères dix années de guerre. Mais Iule ? Iule est un enfant qui n'a pas connu la paix. Il est né dans une ville assiégée. Son agitation d'enfant s'est trouvée étouffée par le bruit des armes. S'il parvient à être un homme, que se rappellera-t-il de cette enfance enfermée ? Et des secrets de ses parents ? Ce qui a eu lieu entre sa mère et moi disparaîtra-t-il à jamais ou laissera-t-il des traces dans sa mémoire ?

S'il vit. Si je parviens à le retrouver.

Quand donc a commencé cette lente ruine ?

Acate s'approche d'un buisson de tamaris pour se protéger. Il s'accroupit. Nous nous cachons tous les deux pour nous reposer de notre rapide progression. Nous décidons ensemble de faire le tour de la ville. Ne nous en sépare plus que la distance qu'une paire de bœufs pourrait labourer en un jour.

Nous nous levons lentement. Le vent soulève jusqu'à nos chevilles les herbes qui poussent dans le sable. Tous mes sens sont en alerte. Le matin est déjà là. Sur le ciel d'un bleu profond se découpent les murailles, qui sont parfois de pierre, parfois de brique ou de simples parapets de bois. C'est une ville jeune et frontalière, une ville qui très certainement redoute les étrangers venus de la mer. Mes hommes trouveront-ils ici aide et hospitalité ?

Déchirant l'air, une lance passe au-dessus de mon front et se fiche dans le sol. Je baisse la tête entre les épaules, je recule. Les portes de la ville s'ouvrent et un groupe de soldats à cheval en sort au galop. Ils nous entourent en criant dans une langue étrangère. Deux d'entre eux mettent pied à terre et, sans répondre à nos protestations ni même les comprendre, ils nous attachent les mains, nous contraignent à avancer jusqu'à leur quartier général et nous jettent dans un cachot. Quand ils en referment la porte d'un coup sec, nous sommes plongés dans l'obscurité.

Elissa

Un soldat rapporte des nouvelles des prisonniers. Je veux les voir de mes propres yeux, je veux décider de leur châtiment et qu'ils entendent de mes lèvres leur condamnation. J'ordonne à la garde de m'escorter jusqu'à la prison et me dirige vers les écuries.

Depuis mon enfance, j'éprouve un plaisir étrange à entrer dans les écuries. Aujourd'hui je retourne respirer avec bonheur l'air lourd, chaud, presque doux qui enveloppe les animaux. J'écoute le bruit du grain lentement mâché, dans une salivation patiente. Une rangée de têtes se tourne vers moi, découvre ma venue et lui fait fête. On entend souffler, hennir, je vois mon reflet dans tous ces yeux liquides.

Je place moi-même le harnais sur mon cheval sicilien blanc, une main caressante sur son museau. En arrangeant les courroies de la selle, je lui parle doucement. Je m'arrête un moment sur l'amour que son regard pourpre conserve pour moi.

Les esclaves de l'écurie, qui connaissent mes habitudes, me laissent faire sans chercher à prévenir mes désirs. Je choisis un à un les palefreniers qui ont charge de dresser et de soigner mes chevaux les meilleurs. Je sais bien que quelques-uns déchargent secrètement leur colère sur les animaux du maître et la seule idée de ces cruautés silencieuses me fait trembler.

Dans la cour ceinte d'une palissade blanche, en face de la grange à fourrage, je monte sur ma bête. Je presse les flancs du cheval de mes genoux et lui accepte le poids de mon corps et la pression de mes jambes. Tandis que nous laissons les dépendances du palais derrière nous en pénétrant dans les rues de la ville, l'un des hommes de ma garde me prête son épée. Je veux que tous mes sujets me voient ainsi, armée, sur un cheval blanc, les cheveux défaits et possédant la sûreté d'un cavalier habile, comme ils imaginent les femmes guerrières des légendes que les anciens racontent aux enfants.

Je veux donner une leçon à nos ennemis. Je vais régler leur compte à ces pirates étrangers. Il est juste que pour une fois au moins, des hommes comme eux, enrichis par le vol, le pillage et le commerce des femmes, soient à la merci d'une femme.

Et me voici allègre. Allègre parce que je défends ma ville, en traversant ainsi l'agitation des rues, à travers les pressoirs, les tavernes, les boutiques et boulangeries qui s'édifient pour que l'abondance règne, à travers les terrasses baignées de lumière et, dans mon dos, le palais et le temple presque achevés. Tout croît et prospère autour de moi. Odeur de pins, de troupeaux, de feux. Le soleil, citron dans le ciel suavement bleu, réchauffe mes épaules et mes cuisses. Mon cheval cambre le col et se meut avec la grâce d'un danseur, il se sait observé et il se sait beau.

Un petit cortège de curieux m'a suivie dans les rues et se rassemble maintenant sur la place, près des murs de la prison. Je fais un signe aux soldats qui montent la garde.

– Amenez-moi les prisonniers, dis-je.

La foule augmente, ainsi que les cris, l'impatience, la bagarre pour le premier rang. Les soldats dégainent leurs épées et en les brandissant ils crient à la foule d'aller vers le milieu de la place. Mes gardes s'avancent et forment une escorte impénétrable autour de moi, barrant le passage aux plus audacieux et contenant la populace qui se presse, attirée par les pirates.

Le bruit des verrous la fait taire. Deux vigiles ouvrent l'une après l'autre les portes des cellules au milieu d'un silence qui vibre comme la corde d'un instrument qui refuse de cesser de jouer.

Avec brutalité, les sentinelles font sortir les pirates de la prison et les conduisent là où je peux les voir en face et leur parler. Il y a là une douzaine d'hommes sales et stupéfaits. Ils viennent de quitter l'obscurité de la cellule et leurs yeux se refusent encore à voir.

Je regarde mon peuple assemblé et inquiet. Un homme serre les poings comme un lutteur. Les femmes reculent le plus possible. Je contemple leurs bouches ouvertes sur une grimace de surprise et de voracité. Je n'aime pas leur soif de sang, et aujourd'hui je montrerai à tous que mon pouvoir ne tremble devant personne.

– Prisonniers, dis-je, l'heure est venue de payer pour vos crimes. Avez-vous quelque chose à dire pour votre défense ?

Les prisonniers ne comprennent pas mes paroles et ne se sentent pas concernés. Quand leurs yeux se sont habitués à la lumière et que cesse leur aveuglement, ils se reconnaissent les uns les autres. Reclus dans leurs cellules respectives, ils ne savaient pas quel sort avaient connu les autres. Ils découvrent avec surprise et avec une joie inespérée qu'ils sont ensemble et vivants.

Je leur laisse un moment pour se défendre. S'ils ne peuvent ou ne veulent répondre à ma question, je ferai connaître ma sentence. Qu'ils meurent et que leurs corps pendus soient exposés face à la mer, hors de nos murailles, jusqu'à ce que les vautours les dévorent. Que le spectacle serve d'avertissement à de futurs pilleurs. Veuillent les dieux que cela se sache dans tout le royaume, là où les indigènes belliqueux, lorsque passent nos caravanes, commencent à désirer nos richesses.

Les prisonniers ont les bras attachés dans le dos. Mes soldats les frappent pour qu'ils gardent le silence et qu'ils écoutent mes paroles. Silencieux, orgueilleux, indifférent aux coups, un prisonnier couvert d'une peau de loup lève son regard vers moi.

– Reine, dit-il.

Il parle dans la langue ancienne des Akkadiens, la langue des palais et des ambassades.

– Reine, nous avons abordé à tes côtes sans aucune intention hostile.

Dans ses yeux : un éclat étrange et ancien.

Je bouge la tête, pour signifier : « Oui, je comprends tes mots, j'appartiens au monde dans lequel on parle cette langue. Continue. »

– Je ne sais si quelque écho du malheur de Troie est parvenu jusqu'ici, dit-il. Troie a résisté à un siège de dix ans, avant d'être vaincue à cause d'une trahison.

Je caresse l'épaisse crinière de mon cheval, j'y enfonce mes doigts, je médite. Je dis enfin :

– J'ai appris que les armées grecques ont détruit Troie, qu'elles ont tué les hommes et, selon la cruelle coutume de la guerre, pris les femmes comme esclaves. Mais, explique-toi : qui es-tu ?

– Mon nom est Énée. Ma femme, Creüse, est fille du roi de Troie. Pour elle et pour notre fils, j'ai défendu la ville jusqu'à mon dernier souffle et, quand tout ne fut plus que ruine et ravage, aidé d'un groupe d'hommes courageux, j'ai sauvé les images de nos dieux. Ma femme est restée en arrière et avec elle une blessure plus douloureuse que la mort elle-même. Depuis lors, avec mes fidèles compagnons, j'ai navigué sur les routes de la mer. Notre but est la terre que certains nomment Hespérie et d'autres Italie.

– Que cherchez-vous là-bas ?

Ses yeux brillent toujours.

– Une lointaine prophétie dit que nous fonderons une nouvelle Troie et que cette ville sera le berceau d'un empire plus vaste que nos songes et qui durera plus que nos défaites.

Un chien aboie. La foule grogne et maudit. Ils sont venus sur la place de la prison pour assister au châtiment qui attend les pirates, pour exciter leur condamnation à mort. En cet instant, ils ne comprennent pas cette étrange conversation dans une langue inconnue, cet étrange préambule au châtiment. Ils poussent des cris, essaient de me rappeler à mon devoir par des exclamations de haine et des gestes rageurs.

– Vous êtes loin de votre route. Qu'est-ce qui vous a conduits ici ?

– La tempête nous a emportés, nous éloignant de notre but, reine. Nous sommes des naufragés et les naufragés ne peuvent choisir le lieu de leur salut.

La colère et le bruit montent, couvrant l'interrogatoire. L'étranger a réussi à me couper de mon peuple par ces barrières d'une langue que nous sommes seuls à comprendre.

Oui, nous reconnaître dans une langue qu'on parle dans les palais royaux, nous reconnaître comme fugitifs d'un même monde, n'est-ce pas une raison suffisante pour l'accueillir ? N'offrirai-je pas l'hospitalité de mon palais à un voyageur qui a vu sa ville brûler et qui en porte encore l'incendie dans les yeux ?

Mais mon peuple supportera-t-il que je pardonne à ces étrangers pour lesquels nous préparions déjà des lames ?

Ana

J'ai peur. Je veux partir d'ici. Je ne veux pas être cette fille laide aux bras maigres.

Pendant ces dernières lunes, j'ai beaucoup grandi. Je m'étire, je grimpe vers le haut comme les treilles. J'ai les jambes assez longues, je suis la sœur de ces oiseaux aux ailes rouges qui colorent le lac, la sœur des flamants. Si la brise joue sur mon corps et soulève ma tunique, on verra mes jambes minces et mes genoux solides. Et mes os continuent, s'éloignent du sol, étirent ma chair, m'allongent, comme l'après-midi allonge mon ombre.

Elissa m'a dit que mon premier saignement est proche et que je ne dois pas avoir peur. Mais je ne comprends pas bien. Comment s'ouvre entre les jambes cette blessure sans remède ? Saurai-je que je suis grande quand mon propre sang me souillera ?

Il ne faut pas craindre les étrangers venus de la mer. Cachée parmi la foule, je regarde et j'écoute l'homme vêtu de sa peau de loup. Dans la langue des rois, il parle de trahison et de fuite. Je vois son dos, ses mains enflées et qui deviennent violettes dans les nœuds de la corde, ses mollets forts, les cicatrices à ses jambes.

– La tempête nous a emportés, reine, dit le prisonnier. Les naufragés ne peuvent choisir le lieu de leur salut.

Elissa, sur son cheval, regarde de haut en bas. Elle aime parler aux hommes de sa hauteur de cavalier. Elle ne veut pas qu'on oublie sa puissance.

– Vaillant Énée, dit-elle – son sourire est triste et son regard s'assombrit –, moi aussi j'ai perdu la patrie dans laquelle je suis née. Moi aussi j'ai été trahie. Je connais cette souffrance et je connais les routes de la mer et ce désir de fonder une ville nouvelle. Ton destin et le mien se ressemblent.

Ils se regardent l'un l'autre.

Une pierre siffle dans l'air et frappe à la tempe l'un des prisonniers. Il reçoit le coup foudroyant, agite ses mains qu'il ne peut porter à la blessure, serre les poings. Le sang coule, s'étale, attire les mouches.

Les cris de la foule gagnent en fureur.

Elissa lève la main pour les faire taire, puis parle dans notre langue.

– Ne causez nul dommage aux étrangers. Ce ne sont pas des pirates. Ce sont des survivants de la guerre de Troie à la recherche d'une terre qu'ils pourraient dire leur. Souvenez-vous que beaucoup d'entre nous ont connu le sort des fugitifs. Pour cela, je souhaite offrir aux Troyens mon hospitalité et leur accorder le temps et l'aide nécessaires à la réparation de leurs navires. Pendant leur séjour chez nous, leurs épées pourront s'unir aux nôtres, en cas d'attaque nocturne.

Des regards durs, des visages hostiles, des corps tendus, c'est tout ce que reçoivent les paroles d'Elissa. Nul ne bouge, nul ne se fait entendre. Si un seul fait le premier pas, c'est le défi, la foule se soulèvera. Ils battront et pendront les étrangers, détruiront leurs chariots, voleront les amphores de vin et tomberont ivres morts au pied des pendus balancés doucement par le vent.

Je sais cela. J'ai vu ces hommes-là faire des choses horribles. Mon sang s'est déjà glacé tant d'autres fois.

Je retiens mon souffle. Ma respiration tremble dans ma poitrine.

Une gamine maigre et laide pourrait-elle les arrêter ?

Je m'avance. La foule s'ouvre. Je vais à pas silencieux vers le groupe des Troyens.

Quand je vivais à Tyr, on m'appelait la fille de la magicienne. Ici, Elissa m'a dit : « Tu seras l'enfant prêtresse d'Eshmun, la devineresse. » Mais me croiront-ils si je parle au nom des dieux ? Ou riront-ils et me lanceront-ils des pierres ?

Je suis au centre de la place. Je tends les bras.

– L'hospitalité est sacrée, dis-je, et les dieux la chérissent. Ces hommes sont protégés par les dieux.

Je pose une main sur le bras du prisonnier blessé. Et je me tourne pour que tous contemplent ma figure maigre et surtout la tache de naissance noire sur mon visage. Mon visage marqué le jour de ma venue au monde.

On disait que ma mère prononçait des imprécations devant le feu, qu'elle déchirait des animaux vivants et qu'elle parlait aux morts avec des gémissements étranges. S'ils ont cru tout cela, ils craindront maintenant mes pouvoirs obscurs.

Nous nous regardons, ma peur face à la leur. Leur désir de tuer m'effraie, la fleur noire de ma joue les effraie.

Je touche de nouveau la blessure du prisonnier, ses cheveux collés par le sang. Je desserre la corde qui lie ses mains bleuies. Des hommes se retournent, détachent leurs mules et s'en vont. Le moment de la violence est passé.

Elissa met pied à terre. De son épée, elle coupe les cordes qui attachent les prisonniers.

– Suivez-moi au palais. Mes esclaves vont vous préparer un bain et vous donner des tuniques neuves, dit-elle car les Troyens sont sales et sentent mauvais.

Énée traduit pour ses hommes. Tout en parlant, ils frottent leurs poignets et font bouger leurs doigts douloureux. Des mouches courent sur leur peau.

La place s'est vidée dans un murmure de paroles acerbes. Les sentinelles sont retournées à leurs postes.

Elissa s'approche de moi et me prend par la main. Ses doigts se mêlent aux miens. Souvent j'aimerais embrasser Elissa comme j'embrassais ma mère, en enfouissant ma tête dans les douces collines de sa poitrine. Mais je suis trop grande et c'est pour cela qu'elle n'offre que sa main, la récompense de sa paume tiède et nos doigts tressés ensemble comme les brins d'osier d'un panier.

J'ai été courageuse. Elle est fière de moi.

Énée nous rend grâce, mais je me détourne. Je m'ennuie à ces longues phrases du langage des palais, qui répètent d'une fois à l'autre les mêmes choses. Pourtant, j'entends un mot que je désirais depuis notre fuite hors de Tyr, le mot magique, le mot ailé. Ils parlent d'un enfant !

– Reine Elissa, dit Énée à cet instant, j'ai un fils nommé Iule, un enfant qui n'a plus d'autre famille que moi et d'autre protection que la mienne. J'ai besoin de savoir s'il a survécu à la tempête. Permets-moi, je t'en prie, de le chercher au milieu des débris de ma flotte.

Elissa défait la corbeille de nos mains et désigne le palais.

– Viens avec moi, dit-elle. Je t'offre un cheval et l'escorte de mes soldats, qui connaissent le terrain.

Je ne les accompagne pas au palais mais quitte la place en balançant les bras.

Un enfant ! À ce seul mot, un rire de vraie joie s'empare de moi.

Je traverse le quartier des pêcheurs où les filets sont tendus d'une maison à l'autre comme des ciels de dentelle. Odeurs d'épices, odeurs de cuisine, odeurs de mer. Je me fonds avec les esclaves et les porteurs d'eau qui emplissent les rues.

Je connais un endroit secret où la mer rejette les restes des naufrages. Peut-être rencontrerai-je là les compagnons d'Énée le Troyen. Je dois savoir si l'enfant est vivant. Je hais cette ville sans enfants, cette ville sans aucun vieux à la bouche creuse et au cou maigre occupé à chanter une berceuse ancienne, cette ville sans aveugles ni estropiés ni personne de compatissant. Je hais cette ville de colons robustes embarqués à la suite d'Elissa et qui fuyaient le roi fou. Ici, nul ne joue, nul ne conte de légendes au coin d'un feu.

Je prends le chemin qui longe la rive. Les palmiers oscillent dans le vent, ce vent tiède qui se lève et fait frémir de petits tourbillons de poussière.

Les femmes ici n'ont pas d'enfants, elles vivent réfugiées dans un silence vindicatif. Je me rappelle ce moment où les hommes de chez nous les ont prises comme captives pour partager leur couche, l'effroi cette nuit-là dans Chypre, les maisons en flammes, les époux et les pères poignardés. Aujourd'hui, ces mêmes femmes tissent des filets, fabriquent des sandales, cuisent des poissons, s'allongent dans les lits des guerriers en les maudissant en secret. Dans la nuit, personne ne protège personne de la chaleur de son corps.

Je caresse mon collier d'amulettes. Dieux, faites que le petit Troyen soit vivant.

Je cours de toutes mes longues jambes, ma tunique se soulève. Au loin les troupeaux bêlent. Je laisse derrière moi la ville, les carrières et les collines rousses. Je n'ai plus de forces pour courir, je continue plus lentement. Et j'en suis presque à m'avouer vaincue lorsque je perçois des lumières de feux sous la noirceur des sapins de la falaise. Une odeur salubre de pins, de brise fraîche et de fumée de bois parvient jusqu'à moi. La mer brille et bat comme un cœur. Dans les buissons épineux, le vent ramène des échos de voix et de vagues qui se brisent. J'ai découvert l'endroit secret, je sais que ce sont eux.

Je grimpe à un chêne poussé là sur une pente de la falaise blanche. Cachée dans les branches, je surveille et j'attends. Le ciel est un remous de couleur lavande et orange puis de jaune froid. Au-dessus de ma tête tournoient les ailes en faucille des mouettes. Les étrangers entrent et sortent de leurs tentes de peau, allument des feux, s'asseyent en petits cercles pour manger. Des étincelles jaillissent des feux. Le vent fait bouger les ombres des bateaux dont on répare les mâts brisés et les voiles en lambeaux.

Il est là, le jeune Iule.

La brise soulève des chapes de poussière dorée. Les derniers rayons du soleil font rougeoyer le sable. L'enfant saute du haut d'une dune et atterrit sur ses talons. Puis il perd l'équilibre, les bras battant l'air à la recherche d'impossibles appuis.

Pour la première fois depuis que je suis arrivée sur ces terres, des vagues de rire tremblent en moi.

Énée

La jeune fille qui a cette tache brune sur la joue saisit la tête de la victime, la lève lentement et enfonce le couteau dans la gorge. Les cris du bœuf déchirent l'air. De nombreux esclaves accourent, ils maintiennent l'animal et y plongent plusieurs fois le couteau jusqu'à le décapiter et obtenir son silence. De forts tremblements parcourent la bête, qui baisse le mufle et meurt en tressaillant. L'autel est couvert de sang, des éclaboussures rouges teintent le visage et la tunique de la jeune fille.

C'est le sacrifice offert pour célébrer notre arrivée sur ces terres.

La jeune fille élève une supplique dans sa langue. Elle a les bras tendus et son corps forme vers le ciel un tunnel ou une coupe où le divin se répand.

Les esclaves dépouillent l'animal. Puis ils découpent les cuisses. Ils allument un feu de bois pour y faire rôtir les viscères. La cérémonie se poursuit avec un second bœuf. Des sensations d'un autre temps se réveillent en moi : la couleur de la viande, l'odeur du sang dans l'air. La faim rend ma bouche humide, s'agite et gémit dans mon ventre. J'ai presque toujours faim, ça se calme rarement.

Elissa va organiser un grand banquet ce soir. La viande du sacrifice sera embrochée sur de grandes rôtissoires et on la fera tourner, léchée par le feu, en y versant du vin.

J'essaie d'oublier ma faim. Je cherche un secours en moi-même, cependant que se poursuit, autour de moi, ce rituel dont je me sens à la fois exclu et partie. Depuis l'autel, la statue d'une déesse qui de ses mains soulève ses seins nus surveille ma présence d'étranger. Elle a de grands yeux et le regard fixe d'un serpent.

Les dieux sont-ils ainsi parmi nous, à nous regarder avec cette fixité-là depuis l'invisible ?

L'unique mère que j'ai connue est la déesse à laquelle nous faisions des offrandes sur l'autel. Quand j'étais enfant, mon père, mon très cher père Anchise, m'a raconté l'extraordinaire histoire de ma naissance :

Parle-moi de ma mère.

Tu devras d'abord me promettre de n'en révéler jamais le secret. Jamais.

Je te le promets.

Je me suis uni en amour à la déesse de la Vie.

Et tu n'as pas eu peur ?

Quand cela s'est produit, je ne savais pas. Elle avait pris forme mortelle.

Mais alors comment sais-tu que c'était une déesse ?

Plus tard, elle me révéla elle-même qui elle était et elle m'annonça qu'elle me donnerait un fils.

Moi ?

Oui, Énée, toi. Elle est revenue un jour en te portant dans ses bras.

Ne t'a-t-elle rien dit pour moi ?

Elle a dit que nul ne devait savoir la vérité. Elle m'avertit que si je parlais trop j'en supporterais les conséquences. Une fois, j'ai trop parlé. Au cours d'une fête, sous l'effet de l'ivresse, je devins arrogant, ma langue s'est déliée. Cette nuit-là, alors que je rentrais, un rayon de lumière m'a rendu borgne pour le reste de mes jours. Seuls nos descendants le sauront. Tes fils. Les fils de tes fils.

Ce fut tout. Si mon père retournait en silence aux prodiges de sa mémoire, je ne sais. Ses paroles ont toujours été simples, retenues, sans trace d'étonnement.

Mais est-ce bien sûr ? Qu'a dû éprouver mon père à déposer sa semence en une déesse ? Pourrait-il aller au-delà de son apparence charnelle, atteindre son lumineux corps de déesse ? Est-il possible que mon père, mort comme un fugitif en sa vieillesse, et moi, naufragé affamé privé de patrie à laquelle revenir, est-il possible que nous ayons été élus ?

Je prie la déesse de mon enfance afin qu'elle me rende Iule. Chaque jour qui passe, l'espoir de le retrouver se fait plus incertain. Les hommes d'Elissa, qui hier conduisaient la traque, m'entourent maintenant. Le sacrifice achevé, nous nous séparerons de nouveau, pour explorer au-delà de l'isthme.

Je prie : « Mère, joie des dieux et des hommes, étoile du soir, par toi naissent les bêtes, de toi partent les vents, c'est pour toi que la terre donne des fleurs suaves, la mer rit avec toi, avec toi la lumière brille dans le ciel clair. Déesse du rire éternel, aide-moi à retrouver Iule. »

Mes yeux brûlent. Mon corps exige le repos, mais cette nuit-là, je n'ai pu dormir, la recherche de Iule a échoué. Et dans le palais, dormir à nouveau dans un vrai lit fut une chose si étrange…

Le rite s'achève. L'air ondule et brille sur le foyer, la brise se mêle aux flammes. La jeune fille appuie ses poings sur ses yeux, elle est en train de sortir de sa transe. Elle me regarde. Elle descend les marches de l'autel et s'avance vers moi. Ses cheveux sont souillés de sang.

– Énée, ne souffre pas, dit-elle. Ton fils est vivant. Je l'ai vu.

Sans attendre de réponse, elle s'adresse dans sa langue aux hommes d'Elissa. Du doigt, elle pointe plusieurs fois une même direction, celle de la mer.

Puis-je accorder foi aux visions de cette fille qui parle avec les dieux, et qui hier nous a sauvés de la violence de ses hommes ?

Nous partons à cheval dans la direction désignée par le doigt de la jeune divinatrice. Derrière nous, deux mules chargées de provisions, les flancs creusés par le poids des paquets. Aucun des hommes de l'équipe ne comprend mes paroles, aussi je m'isole d'eux, me tiens de l'autre côté du mur de leur hostilité. Le chef de l'expédition est un homme violent, et une cicatrice élargit sa bouche. Depuis le début, nous nous regardons avec mépris, lui, parce qu'il sait qu'il est face à un guerrier vaincu, et moi, parce que j'abhorre les fanfaronnades des guerriers en temps de paix.

J'enfonce les talons dans les flancs de ma bête et je suis les hommes qui s'avancent en file dans les rues encombrées de débris et de briques séchant au sol. Sur les places, à l'angle des maisons et en haut des murailles défilent des images de dieux courtauds, aux ventres enflés, aux dents de bête, des dieux qui me glacent le sang.

Le guerrier à la cicatrice rive ses yeux aux miens et dit quelque chose qui déclenche la risée chez les autres. Un pectoral de plaques dorées s'emmêle aux poils de sa poitrine. Je suis furieux, mais je ne réponds pas à ses provocations. Fermé dans ma carapace de silence, je feins de ne rien entendre. Et qui peut savoir si j'ai compris. Je ne parle que les langues de l'exil.

Nous avons passé une porte de chêne doublée de bronze, débouchons à terrain découvert. À travers la pénombre bleutée je vois la plaine de la mer et les vagues où étincelle mille fois la lumière du soleil. Des carrières nous parviennent les coups de marteau des esclaves qui enfoncent des coins de bois dans le calcaire, comme un écho aux battements anxieux de mon cœur. Trouverai-je Iule sur ces côtes, là où je joue mes derniers espoirs ?

Il faut que je sauve Iule.

Et tandis que nous allons à cheval, d'anciens fantômes viennent me rappeler que dans la vie je n'ai pas su les protéger. Tant de compagnons d'armes, mes frères dans la guerre. Ma femme. Mon père, que j'ai conduit hors de Troie en le portant sur mes épaules parce que l'âge fatiguait ses jambes. Je n'ai pas même pu lui donner un lit paisible où mourir et à cette heure sa tombe est un lieu sans nom, un lieu oublié.

Il faut que je sauve Iule et les hommes qu'il me reste encore.

J'ai perdu tellement. J'ai payé pour mes erreurs. Si les dieux me permettent de sauver ceux-là, je saurai qu'ils me pardonnent et me purifient. Sinon, je saurai que leur châtiment tombe sur moi.

La déesse de la Vie, celle que j'appelle « mère », pourra-t-elle me purifier, ou, se rappelant ce que j'ai fait ce lointain matin sous les yeux de ma femme et de mon fils, détournera-t-elle la tête avec dégoût ? Peut-être les dieux comprendront-ils que la guerre durait depuis trop d'années déjà et qu'en nous – en moi tout autant – soufflaient des vents de colère et de vengeance. Peut-être comprendront-ils et étendront-ils leur main salvatrice.

Au début, moi aussi je désirais la guerre, les cris, les escouades serrées, la cuirasse ceignant le torse et le bouclier haut levé. Il n'y a rien qu'on puisse comparer au plaisir de se sentir vivant à cet instant de la bataille. La noblesse de la lutte te ravit. Le corps et les armes ne pèsent plus. On éprouve l'assurance de ses propres mouvements. J'en voyais mourir beaucoup, mais je me croyais invulnérable et la mort des autres ne diminuait pas ma foi. Je savais que les dieux étaient parmi nous, occupés à couper les fils qui tenaient la vie des hommes, mais la peur attendait la fin de la bataille, quand je me rappelais le danger couru.

Au début, tu ne comprends pas que la guerre est en train de détruire l'espoir. Tu ne t'en rends pas compte parce que tu veux la guerre. Mais le temps passe et il y a alors trop de jeunes guerriers morts, écrasés comme des raisins, leurs cadavres déchirés emportés sur des chariots. La lutte m'a lassé. Certains survivaient, d'autres non. Lesquels d'entre nous étaient encore en vie ? Ni les meilleurs ni les pires. Il n'importait pas non plus que beaucoup nous pleurent ou aucun. Moi-même on ne m'aimait plus, mais j'étais vivant.

Un jour mourut Polydore, le jeune frère de ma femme, lui que j'aimais tant. Son père lui avait interdit de participer au combat, mais lui courait entre les rangs des soldats parce qu'il était très rapide à la course et qu'il avait besoin de notre admiration. Les enfants grandis dans les années de guerre ne supportent pas que l'âge les protège. Combien de fois ne tuent-ils pas leur enfance pour se lancer au combat et que peu de temps ils survivent à leur enfance ! Une pique se ficha dans le nombril de Polydore. Il s'effondra dans une plainte. Je l'ai vu plier au sol, ses entrailles dans la main. Une nuée rouge obscurcit ses yeux tandis qu'il mourait.

Depuis lors, la lassitude de la guerre m'a accablé.

Je vais au trot pour suivre l'allure des autres. On approche de midi. Une belle couleur de bière ambrée nous couvre. La brise souffle, traversée par les flèches des oiseaux. Tant de fois dans le passé j'ai lutté ainsi, sur les rivages de Troie…

L'un des hommes siffle et désigne l'horizon au loin. Les autres en font autant, en me regardant. Leurs doigts pointent avec insistance. D'abord, je ne perçois rien. Je vois les pins sombres et la falaise blanche. Je vois au loin une plage assaillie sans fin par les vagues. C'est alors que je distingue, près de la mer, plusieurs mâts inclinés comme des épis que le vent fait plier. Ce sont mes bateaux. La confiance en la prophétie de la jeune fille m'envahit. Les chevaux écrasent un tapis d'aiguilles de pin dont l'odeur et la fraîcheur pénètrent mes narines sous la chaleur du soleil. J'ai confiance.

Nous galopons sur le sable. Des sabots des chevaux monte une poussière semblable à une fumée et qui s'évanouit dans la brume de la mer. Je distingue déjà les sentinelles du campement près des bateaux. Je crie leurs noms et j'agite les bras pour qu'ils ne craignent pas une attaque. J'enfonce les talons dans les flancs de mon cheval. Je pique une course qui laisse derrière moi toute l'escorte. Je sens que crier me libère de la peur, l'expulse de mon corps.

Je vais retrouver Iule. Les dieux sont encore avec moi.

Je tire sur les rênes et arrête le cheval. Je mets pied à terre.

– C'est moi ! Énée !

Les sentinelles me regardent avec méfiance. Je fais quelques pas. Ils me reconnaissent enfin et baissent leur bouclier.

– Iule est vivant ? Il est avec vous ? demandé-je de loin.

Ils disent oui de la tête.

Je les prends dans mes bras en les appelant par leur nom.

– Je vous retrouve enfin ! Vous êtes tous là ? Quelqu'un est mort dans la tempête ?

Ils me montrent du doigt cinq cadavres alignés sur le sable. Un autre émerge à peine de l'eau, bercé par les vagues. Je pense à mon père qui, comme eux, repose sans l'épaisseur de la terre natale sur ses os.

Les gardes se jettent sur les paquets de vivres. Ils mangent à pleines mains des morceaux de pain et de poisson fumé. Autour des mules se forme un cercle d'hommes assoiffés, qui se bagarrent pour les outres de vin.

Je parcours le campement. Je vois l'ossature des navires, mes compagnons en ont arraché le bois pour nourrir les feux et allonger les blessés. Les voiles sont en pièces. Je vois aussi des poutres flotter et une sandale abandonnée sur le rivage. Les étincelles d'un feu solitaire meurent dans la brise.

Je glisse ma tête à l'intérieur des tentes. Allongés, des corps gémissent, bandés avec des lambeaux de voile. Ils soulèvent la tête en me voyant, ils ont la faim et la fièvre dans les yeux. Je perçois une odeur âcre, l'odeur de la gangrène.

Je trouve Iule, blotti dans le coin obscur d'une tente, seul.

– Iule ! Tu vas bien ?

Il s'écarte et crie :

– Où étais-tu ?

– Je te cherchais. Je n'ai pas cessé de penser à toi.

Il sort en courant de la tente. Je le suis. Il s'enfuit. Si je m'arrête, il s'arrête aussi, mais il ne me permet pas de raccourcir la distance entre nous deux.

Je cesse la poursuite, je marche lentement en direction de la mer et je m'arrête au bord de l'eau. Je parle avec Iule sans le regarder. Je sais qu'il m'entend.

– Je vais rendre grâce aux dieux parce que tu es vivant. Je vais prier la déesse de la Vie. Tu n'as pas oublié que tu es le petit-fils de l'étoile du soir, la déesse au sourire éternel, la déesse d'où tout naît, grandit et regarde vers le soleil ?

J'élève ma prière. Une frange brille sur l'eau et, au-dessus, un oiseau mesure ses forces contre le vent. Autour de moi, la désolation du naufrage. Un changement dans la direction du vent amène l'odeur nauséabonde des cadavres que personne n'a brûlés sur un bûcher. Je me déplace pour tourner le dos aux morts.

Iule me laisse l'approcher. Quand j'arrive, il me frappe de son poing. Il lèche les larmes qui coulent sur sa bouche. J'embrasse ses cheveux, j'embrasse leur crasse séchée. Je palpe son corps en essayant de voir s'il est blessé ou s'il souffre.

– Iule, que t'est-il arrivé pendant tout ce temps ?

Il continue de pleurer. Je me baisse pour me trouver à la hauteur de ses yeux.

– Maintenant, Iule, je vais te conduire à un palais semblable à ceux qu'il y avait à Troie.

– Troie, répète-t-il.

Il me pince le nez comme il m'a vu faire quand le vent a ramené la puanteur des morts. Son geste est brusque, il tient à la fois du coup et d'un jeu nouveau, comme ferait celui qui commence à pardonner.

Éros

Invisible, sans faire de bruit, sans laisser de trace, je traverse le palais d'Elissa.

Je suis arrivé sur les rivages africains en coupant le vent, à la recherche de la cité de Carthage, sans autre compagnie que le silence ami de la lune. Je viens d'un lieu où le temps n'existe pas et, peut-être par manque d'expérience, j'arrive en retard au banquet qu'Elissa donne pour accueillir les Troyens. La fête a déjà commencé, j'aurais dû me hâter, mais traverser tout l'espace n'est pas chose facile, même pour moi, qui y suis tant habitué. Il faut tailler très précisément dans le tissu du temps et, d'un bond, se couler dans l'instant ainsi libéré, entrer la tête la première dans le monde des vivants. Par chance, je suis la légèreté même, je m'adapte très vite, mes mouvements sont rapides.

Dans la grande salle du banquet, tout est prêt pour donner libre cours à mes pouvoirs. Le feu brûle dans le foyer et sur les torches, dorant la peau des invités. La graisse de la viande coule encore à leurs bouches. Les esclaves remplissent les coupes du vin qui, dans cette nuit froide du désert, se répand dans les artères comme une langue de chaleur liquide. Les conditions me sont favorables. Je sais que la chaleur, la musique et la satiété rendent mes victoires plus faciles. Je me réjouis de trouver là un scénario favorable parce que, dans les premiers moments d'un amour nouveau, mes avancées sont laborieuses, et incertaines. Nous, les dieux, disposons d'une souveraineté beaucoup plus fragile que ne le croient les hommes.

– Cher hôte, dit Elissa, bercée par mon murmure à son oreille, nous savons que tu viens de la guerre de Troic, que tu as navigué sur les abîmes de la mer. Raconte-nous tes combats contre les Grecs et tes voyages.

Énée répond :

– Le souvenir de Troie m'est douloureux, reine, mais je vais essayer de raconter sans effroi la triste histoire que tu veux entendre.

Personne ne demande pourquoi les humains nous fascinent autant. Pourquoi ? Nous, les dieux, ignorons le hasard. Il ne nous arrive jamais rien, nous sommes éternellement jeunes, nous ne changeons pas, nous ne courons aucun risque, nous existons dans un asphyxiant équilibre, tels des êtres pâles, privés de lendemain et satisfaits de nous-mêmes. Au contraire, les hommes tissent sans cesse pour eux-mêmes des histoires passionnantes, c'est leur émouvante façon de coexister avec le chaos. C'est pour cela que nous les dieux, nous ne pouvons les quitter des yeux.

– Hélène la Grecque, la plus belle de toutes les femmes, à la peau si douce et si blanche que beaucoup la nomment « la fille du cygne », Hélène a quitté son palais de Sparte, son époux et sa fille par amour pour un Troyen. C'est là l'origine de la guerre. Pour se venger, les Grecs ont assemblé une grande flotte et fait le siège de Troie.

Je suis stupéfait, Énée ne dit pas que Troie était une ville stratégique au bord d'un détroit, une ville qui s'était enrichie grâce aux droits qu'elle imposait aux navires marchands. Il ne parle pas non plus des routes commerciales, des métaux et des échanges qui furent la cause véritable de l'assaut et des dix années de siège grec. J'ai constaté que, lorsqu'il s'agit de justifier leurs guerres, les humains préfèrent faire partie d'une histoire d'amour plutôt que d'une histoire de commerce. Cela me flatte.

– Un matin de la dixième année, nous découvrîmes que l'ennemi avait disparu. Les plages où nous avions tant combattu étaient désertes, déserts les rivages où s'élevait leur campement, vides les étendues d'où s'élançaient leurs escouades. Naïfs que nous sommes, nous avons cru qu'ils avaient renoncé à l'interminable guerre. Contre le ciel se détachait la silhouette solitaire d'un cheval géant fait de planches de sapin, un cadeau mystérieux. Nous avons cru que c'était une offrande des Grecs à leurs dieux, afin d'obtenir un voyage sans tempête jusqu'à leur patrie. Pour que le cheval ne puisse protéger leur retour, à l'aide de cordes, nous l'avons tiré à l'intérieur de la ville, jusqu'à notre temple. Sans soupçonner que le ventre du cheval cachait une horde de guerriers. C'est nous-mêmes qui avons ouvert les portes de Troie à nos assassins.

Elissa écoute avec beaucoup de gravité, mais en elle-même elle imagine la beauté fabuleuse d'Hélène. Ce soir, comme elle peignait sa chevelure noire et, pour le banquet, passait sa tunique de lin blanc brodé de fil d'or, Elissa était contente d'elle, mais maintenant elle se demande si les yeux de l'étranger la comparent à Hélène.

Les humains ont une soif surprenante de beauté. Elissa n'est pas dans la fleur de l'âge, elle sait qu'elle commence à montrer de légers signes de déclin. Combien ne donnerait-elle pas pour demander à Énée plus de détails sur l'éblouissante Hélène, mais son orgueil l'en empêche. Ce qui fait d'Hélène une présence gênante qui tourne autour d'elle.

Essayant de ne pas me heurter au fantôme d'Hélène imaginé par Elissa, je m'approche de la reine et je lui inspire le désir de plaire à son jeune hôte, bien que pour l'instant ce ne soit qu'un tiède courant de vanité. Les dérobades auxquelles jouent tant les humains sont très utiles à mes desseins. Parce que, pour Énée, la belle Hélène est une fiction qui rend plus émouvant son récit de Troie, et elle a peu à voir avec l'original féminin qui existe dans la réalité.

– À la tombée de la nuit, à l'heure douce du premier sommeil, les Grecs ouvrirent une trappe de bois et sortirent de leur cachette dans les entrailles du cheval. La violence tomba sur nous, pris de sommeil et sans défense. Troie commença à brûler, le massacre commença. Beaucoup moururent sans même se réveiller. Je me suis battu au milieu des flammes, de la douleur et de la confusion, couvert de sang et de cendres. Les bâtiments enflammés s'effondraient ; des embuscades guettaient dans chaque rue, les hommes s'égorgeaient les uns les autres avec une rage aveugle ; dans l'air sombre, des flèches volaient comme des oiseaux de la mort. J'ai combattu, porté par la fureur, jusqu'à voir brûler le palais royal et j'ai senti alors l'effroi d'avoir abandonné mon foyer sans le protéger.

Les humains font preuve d'une surprenante inaptitude quand il faut se comprendre dans toutes les langues, ce que nous les dieux faisons si facilement. Mais cette limite humaine cette nuit-là joue en ma faveur. Énée ne parle que pour Elissa et Ana, les seules à comprendre des mots étrangers. C'est pourquoi les confidences sont possibles. Je me glisse derrière Énée et je l'oins du suc de l'éloquence, pour qu'il émeuve le cœur d'Elissa.

– J'ai couru à la lueur des incendies, guidé sans doute par un dieu, et je suis arrivé chez moi, où le calme régnait. J'ai voulu sauver les miens, mais mon père, épuisé, insistait pour rester mourir dans son foyer. Je ne pouvais partir sans lui. J'ai tenté de vaincre son désespoir, mais je n'ai pu le convaincre. Alors, un présage se rendit visible : une étoile filante traversa le ciel, ouvrant le chemin de la fuite d'un long sillon de lumière. Nous avons tous décidé de suivre l'étoile. J'ai pris mon père sur mes épaules, j'ai pris les statues de nos dieux. Iule m'a attrapé la main et Creüse, ma femme, a fermé la marche. Nous avancions ensemble dans les rues sombres. C'est seulement aux portes de la ville, alors que je nous croyais sauvés, que j'ai découvert qu'elle n'était pas avec nous, que je l'avais perdue. Je suis revenu sur mes pas. J'ai couru jusqu'à notre maison, mais il était trop tard : les Grecs l'avaient envahie et elle brûlait comme un brasier inextinguible. J'ai couru à travers les rues en criant le nom de Creüse, écrasé par l'horreur de ce que je voyais. J'ai fini par la trouver, mais elle n'était déjà plus qu'une ombre, plus grande et plus triste que lorsqu'elle était en vie. Elle me dit qu'elle était morte.

Même Argos, avec ses cent paires d'yeux, n'a jamais rien vu de semblable. Que de mensonges entretenus ! Nous les dieux, cela nous fait rire mais cela nous fascine aussi d'écouter comment les mortels racontent leurs propres vies. Presque à leur insu, l'imagination comble les creux qu'ouvrent les remords et l'oubli. En sorte que les souvenirs des humains peuvent être totalement imaginaires, mais jamais entièrement vrais.

– Elle me dit qu'elle était morte et elle me chargea de protéger Iule. Elle parla du long exil et des vastes mers qui m'attendaient avant que je ne parvienne à ma nouvelle patrie. Puis son image se défit comme se défont les songes. Je voulus l'embrasser, mais c'était embrasser le vent.

Le sommeil pèse sur les yeux du jeune Iule. Sur mes instances, il s'approche d'Elissa et tire sur sa tunique. Elle met l'enfant contre son cœur. Peu à peu, il s'endort la tête appuyée sur l'épaule d'Elissa. De minces fils de salive coulent de sa bouche. Au cours de sa vie d'épouse, Elissa ne fut pas mère. Elle a toujours souffert des incertitudes relatives à sa stérilité. Et maintenant, combien de fois n'y pense-t-elle pas, son temps a peut-être fui irrémédiablement.

– Je suis reparti avec mon père, mon fils et mes dieux, j'ai réuni les survivants du massacre sur les collines où nous avions perdu l'étoile filante et, aux premières lueurs du jour, j'ai pris la route pour l'inconnu.

Par le regard de la Gorgone ! Ne fut-ce pas une belle idée de placer l'enfant dans les bras de la femme désireuse de maternité pour commencer ainsi à la pousser dans mes filets ?

Les humains m'ont nommé dieu de l'Amour, mais j'aime mieux dire que je suis celui qui tente de combler les cœurs inhabités. L'amour n'est pas chose mienne seulement, car dans les cœurs des vivants il y a des recoins qui m'échappent. Je bouge les fils, je crée l'occasion, je favorise les rencontres et les retrouvailles, je bâtis les hasards, j'insuffle l'impatience du désir. Ce n'est pas rien : les hommes ignorent à quel point leurs amours dépendent des circonstances. En réalité, il n'y a pas d'amour sans hasard. Mais ceci ne suffit pas... Il reste le mystère de leur liberté, qu'ils gardent en quelque lieu inaccessible pour moi, quelque part tout au fond d'eux.

Il y a plus : je suis témoin, mais cela ne m'est jamais arrivé à moi. Je touche la nuque des vivants et je sens comment se hérisse leur peau. Je les entends parler de leurs plaisirs, de leurs joies, de leurs nostalgies, mais jamais ne les éprouve. À nous les dieux, nous sont refusés deux événements : l'amour et la mort. Il faut avouer que notre curiosité pour ces deux choses-là est sans mesure.

Ana

Les voix parlent, elles trament de nouvelles violences. Elles ne tiennent pas compte de moi, elles m'ignorent totalement, mais moi, j'écoute. Ici, comme je le faisais à Tyr, je tends l'oreille pour savoir. Le pire est que savoir fait peur.

Entre leurs dents, les voix ont grondé depuis le début du banquet, depuis qu'on a mêlé le vin et qu'on l'a répandu dans les coupes. Maintenant, nous avons mangé la viande cuite à feu lent, son goût est suave et nous enlève la faim. Les chiens brisent et sucent les os en montrant les crocs. Je crie : « Attrape ça ! », et les lévriers sautent de toutes leurs pattes.

Énée commence à raconter son histoire. On entend un chœur de murmures. Les voix se rebellent contre l'étranger, refusent de l'accueillir.

– Que dit l'étranger, Ana ? demande le Poignard. Je ne comprends pas une seule de ses maudites paroles.

Tandis que les yeux des hommes me fixent, il faut que je paraisse petite, simple, innocente. Je le sais. Ma mère me l'a appris.

– Il parle de la guerre. De la dernière bataille, de la destruction de Troie.

Le Poignard mastique un reste de viande et crache sur le côté.

– Pourquoi n'est-il pas resté à mourir comme un homme ? A-t-il dit pourquoi ?

Je secoue la tête.

Le Poignard se passe la langue sur les dents et regarde les autres d'un air moqueur.

– Que quelqu'un m'explique pourquoi il nous faut remplir le ventre d'un lâche.

– Les Troyens sont ici traités royalement, dit l'Arc. Ce soir, on a ramené au palais tous les blessés du naufrage. Ils doivent être aux soins des esclaves d'Elissa.

Le Poignard ne parle plus en chuchotant comme les autres, il élève la voix, il hurle comme ces animaux féroces qui rôdent la nuit et veulent t'effrayer.

– C'est une bande de mendiants, crie-t-il.

La Lance serre le poing. Il commence à frapper dans ses mains.

– Et il nous faut croire qu'Énée est un guerrier ? Regardez comme il a l'air veule. Moi, je lui arracherai les dents comme aux porcs qui dévorent les moissons.

Ils rient. Leur souffle m'atteint. On croirait qu'ils ont mangé de l'hyène.

– Mais qu'ils repartent tous vers leur ville perdue. Qui les a invités ?

– Le mieux serait de les emmener sur les marchés de Sicile, comme esclaves, on nous en donnerait un bon prix.

– Bah ! Un bon prix pour ces mendiants squelettiques ?

– Tant qu'ils continuent à se goinfrer à nos tables, ils n'accepteront pas de bouger d'ici. Les dieux nous ont envoyé une malédiction.

Le Bouclier fait claquer sa langue.

– Ils partiront. C'est moi qui te le dis. Nous nous chargerons de les faire partir.

Ils se taisent. Pendant les pauses du récit d'Énée, ils soufflent et reniflent bruyamment ou pouffent de rire.

Comme la nuit est lente ! Quand pourrai-je me lever ? Les flammes du foyer se tordent d'impatience. Je vois bâiller les coupes et les cratères. Le reflet du feu palpite sur les visages d'Énée et d'Elissa, à l'autre bout de la table.

Et si maintenant, en profitant de ce que personne ne se soucie de moi, je m'échappais avec le jeune Iule ? Sortir en cachette, la main dans la main, puis courir dans les couloirs du palais, traverser les patios vides... Ils nous chercheront sous la table, regarderont tout autour, nous appelleront, mais nous serons partis.

Du doigt, je caresse le bord de la corbeille de pain. Je pense aux trésors que j'ai dans ma chambre. Mon coin secret. Quand je trouve quelque chose d'extraordinaire, je le ramasse, l'emporte chez moi et le garde dans le coffre à linge.

Coquillages, insectes, bouts de tout et de rien. Je veux montrer à Iule ce que j'ai de plus beau, un très grand coquillage, de couleur mauve. J'aime à passer les doigts sur sa face nacrée.

– Regard de chien !

La Lance insulte Énée. Leurs yeux se sont croisés un bref instant.

Le Poignard éructe, sa pomme d'Adam s'agite.

Je veux partir. Raide sur mon siège et soigneusement à l'écart du Poignard, je regarde en direction d'Énée. Je n'aime pas les hommes d'Elissa. Je ne les ai jamais aimés. Je les hais même.

Pourquoi Elissa les a-t-elle appelés à ses côtés lorsque nous avons quitté Tyr ? Ne pouvions-nous pas nous enfuir seules, elle et moi, comme deux sœurs qui ne veulent rien de plus que sauver leur vie et trouver quelque paix ?

Mais Elissa voulait être reine. Reine ! Au lieu de quoi, nous sommes prisonnières de ces hommes-là. Les armes commandent, et ce sont eux qui les ont. Dans bien peu de temps, ils diront qu'il nous faut nous marier et nous accepterons l'un d'eux dans notre lit. Je sais ce que c'est. J'observais lorsque le roi mon père venait en intrus dans le lit de ma mère, oui, je regardais, un ventre glissant sur un autre.

Je préférerais mille fois me couvrir de vers plutôt que me marier.

Tout ce qui arrive est si lent et si triste… J'ai de nouveau un nœud dans la poitrine. Il faut que je parte loin d'ici, mais où ? Elissa a pu me sauver et ne l'a pas fait. Sur la table, je suis du doigt les nervures du bois. On dirait des flammes piégées dans la planche, des silhouettes de feu devenues solides. Nous avions l'occasion, Elissa et moi, de chercher un endroit tranquille où vivre de façon simple et bonne, sans causer de tort à personne et sans qu'on nous en cause. Une humidité soudaine et brûlante tombe sur mes yeux.

Cela fait un moment que Iule bat des paupières à cause du sommeil. Des bulles de salive gonflent entre ses lèvres. Il se lève et va vers Elissa. Il tire sa tunique. Elissa, en souriant, lui écarte les cheveux du front. Elle le prend dans ses bras. Blotti sur son sein, Iule se pelotonne en confiance.

La Lance serre les dents, il a un air féroce.

– Et maintenant, voilà qu'elle embrasse le fils du charlatan. Si ça continue comme ça, j'emmène Énée hors du patio et je lui coupe le nez et les oreilles, je le jure.

La violence de la menace m'alarme. Je tiens fermement les deux anses de ma coupe et je la contemple ainsi.

Énée a fini son récit.

– Reine, la nuit s'avance et, dans le ciel, les étoiles lentes nous invitent au sommeil. Je ne veux pas te fatiguer davantage. Si tu le permets, je ferai une dernière libation aux dieux.

Le vin qu'Énée répand prend une intense couleur de sang dans la lumière dorée.

Le Poignard se lève avec une force qui fait trembler la table.

– Ana, répète mes paroles dans la langue de l'étranger.

J'enfonce la tête dans mes épaules. Le Poignard a l'air d'une bête sauvage, les ailes de son nez palpitent, j'ai peur. Je ne veux pas que ses mots venimeux passent ma bouche.

– Félicite l'étranger pour son fils. Il a préféré fuir lâchement avec lui plutôt que de donner sa vie pour sa patrie. J'attends qu'il aide la reine à se rappeler l'héritier dont Carthage a besoin et que nous attendons toujours. Si pour cela, elle cherche un homme vaillant et fidèle à la cité jusqu'à la mort, dans cette salle, parmi les siens, elle en trouvera plus d'un.

Une approbation rugissante parcourt la table. Le Poignard me menace du regard, mais comme un animal aux abois, la voix me manque.

– Je traduirai, dit Elissa, un tremblement sur les lèvres.

Puis, elle parle pour Énée :

– Cher hôte, le vin libère des paroles imprudentes chez mes hommes. En me voyant avec ton fils dans les bras, ils me reprochent le trône de Carthage laissé sans héritier. Comme toi, Énée, je suis veuve. Mon époux a été assassiné par un traître. Néanmoins, je ne lui ai pas donné un fils qui assure notre lignée. En cela, tu as plus de chance que moi.

D'un mouvement maladroit, Elissa pose Iule au sol et quitte lentement la salle. Les yeux d'Énée rencontrent ceux du Poignard un bref instant, mais tous les deux détournent le regard.

Énée

Cela fait des heures que je guette dans les roseaux. Le froid de la nuit me balaie. De temps en temps, j'entends bouger mes hommes parmi les cannes et les joncs. Ils m'ont amené près de ce filet d'eau qui coule en terrain sec, ils viennent ici chaque jour remplir les cruches et retournent au campement en les portant sur le côté.

Les étoiles flottent au-dessus de ma tête et sur la rivière aussi. Ici-bas, le vent les balance et quelquefois les brise d'un souffle plus fort. Là-haut, elles scintillent calmement.

Dans les mains, j'ai l'arc prêt, la flèche parfaitement courbe, le carquois bien chargé de pointes. Je veux que mes hommes savourent de nouveau la viande cuite au feu. Les vivres que nous ramenons de Carthage paraissent abondants quand l'économe nous les donne au milieu de ses jurons, mais ils semblent maigres à l'arrivée au campement. Il faut rationner les provisions. Je sais dans quel état sont mes hommes. Ils ont faim. Toute la journée, ils rêvent de nourriture. Après un repas, ils ont encore faim ; ils en sont venus à se disputer pour une poignée de dattes. Je redoute que les hommes d'escorte envoyés par Elissa ne finissent par nous jeter du pain comme si nous étions des bêtes sauvages.

Nous ne devons pas permettre aux Carthaginois de nous humilier.

Je palpe la corde de l'arc, qui sonne comme un cri d'hirondelle. Le jour se lève, la nuit s'enfonce peu à peu dans l'océan.

Je ferai construire des latrines de bois et ouvrir un fossé dans un endroit écarté. Je ne veux pas que mes hommes souillent la plage. Je ne veux pas qu'on les trouve à faire leurs besoins sur le rivage ou à s'épouiller les uns les autres. Que commence au plus tôt la réparation des bateaux.

La terre penche vers le soleil et reçoit en échange un bain de lumière. Le vent apporte des courants frais et d'autres plus chauds. Mon ouïe affinée perçoit un bruit de sabots, les joncs se frottent avec douceur, une bête s'avance jusqu'au fleuve. Instinctivement, je lève l'arc, tends les muscles, aiguise mon regard. Mon corps répond sans une pensée, il reproduit les anciennes sensations éprouvées au combat.

Alors arrive le cerf. Sa peau, sous la lumière rouge, a la teinte du cuivre. Il baisse la tête et lape l'eau. Il tend le museau. Un instant, rien ne bouge sinon mes souvenirs, un tourbillon d'images. Je me revois à Troie. Je lance une flèche, je touche un Grec au cou, la pointe ressort de l'autre côté du menton. Il s'effondre. Un épais jet de sang jaillit de son nez. Les armes résonnent, chatoyantes, étincelantes, le bruit de son corps au sol retentit. Il a quelques sursauts cependant que la mort pourpre se répand dans ses membres.

Le cerf boit. Je sue, je remarque à quel point je suis mouillé. Dans mon arc, la mort enfle. Devant moi, en face, la bête est toujours calme, alors qu'un seul geste de moi la ferait rouler à mes pieds, ensanglantée. Je pointe ma flèche. J'expire lentement. Si je lâche l'arme, elle traversera le cerf à la gorge.

L'animal s'affole. Il lève la tête, hume l'air, se concentre calmement. Ma sueur imprègne le vent, y répand mon odeur. Je crois revoir les flaques de sang sur la terre troyenne, au cœur du combat. Il ne reste que le souffle d'un instant pour tirer. C'est maintenant ou jamais. Je baisse les bras. Le cerf part dans une course ailée, les bois dressés, il saute. Sa silhouette rapide semble prolonger le trajet de mon regard. J'ai perdu ma proie.

Au loin, les flèches sifflent. Mes hommes ont disparu. Je tourne le dos à la chasse, dans le bleu humide du matin. Je m'appuie au tronc d'un aulne. Un filet aigre remonte dans ma gorge, franchit ma bouche, entre dans mon nez, redescend dans mes entrailles.

On m'appelle. Mes compagnons de chasse ont abattu trois pièces, ils les portent sur l'épaule. Nous retrouvons le cheval qu'Elissa m'a confié là où je l'ai attaché. Nous chargeons les bêtes encore chaudes sur son dos. Contents d'eux, les autres plaisantent et se félicitent.

– Nous savons toujours tirer.

– Et dire qu'il faisait encore sombre.

Hors de l'épaisseur du bois, un vent salé gonfle nos vêtements. Les vagues font leur vacarme. La mer frappe les côtes sans relâche. Le soleil, caché derrière les nuées, luit douloureusement. Un frais parfum d'olivier m'envahit.

Sur le chemin du retour, je chevauche en solitaire, en silence, loin de mes compagnons. J'ai abaissé mon arc et laissé d'autres tuer à ma place. Il ne me reste qu'à me taire. Le vent qui vient de la mer me pousse. Pendant un moment, je jouis de laisser mon corps aller sur ses ailes, les yeux dans le coude pour les protéger du sable.

Quand nous commençons à descendre vers la mer, des cris furieux éclatent, d'autres, d'autres encore, une étrange chanson hurlée par des femmes. Le chant provient d'un village de huttes où vivent, hors des fortifications, dans leurs refuges de roseaux, d'algues et de boue, des indigènes à la peau sombre.

Elissa m'a parlé d'eux.

– Ils étaient là avant notre arrivée. Ils pêchaient dans l'anse où nous avons construit notre port, m'a dit Elissa. Ils sont inoffensifs.

Expulsés par la force des armes, comme nous, ils errent sans direction précise à la recherche de cales où se nourrir de mollusques. Leurs embarcations ne peuvent plus sortir pêcher sur la mer carthaginoise.

Une bande de jeunes femmes courent vers nous, fouettant leur langue dans leur bouche, offrant des mains leur poitrine nue d'un geste semblable à celui des statues carthaginoises, telles des déesses tombées dans la misère. Elles ont vu le chargement de viande sur notre cheval. La faim les pousse. Elles s'approchent de nous pour mendier et offrir leurs corps. Mes hommes protègent la viande en menaçant les femmes de leur arc.

– Hors d'ici, hors d'ici. Loin. Non.

Elles reculent. La plus jeune me regarde, la faim dans les yeux, elle bouge son mince corps, en ondulant, comme elle a appris à le faire.

– Douces lèvres, dit une autre, dans notre langue.

Elle, sinon toutes, s'est couchée avec l'un de mes hommes en échange d'une assiette de soupe ou d'un peu de poisson séché.

J'ai toujours dans l'oreille le souffle de la mer. Nous les laissons derrière nous et je me demande depuis combien de temps mes doigts n'ont pas caressé le corps d'une femme. Je me demande combien de Troyennes, à cette heure esclaves des vainqueurs, devront accepter leurs maîtres sur leurs ventres et leurs seins, parce qu'elles ne sont plus que butin de guerre.

Quand nous arrivons au campement, mes compagnons écorchent les cerfs. Bientôt, les peaux pendent à un pieu et dégouttent. On découpe la chair. Les cuisses et la graisse brillante attirent les regards. Pour rompre le sortilège de tous ces regards fixés sur la viande de la chasse, je donne des ordres et distribue les tâches à chacun.

Mes doigts dessinent dans l'air les contours d'un ravin et d'une palissade. Je trace le détail des améliorations à apporter au campement. Je fais partir un groupe de bûcherons. J'inspecte les outils qu'on a sauvés du naufrage. Enfin, j'ouvre les malles à la recherche d'un objet précieux que je pourrais offrir à Elissa en échange de ce que je lui demanderai encore. Je trouve un voile brodé d'une acanthe dorée qui a appartenu à ma femme. Je mesure bien le risque qu'il y a à réveiller certains souvenirs en moi, mais je me décide. Je n'ai rien d'autre qui soit digne d'elle.

Je suis en train de mettre le tissu dans les sacoches de ma monture lorsque je perçois un bruit de sabots.

– Regardez ! crie une sentinelle en désignant la route de Carthage.

Un cheval sans cavalier galope vers la ville, emballé, désespéré, terrifié. Un étrange paquet attaché à sa selle.

Je pars à cheval à sa poursuite. Il est sauvagement blessé. Ce que j'avais pris pour un harnais orné de franges est en vérité sa propre chair pendante. La distance raccourcit. Je me tiens ferme sur ma selle. D'une main je parviens à saisir les rênes et à freiner le cheval aux chairs déchirées. Il trébuche, ses pattes avant plient et il cède, tombe à terre, palpitant.

Je caresse sa croupe, tâte les affreuses blessures. Je détache le chargement. Quelque chose de rond, de lourd et d'humide apparaît sous mes yeux, enveloppé dans des feuilles de figuier. Je pressens une cruauté qui me retient un moment, mais je ne peux éviter de regarder. J'écarte une à une les feuilles ensanglantées. Mon cœur bat. C'est une tête humaine, torturée et toute coupée. Au rictus de la bouche, je reconnais l'homme qui m'a insulté au cours du banquet, au palais. Je regarde les lèvres mortes qui m'ont couvert d'insultes il y a deux jours à peine.

Elissa

J'écoute le fracas des pas qui s'approchent des salles du palais. Ce sont les hommes du Conseil. Malco le Bouclier, Elibaal l'Arc et Ahiram la Lance, à leurs côtés mes gardes qui, tout en avançant, frappent le sol de leurs piques. Dans le protocole de la cour, c'est le bruit qui précède l'entrée de ceux qui accomplissent les ordres de la reine.

Ils ouvrent avec violence les portes de la salle où j'attends. Avec eux pénètre le souffle du vent, et les flammes des torches volètent. Le parfum d'encens de la salle est recouvert par la puanteur de fumée, de mort et de sueur qui émane de leurs corps.

– Est-il possible qu'on ait tué Safat le Poignard ? Comment est-ce arrivé ?

– Reine, Safat est parti avec le dernier convoi qui escortait les marchands vers l'intérieur. Quand ils nous ont montré la tête tranchée, nous avons organisé une expédition sur le même itinéraire. Il fallait agir vite. Trouver le lieu de l'embuscade n'a pas été difficile.

– Ils les ont attaqués. Ils les ont tous tués lâchement, sans même leur laisser le temps de se défendre.

– L'assaut s'est fait de nuit. Nous avons découvert les sentinelles une corde autour du cou, le visage violet, les yeux ouverts, la langue entre les dents. Ils sont sans doute morts sans un bruit et ainsi le campement est-il resté tout entier à la merci de la bande des assassins. Nous avons trouvé des marchands morts à l'intérieur des tentes, leurs têtes coupées traîtreusement pendant leur sommeil. Personne n'a survécu. Il nous a fallu effrayer les hyènes qui mordaient les cadavres, certains déjà mis en pièces.

– Nous avons découvert le corps décapité de Safat, reine. Une flèche l'a atteint à la taille et s'est enfoncée à travers la cuirasse. Il gisait dans son propre sang.

– Nous avons dressé des bûchers au milieu du désert pour tous ces morts. Nous avons ramené leurs os dans des urnes pour qu'ils reposent dans notre terre, où nul ne viendra troubler leur sommeil.

– Qui a fait cela ? Quels sont ceux qui ont planifié cette tuerie ?

– Ils ont volé les marchandises et tout ce qui pouvait avoir de la valeur. Je suppose qu'il s'agit d'une tribu nomade. Leur maigre bétail leur fournit une maigre pitance et ils se sont décidés au pillage, dit Elibaal.

– Êtes-vous d'accord ?

– Les nomades ne sont attirés que par le butin. Pourquoi envelopper la tête de Safat et l'attacher à un cheval ? Il y a là quelque chose qui m'inquiète.

– Parle, Malco, ouvre-nous tes pensées.

– Je crois que les populations de l'intérieur ont préparé l'assaut.

– Mais leurs cités ne peuvent plus vivre sans les marchandises qu'offrent nos caravanes : le sel, les épices, les chevaux, les tissus teints, les vases travaillés. Leurs habitants célèbrent des fêtes à l'arrivée de nos marchands. Eux-mêmes s'enrichissent en nous vendant l'ivoire de leurs éléphants. Pourquoi voudraient-ils nous causer du tort ?

– Tous les petits rois de Libye te veulent pour femme, surtout Iarbas, le plus ambitieux. Ils envient notre richesse, reine.

– Chiens jaloux ! Nous leur avons apporté la prospérité. Avant nous, ils n'étaient que de misérables mangeurs de poux, en perpétuelle guerre les uns contre les autres.

– Je pense qu'ils ont décidé que tu devais choisir l'un des leurs et célébrer tes noces. Je pense que la tête de Safat n'est qu'un avertissement de ce qui nous attend.

– Crois-tu vraiment qu'ils m'offrent le mariage de manière aussi sanglante ?

– Je le crois, reine. Bien que cela soit effrayant, nous ne devons pas écarter l'idée d'une alliance de tous les indigènes contre nous.

– Si ce que tu soupçonnes est la réalité, Malco, ils nous ont déclaré la guerre.

Je m'arrête pour réfléchir à mes propres paroles. Déclaration de guerre.

– Après pareille provocation, les représailles doivent être terribles, dit Ahiram.

La haine tend son visage.

– Les paroles d'Ahiram sont sages, poursuit Malco, il faut nous venger des nomades. Une vengeance terrible et glorieuse qui parvienne aux oreilles de Iarbas et le fasse trembler.

– Si nous les châtions vraiment, ce sera leur dernier affront, dit Elibaal. Safat ne reposera pas en paix tant que nous n'aurons pas taché nos lances du sang de leurs traîtres. Tant qu'ils ne seront pas couchés dans la poussière à mordre la terre de leurs dents.

Elibaal crache.

Les visages de mes hommes palpitent sous le reflet du feu. Nous gardons un long silence sans cesser de nous observer.

– Vous avez raison. Qu'ils connaissent le goût du remords. Notre main tombera lourdement sur eux, dis-je.

Le dégoût me prend. Cela pue la pourriture, le sang lourd, l'hyène. J'essaie de retenir ma respiration.

– C'est l'occasion pour les Troyens de prouver leur loyauté envers Carthage, dit Malco.

– Qu'insinues-tu ? Les Troyens ont offert de lutter à nos côtés, ce sont des hôtes loyaux.

– Je sais, reine. Mais le peuple n'entend pas offrir nourriture, protection et toutes sortes de faveurs à des étrangers oisifs. Si le moment est venu d'affiler les lances, qu'ils combattent donc pour nous, et prouvent leur gratitude. Ils feront ainsi taire toutes les protestations.

L'air de la salle est vicié. Fallait-il qu'ils amènent jusqu'ici leur odeur d'homme et de rigole sale ? J'ai besoin qu'on me prépare un bain, j'ai besoin de me plonger dans l'eau pour échapper à ce dégoût.

– Qui proteste ? dis-je en soutenant le regard de Malco.

– Des rumeurs courent. On dit que les Troyens n'ont montré aucune affliction à la mort de Safat, l'homme qui a traité leur roi de lâche.

Il y a un nouveau silence. J'entends un bruissement : c'est le vent qui agite les feuilles des palmiers. Ici, à l'intérieur, m'enveloppent des relents de pourriture.

– D'accord. Je chargerai les Troyens d'une mission punitive dans la région du couchant. Ahiram, Malco, vous deux irez saccager les environs du lac. Elibaal, toi, tu resteras à Carthage et seras chargé de la garde. Que personne ne sorte de l'enceinte fortifiée sans armes. Postez des sentinelles sur les tours de guet. Les portes de la ville resteront barricadées du coucher au lever du soleil et personne, sous quelque prétexte que ce soit, ne pourra entrer ou sortir pendant la nuit. Maintenant, vous pouvez aller.

Je me retourne et je dis :

– Et que ce soit la dernière fois que l'un de vous insulte mes hôtes sous mon toit. Si le vin vous trouble ainsi l'esprit, vous ne reviendrez pas vous asseoir à la table royale.

Éros

Moi qui connais bien la magie des lieux, j'ai préparé la scène. Conduits de ma main jusque sur la terrasse du palais, Elissa et Énée savourent leur intimité silencieuse. Sur eux s'élève la voûte du ciel et ses étoiles d'or. La ville obscure, inachevée, s'étend à leurs pieds. Ma longue expérience en matière d'amours tardives me dit qu'à la faveur de la faible lumière de la nuit, Elissa se sent plus sûre de sa beauté.

Personne ne pénétrera ce refuge à ciel ouvert, je m'occupe personnellement d'arrêter sur le seuil même quiconque osera faire irruption dans mon décor, installé avec tant d'esprit et de délicate élégance.

Je m'approche de la nuque d'Énée et d'un trait j'aspire ses pensées. Il est fatigué de fuir et d'errer sur les chemins ; porter le poids du grand empire qu'il doit encore fonder selon la prophétie l'épuise. Je lui fais souhaiter une protection, j'amollis ses muscles, j'affaiblis ses plans.

– Tu as de la chance, Elissa. Tu vois s'élever les murs de ta ville, dit-il.

À ce moment précis, je déploie l'une de mes ruses. Je couvre la lune de ma main ou, pour être plus exact, d'un nuage en forme de main, je la retiens dans cette bulle de vapeur qui soudain obscurcit la terrasse. J'ai déjà éprouvé que les humains, lorsque s'estompent les références spatiales, se croient plus libres, comme si tout arrivait sans conséquences, comme dans un songe. C'est pour cela qu'il m'est plus facile d'œuvrer dans des lieux inconnus, avec des voyageurs et la nuit.

Enveloppés par les ombres de la terrasse, près l'un de l'autre, au bord de la balustrade, tous les deux me devinent, ils sentent intuitivement que le désir est à l'affût, ils saisissent le souffle érotique qui vibre obscurément dans l'air. J'en augmente l'intensité, puis j'ouvre la main et la lumière se répand de nouveau.

– Elissa, dit Énée, tu sais que je suis un naufragé qui a tout perdu. Pourtant, j'ai pu sauver quelque chose de la ruine de Troie et de la tempête. Accepte cet humble cadeau. Je n'oublierai jamais ton accueil et la protection que tu m'as offerte.

Énée tend le voile brodé de feuilles d'acanthe pour qu'Elissa le prenne de ses mains. Elle le regarde, le caresse et s'en couvre.

– Merci, Énée. Tu as sauvé ce voile de grands malheurs, c'est un cadeau de prix, dit Elissa.

Ses yeux étincellent.

Il y avait longtemps déjà qu'Énée avait perdu le souvenir de Creüse, son épouse troyenne, avant que tout ne se fût effondré entre eux, quand ses yeux brillaient encore. Maintenant le souvenir le traverse. C'était cela se sentir aimé.

Elissa poursuit la conversation interrompue.

– Énée, tu crois que j'ai de la chance parce que ma ville prospère, mais ce n'est pourtant pas un endroit sûr.

– La mort de Safat te préoccupe ?

– Je suis inquiète. Nous sommes en danger.

– Quel danger ?

– Laisse-moi te conter l'histoire de Carthage et tu comprendras. Je suis arrivée sur les côtes d'Afrique en fuyant mon frère, le roi fou, qui avait fait assassiner mon époux et me poursuivait. J'ai débarqué ici avec mes hommes, dans l'anse même où tu as fait naufrage. Fatiguée de fuir, croyant que les meurtriers envoyés par mon frère avaient abandonné la poursuite, j'ai décidé de rester vivre dans cette baie. Je suis allée voir les indigènes pour qu'ils me vendent un petit territoire, d'une dimension telle qu'il puisse tenir à l'intérieur d'une peau de taureau. Ils se sont moqués de moi, mais ils ont accepté. Après la signature du traité, j'ai découpé la peau en lanières très fines et en les attachant les unes aux autres, j'ai fabriqué un très long cordon sous leurs yeux stupéfaits. J'ai ainsi délimité le terrain que la ville occupe aujourd'hui. Les indigènes ne m'ont jamais pardonné cette ruse, ils nous accusent de les voler et de les tromper. Ce sont des populations inquiètes et violentes. L'attaque qui s'est terminée par le meurtre de Safat est une menace.

La peau du taureau découpée en lanières. La ruse de la reine. Le mythe des origines. Cela m'amuse beaucoup de voir comment les humains inventent des légendes et combien ils en ont besoin. Je collectionne les mythes de toutes les régions du monde et, quand je grimpe sur les sommets du ciel pour rejoindre le banquet des dieux, j'ai un succès fou à répéter ces histoires prises sur les lèvres des mortels. Nous les dieux, nous sommes toujours surpris et, d'une certaine façon, émus par les efforts qu'ils font pour rendre le monde compréhensible. Nous, malheureusement, n'avons rien de semblable. L'art du conte est quelque chose que nous n'avons pas enseigné aux humains, ils l'ont appris seuls, et leur invention est éblouissante.

– Que vas-tu répondre à leur attaque ? demande Énée.

– Je souhaiterais éviter la violence, mais il nous faut montrer notre puissance si nous voulons pacifier le territoire. Mes soldats vont prendre des prisonniers chez les nomades. Certains seront livrés au supplice pour arracher une confidence. Nous vendrons les autres comme esclaves sur les marchés de l'Orient pour prix des marchandises volées. De cette façon, nos ennemis sauront notre force et le calme reviendra.

« Pacifier le territoire », a dit Elissa, avec un sérieux total. Je souris devant la supériorité que s'attribuent les descendants des grandes civilisations.

– J'ai déjà vécu cela, je sais qu'à cette heure vous éprouvez de la colère et que vous voulez résoudre le conflit par le sang et par le feu, en prenant les armes. Mais il est encore temps d'envoyer une ambassade à vos voisins pour réclamer qu'ils vous livrent les coupables de l'attaque de la caravane.

Elissa, je me suis battu jour après jour pendant dix longues années et j'ai vu les mille visages de la mort. Si tu veux mon conseil, essayez d'éviter la guerre.

Elissa trouve absurdes les paroles d'Énée, mais ces paroles absurdes libèrent en elle une étrange attirance. Elle pense : « Comme il est différent des hommes que j'ai connus, quelle douceur dans sa jeunesse. »

– Énée, je te remercie pour ton conseil, mais nous devons frapper pour répondre aux coups. Les temps sont durs, le risque est grand, nous ne pouvons pas nous autoriser des faiblesses.

Énée s'abîme dans de vieux souvenirs de guerre, cependant qu'Elissa le contemple intensément. Dans le silence qui s'installe, leurs regards se croisent soudain. Ils ont perdu le fil de leurs idées. C'est bon signe, signe que je progresse.

Pour le dire en termes humains, mes armes étincellent. Je me réfère, bien sûr, aux légendes des hommes autour de moi. Dans leur imagination, ils ont coutume de me voir comme un jeune archer qui les blesse avec une précision impossible à son âge, c'est-à-dire à mon âge, âge que bien sûr je ne peux avoir, moi qui entre et sors par les cratères et les failles du temps. Malgré son incohérence, je trouve suggestive et puissante l'image de l'archer infaillible. À tel point qu'il m'arrive de désirer m'exprimer comme les humains et de dire, par exemple à l'instant, que dans les yeux d'Elissa mes flèches vibrantes brillent d'excitation.

– Les temps sont durs, répète Énée. En période troublée, j'aime rappeler à mes hommes que nous avons affronté ensemble mille hasards et mille dangers, et que les dieux nous réservent un séjour paisible. Gardez-vous pour les années heureuses qui vous attendent, leur dis-je. Sois confiante toi aussi, Elissa. Un jour quand les dangers seront derrière nous, nous serons heureux de nous rappeler tout cela, et nous connaîtrons le plaisir des souffrances dépassées.

Elissa sent un souffle chaud dans son cœur, elle sourit. Mais, juste au moment où je la crois prise dans mes mailles, elle s'échappe de nouveau, comme Protée, le Vieillard de la Mer, quand il s'est transformé successivement en lion, serpent, panthère, eau et arbre pour fuir le roi Ménélas. Dans les mots d'Elissa résonne le fracas de la guerre, et cela éteint d'autres murmures plus suaves.

– Énée, maintenant, c'est moi qui te supplie de m'aider. Je veux envoyer une armée contre les nomades, mais la ville ne peut rester sans protection. Un escadron de guerriers partira demain vers le lac, dans les régions de l'est. Pourras-tu marcher avec tes hommes vers l'ouest, pour faire des prisonniers ? Si vous faites cela, dans la ville tous vous considéreront comme des frères et la méfiance disparaîtra.

Énée serre les mâchoires.

– Nos bras sont à ton service, reine.

Silence.

– Si je dois préparer une expédition, il me faut des armes et des chevaux pour les hommes qui m'accompagneront. En échange de notre collaboration, je te demande aussi du bois, des chars et des outils pour réparer nos navires.

– Merci, Énée. Je te promets que rien ne te fera défaut.

La conversation se poursuit, ils parlent de la mission, de la géographie du terrain, de la forme à donner à la lutte contre les nomades. Je cesse de leur prêter attention, ce n'est pas mon souci. Mon domaine, c'est le secret, la séduction, l'initiation. Ce qui m'intéresse, c'est ce qui reste sans avoir été dit, ce qu'ils ne se disent pas même en eux. Qu'ils s'en rendent peu compte ! Elissa ne remarque même pas qu'elle est peut-être en train d'envoyer à la mort l'homme dont elle commence à tomber amoureuse.

II

LONGUES ALLAIENT LES OMBRES

Virgile

Il croit qu'on le suit, qu'on a mis quelqu'un sur ses pas. Il a la sensation très nette d'être surveillé.

Submergé par le flot des citadins, des esclaves et des étrangers qui bouillonne dans les ruelles, il tente de se fondre dans la foule. Le bruit assourdissant qui monte avec le jour, quand résonnent les marteaux des chaudronniers et les cris des enfants des écoles, semble pouvoir étouffer sa peur. Mais d'un autre côté, il sait qu'il est inutile de chercher à se cacher. Sa haute taille, ses mouvements maladroits, son allure de paysan le font reconnaître de loin, le rendent facile à surveiller.

S'il existait la plus petite éventualité qu'on l'épie, il lui faudrait renoncer à ses plans. Il le faudrait, mais il ne le fera pas. Il est fatigué. Vivre ici exige trop de précautions ou, pour le dire avec toute la cruauté des vérités douloureuses, exige trop de servilité. Il aimerait retrouver les campagnes de Naples, là où il eut un jour sa vraie maison. Rome en échange lui a toujours paru sinistre, un puits de corruption rempli d'hommes scandaleusement riches et de malheureux désespérément pauvres.

Pour s'abstraire de tout cela, il va au milieu de la foule, obsédé par Énée et ses secrets, quand le tire de ses pensées une conversation fortuite entre deux inconnus.

– Lucius, où vas-tu à courir comme ça et pressé comme un rat dans un pissoir ? Tu vas saluer le patron ?

– Laisse-moi passer, je ne veux pas être le dernier à arriver. Tu as fini, Quintus ? Oui, bien sûr, toi tu ne restes pas au lit si tu peux remplir ta bourse. Continue à gagner de l'argent, plutôt que du ventre.

Le spectacle des matins le rend triste, de ces moments où les hommes partent accomplir leurs obligations de courtisans. Tout le monde à Rome a un protecteur et tous doivent aller le saluer en l'appelant « maître » chaque jour, avant de commencer la journée de travail si encore ils ont la chance de travailler. À eux tous, ils forment le tissu d'un grand réseau de maîtres et de flatteurs, et la ville ainsi bout en un tourbillon de visites. Dans ce ballet de courtisans dansé le matin, le pouvoir de chaque homme se mesure à la quantité de clients qui accourent et qui attendent des heures dans le vestibule avant d'être reçus. Lui qui participe à ces allées et venues au même titre que les autres, il souffre de cet asservissement, il souffre d'une douleur qu'il ne sait apaiser. Qui peut passer sans le cadeau quotidien que le maître paie en échange de la visite ? Pour les avocats sans procès, les professeurs sans élèves ou les artisans sans commandes, ce pourboire est le seul moyen de vivre. Les autres ajoutent cet argent à leur salaire et survivent. Ainsi, si le maître demande quelque chose, il est assuré d'être obéi. Et tout est simple, sans appel.

Lui, il sert directement l'empereur. Un service difficile, voire dangereux. Il éprouve un soudain trouble à l'estomac. Il a presque toujours mal au ventre, sa digestion est difficile et chargée d'aigreurs, sous sa tunique sa peau est souvent tendue comme celle d'un tambour. Et de plus, ça presse, et il cherche les latrines publiques les plus proches. Il traverse à la hâte un désordre de ruelles. Il se heurte à ceux qui vont, il reçoit des coups de coude, un tel le heurte avec un seau, la sandale cloutée d'un centurion se fiche dans son pied. Hors d'haleine, il arrive à l'entrée, paie un sou l'utilisation des toilettes et se précipite sur un siège de marbre décoré de reliefs en forme de dauphins.

Son soulagement est immense. Assis là, bercé par le murmure de l'eau qui s'écoule du conduit, il éprouve une sorte de plaisir. Il ferme les yeux. Des bribes de phrases lui parviennent ; aux latrines, on se donne rendez-vous, on bavarde, on cherche fortune, certains attendant même une invitation à dîner.

– Je parie sur les bleus, ce sont les meilleurs… Je vais au forum demander de l'argent, j'ai un crédit… Gladiateurs de rien du tout… Grâce aux dieux, tout cela est fini, maintenant, on est en paix… Pendant les années de guerre, il y en a qui se sont enrichis par les expropriations… Le pain est cher, les édiles se sont entendus avec les boulangers… Un brave homme, ami de ses amis, pouvait viser un oiseau en plein vol… Il préfère un sou dans sa poche à la vie de chacun d'entre nous, il a bâti sur des poutres aussi fines que des flûtes…

Virgile pense au retour de la paix. Il a vécu toute sa jeunesse dans des temps de guerre, et la guerre lui semblait ainsi l'image même du mal du monde. Dans l'horreur de la lutte, il a écrit : « Ici aussi, le bien et le mal se confondent, autant de guerres dans le monde, autant de visages du mal. » Il a été le premier à saluer la paix, même si la paix s'était faite par la victoire dévastatrice d'un seigneur de la guerre qui avait éliminé tous ses adversaires, un à un. Depuis lors, ce seigneur de la guerre, Octave, qu'on appelle Auguste, assure à son peuple sécurité et magnificence, c'est sûr. Lui, il pense que les Romains ont acheté la paix au prix de l'obéissance. Il ne se pardonne pas davantage à lui-même, il a voulu la fin des violences à n'importe quel prix, à ce moment-là, quand on se battait jusque devant chez lui. Mais maintenant s'installe en lui un fond de tristesse lorsqu'il découvre, parce que cela existe aussi, la misère de la paix, le visage pacifié de la domination.

Il reprend la ronde des pensées qui l'obsèdent. Se rebeller en vaudra-t-il la peine, ou est-il trop tard pour lui qui s'est déjà vendu pour plaire aux puissants ? Que doit faire finalement Énée à Carthage ?

Un homme aux dents noires s'assoit sur le siège d'à côté et commence à bavarder.

– Ça fait un bout de temps que tu es là, l'ami. Ton ventre ne te répond pas ?

– Je souffre de l'estomac, dit-il.

– L'écorce de grenade et la résine dissoute dans du vinaigre m'ont très bien réussi, dit l'inconnu, et ça libère les gaz. Ah oui, tu peux constater, mon estomac fait un bruit de taureau sauvage. Mais tu sais, Publius, aucun de nous n'est parfait à la naissance. Il n'y a rien de pire que de se retenir.

– Tu m'as appelé Publius. Comment sais-tu qui je suis ? demande-t-il avec méfiance en tendant la main vers l'une des éponges attachées à un bâton.

– Tout Rome sait qui tu es.

Il se nettoie, se lave les mains, s'essuie le front et s'éloigne.

Il traverse de nouveau des ruelles, toujours plus étroites car les propriétaires construisent des pièces en encorbellement au-dessus du rez-de-chaussée des immeubles et ils les louent à des prix extraordinaires. Les locataires de ces taudis sont obligés d'emprunter une échelle pour monter chez eux. S'ils ne paient pas le loyer, ils les contraignent en retirant l'échelle en sorte que les autres se retrouvent prisonniers en haut, sans vivres, jusqu'à avoir réglé leur dette. La vie en ville est dure. Lui, il s'indigne lorsqu'il passe dans le labyrinthe urbain, où les maisons s'agrandissent de ces fragiles constructions pour élargir les pièces de vie jusqu'à ce que les voisins puissent d'un côté à l'autre se donner la main par les fenêtres. Il a souvent pensé qu'à bâtir en l'air dans tous les sens, Rome s'est enfoncée peu à peu dans l'ombre, loin du soleil et de la lumière, comme en un progressif engloutissement.

En s'écartant d'une chaise à porteurs balancée par des esclaves, il aperçoit de nouveau le barbu qu'il soupçonne. Quelqu'un le suit, il n'y a pas de doute, mais il ne renonce pas pour autant à se rendre à la maison interdite. Bien que cela s'accorde mal avec son caractère, d'ordinaire si doux qu'il doit supporter de ses connaissances des plaisanteries et des surnoms de femmelette, aujourd'hui il se sent d'humeur à désobéir. Peut-être le danger n'est-il que le prix à payer pour recouvrer quelque respect de soi.

Il s'approche d'une vieille femme qui vend des légumes et il lui dit :

– S'il te plaît, ma bonne, sais-tu quelle est la maison de Cornelius Gallus ?

– Tu es étranger ou quoi ? Cornelius Gallus est mort depuis des mois. Mort et bien mort.

– Oui, je sais. On m'a dit que sa mère vit ici tout près.

La vieille marche devant lui. Elle le conduit devant une maison et frappe à la porte.

– C'est ici.

Il lui donne un pourboire. Quand le portier apparaît, il se fait annoncer. Puis il attend un moment parce qu'on tarde à lui demander d'entrer.

– Publius, ta visite me surprend, dit la mère de Cornelius. Les amis de mon fils ont cessé de venir.

– Je suis heureux de te voir, Gala. Tu as bonne mine.

– Te moques-tu de moi ? Tous ces mois m'ont affaiblie. Après ce qui est arrivé à Cornelius, il ne me reste qu'à attendre, dit Gala en repliant ses doigts ridés.

Il comprend l'intention : un jour de plus est un jour de moins, le compte à rebours de la mort. Il pense qu'il aura de la peine à voir les yeux de la vieille femme se remplir de larmes et aussi que, avec sa maladresse habituelle, il ne maîtrisera pas la situation.

– J'aimerais savoir ce qui s'est passé vraiment.

– Cornelius savait qu'Auguste l'avait élevé en grade et qu'il lui devait sa nomination comme préfet d'Égypte. Dans notre famille, nous ne sommes pas ingrats ni oublieux, Publius. T'avons-nous jamais caché que mon mari était un affranchi ? Nous n'avons jamais dissimulé nos origines. Et malgré cela, avant, les gens importants comme toi ne nous évitaient pas.

Il perçoit son amertume et l'accepte. Il envie presque cette douleur juste, purificatrice.

– Je ne t'ai pas évitée, Gala. Il y a longtemps que je désirais te rendre visite, mais j'ai été très occupé. Continue, je t'en prie. On a raconté tant de choses incroyables sur Cornelius…

– Tu le connaissais mieux que quiconque, tu as été son ami de jeunesse. Il ne s'est jamais considéré comme un simple serviteur d'Auguste, ils discutaient ensemble de sujets de politique. Mais très vite ont commencé à circuler des rumeurs prétendant qu'il avait critiqué l'empereur, et les bavardages sont allés grandissant. Puis on a dit que Cornelius faisait élever de grands obélisques pour célébrer ses victoires en Égypte, qu'il se prenait pour un nouveau pharaon… Il a été accusé de haute trahison et on l'a obligé à se donner la mort.

– Je suis desolé, Gala. Qu'il repose en paix et que la terre soit légère à ses os, dit-il.

– L'hostilité d'Auguste ne s'arrête pas à la tombe. On dit qu'il a ordonné d'effacer son nom même de tes vers. Est-il vrai que va paraître une nouvelle édition de tes poèmes sans l'éloge que tu as fait de mon fils ?

Il se sent incapable de répondre. On l'a obligé à trahir publiquement son ami tombé en disgrâce, à le faire disparaître de son œuvre pour éviter qu'on se souvienne de Cornelius Gallus à travers les mots affectueux de quelqu'un qui l'aimait.

– Gala, je peux dire peu de chose pour ma défense. J'ai fait cela contre ma volonté. D'autres tracent mon chemin.

– Qu'es-tu en train de faire, Publius ? Tu as toujours été un brave homme. Tu vas vraiment te faire le propagandiste d'Auguste ?

Les rides autour de ses vieux yeux retiennent les larmes avant de les laisser couler. Une lueur trouble se glisse par les fenêtres que protègent des peaux.

Il se pose des questions. Serait-il juste de dire que c'est vrai, qu'il a toujours voulu bien agir, ou pour le moins faire le moins d'erreurs possible, et que les temps ne le lui ont pas permis ? Ou fallait-il plus de courage, plus d'énergie, plus d'intégrité qu'il n'en a jamais eu ?

– À bientôt, Gala. J'espère que tu iras bien, dit-il, et il sort.

Il n'a pas envie de rentrer chez lui sur l'Esquilin, dans la demeure offerte pour ses services à l'empereur. Gala a touché le point douloureux en prononçant ces mots : « le propagandiste d'Auguste ». Le soleil d'automne tombe de biais, filtré dans ces rayons d'or sombre qu'il aime tant. Il marche sans but précis, absorbé dans ses pensées, ce qui lui arrive très souvent ces derniers temps.

« Nous luttons tous pour la grandeur de Rome » : la phrase résonne dans sa tête, mais il ne sait plus s'il l'a entendue des lèvres d'Auguste ou si c'est son ami Gallus qui l'a prononcée en se consacrant tout entier à la lutte politique et en réservant la poésie aux heures de loisir. C'est justement Gallus qui l'a présenté à Auguste et à son entourage. Quand les armes se taisent et que la parole déploie sa force, le pouvoir a besoin de s'entourer d'hommes qui sachent raconter des histoires. Auguste l'a compris très tôt, et il a vite demandé à ses favoris d'écrire une épopée à la gloire de l'Empire romain. Pour une raison quelconque, c'est lui qui a subi le plus de pressions. Peu à peu, sans savoir comment, il est devenu clair que la redoutable charge lui incomberait.

Il s'arrête près d'un mendiant estropié qui demande l'aumône dans une ruelle. Il écoute le récit de ses malheurs et, quand c'est fini, incapable de résister à qui sait conter, il lui donne de nombreuses pièces. En fin de compte, le mendiant et lui, de leurs mots implorants, ne racontent que pour séduire les autres.

Il poursuit sa route, sans but, il rêve du passé. Il se rappelle le jour où Auguste lui a dit : « Écris, Virgile, un poème sur la guerre, le courage des hommes et les destins de Rome. Je te promets que tu ne manqueras de rien pendant ton travail. Mais ne me déçois pas. Joue franc jeu avec moi et tu sauras ma générosité. »

Il ne sait plus si telle fut la conversation dans la réalité. Il croit du moins que la dernière phrase – joue franc jeu avec moi et tu sauras ma générosité – appartient à un autre moment, à ce jour où Auguste lui a donné l'ordre de supprimer l'éloge de Gallus. Quand l'empereur regarde fixement quelqu'un, il lui plaît que l'autre baisse les yeux, comme s'il était face au soleil.

Tous attendent une grande œuvre, aussi grande que l'*Iliade*, aussi mémorable dans les siècles futurs. Pour qu'il puisse la créer, on l'a libéré de toute préoccupation matérielle, on lui a offert une maison luxueuse, on a mis à son service toute une troupe d'esclaves et de secrétaires. La charge est payée d'avance, très bien payée. Auguste sait le prix des mots, et il est décidé à les mettre à son service. « La puissance de Rome se conforte par ses traditions et par ses héros. »

Malgré le temps écoulé, il a été incapable d'écrire une seule ligne à la hauteur de ce qu'on attend de lui. Il se sent paralysé. Cette exigence, ce travail fou et démesuré, c'est trop pour lui. Chaque fois qu'il y pense, il a l'estomac noué. La nuit, il se réveille en sueur.

Et Auguste commence à s'impatienter. D'Espagne, où il est à combattre contre les peuples de Cantabrie, l'empereur lui écrit des lettres où il réclame avec insistance « le premier jet du poème ou un passage quelconque ». Au début, il était poli et demandait courtoisement, maintenant, il use d'un ton menaçant. Assemblant tout son courage, il a répondu : « Quant à Énée, je te jure que, si je trouvais quelque chose digne de toi, je te l'enverrais avec un grand plaisir, mais cette tâche est énorme. Il me semble m'être embarqué par folie dans une si vaste entreprise. »

Il sait qu'il ne pourra pas mettre à l'épreuve beaucoup plus longtemps la patience de l'empereur. La campagne de Cantabrie est une affaire entendue. Auguste a fondé les cités où s'installeront ses vétérans, une Augusta Emerita, une Caesaraugusta et, une fois apaisée sa soif d'entrer dans l'Histoire par le biais de la toponymie, il sera vite de retour à Rome.

S'il a ordonné qu'on le suive et qu'on le surveille, à son retour d'Espagne il trouvera un rapport détaillé de ses errances à travers la ville et de ses compagnonnages inappropriés. Il saura ainsi que dans la grande maison de l'Esquilin, les copistes sont restés sans emploi, que le poème est toujours en suspens, que la grandeur de Rome n'a pas de chantre.

Il se demande ce qu'il arrivera alors. Il tremble, rien que d'y penser. Il y aura contre lui de dures représailles, qui atteindront peut-être sa famille, ses parents, ses frères.

Pourrait-il faire entendre à Auguste qu'il ne sera jamais capable, lui, d'écrire de grands vers sur les guerres épiques d'Énée en Italie ? En revanche, le poème se met à vivre lorsqu'il pense aux rames, aux vents, à la plage de Carthage battue par les vagues, aux constellations qui se baignent dans la mer, aux blessures silencieuses, aux va-et-vient du destin, au temps bref et sans retour, à la lune claire qui illumine les chemins, à l'écume blanche de la houle, aux rêves que forgent ceux qui aiment, aux mains d'Elissa.

III

SANG

Énée

Il est déjà trop tard pour revenir sur mes pas, trop tard, bien que tout cela puisse être une erreur. Je regarde mes hommes. Dans l'iris de leurs yeux, je vois se refléter les foyers du campement nomade qui se profile au loin.

– Halte, dis-je.

J'ai la bouche sèche, les doigts moites. Commencent alors ces moments, juste avant la lutte, où il est difficile de se maîtriser.

– Écoutez-moi, poursuis-je à voix basse, parce qu'en apparence nous n'avons pas été repérés et que la paix de la nuit berce nos adversaires. Nous allons nous diviser en deux groupes et attaquer des deux côtés à la fois. Rappelez-vous que nous sommes là pour faire des prisonniers vivants, ne tirez pas pour tuer si ce n'est pas vraiment nécessaire. Qu'il n'y ait pas de blessés parmi les femmes et les enfants.

Acate et moi délibérons au milieu des murmures. Puis nous partageons les hommes en deux groupes. Avant de passer à l'action, je pose mon bras sur l'épaule de chacun d'entre eux, les remerciant de leur loyauté d'une pression de ma main. Tous m'ont suivi sans protester dans cette marche à travers le désert rouge, où le sable absorbe les pas et où la poussière brûle le regard, cherchant pendant des heures, sans guide ni orientation, le camp de base des nomades.

– Nous tomberons sur eux par surprise, dis-je aux hommes de mon détachement. Nous avancerons sans bruit jusqu'à ces arbres et de là-bas, quand je vous donnerai le signal, nous nous lancerons au galop.

Très discrets, nous marchons jusqu'aux arbres extraordinaires qui se découpent sur le violet du ciel nocturne. Le souffle du vent a laissé à nu leurs étranges racines. Tandis que nous nous rapprochons, on dirait que les arbres se meuvent lentement sur de noires pattes d'araignée.

Le vertige et le dégoût s'emparent à nouveau de moi. Mon corps se révolte à l'idée de semer la terreur dans ce paisible village qui repose dans la nudité des dunes. J'éprouve le désir de faire demi-tour, un fort désir de tranquillité loin de la bataille. Je pense aux mains d'Elissa, je voudrais y blottir mon visage, m'y cacher la face, me défaire là de toutes les fatigues, me reposer d'être Énée, me bercer dans le calme de ses bras.

Nous sommes arrivés. Nous attendons là où les ombres bleutées des arbres se fondent les unes dans les autres.

– Maintenant ! je crie, et nous nous élançons au galop dans des nuages de poussière.

Le bruit de nos voix se mêle au son des tambours dans le village. Près de l'une des cabanes de paille, un nomade saisit une lance. Lisandre, à mes côtés, lui traverse le pied d'une flèche et le laisse cloué au sol, tordu de douleur.

Nous avançons comme un souffle puissant au milieu des chaumières. Les femmes attrapent les enfants et cherchent des abris. Plusieurs femmes enceintes courent en se tenant le ventre avec lourdeur. Nous arrivons, sans presque rencontrer de résistance, au centre du campement, où brûle un grand feu.

J'éprouve de nouveau la très forte impression d'irréalité qui s'empare de moi dans le fracas du combat. Je me recommande aux dieux.

Nous galopons en cercles autour du foyer, brandissant lances et épées. Partout monte la noire moisson des armes. Depuis nos chevaux, nous fondons sur les indigènes en face de nous, le métal traverse les chairs et brise les os, des cris atroces s'élèvent.

Un nomade attrape la lance à hauteur de son oreille. Le projectile est renvoyé et frappe mon brave Asio aux tempes, se fiche dans son cerveau. Je le vois tomber tout palpitant, les bras tendus vers ses compagnons, tandis que la mort glace son regard. Furieux, Ilioneo descend de cheval, court sur l'assassin d'Asio, lui transperce les côtes de son épée qu'il lui plante plusieurs fois dans la poitrine jusqu'à la briser.

– Gardez le calme ! crié-je.

À ce moment-là, Acate et ses hommes arrivent de l'autre bout du village et nous rejoignent. Notre supériorité est évidente : nous sommes plus nombreux et nous sommes mieux armés. Et plusieurs jeunes nomades filent dans l'obscurité.

– Ne les poursuivez pas. Nous avons assez de prisonniers. Rentrons.

Soudain, une flèche surgit de l'ombre et dans un craquement elle se fiche dans le cou d'Anfio. Avant de mourir, il se tourne vers moi et vomit un jet de sang chaud qui m'éclabousse. Puis il s'effondre. Ses côtes battent le rythme d'un long sanglot. Cloanto accourt pour l'aider. Une autre flèche, puis une autre, puis une autre, passent très vite mais sans toucher personne. La dernière fend l'air tout près de moi. Son sifflement, c'est la chanson de la mort au combat, le chant mortel qu'on n'oublie plus lorsqu'on l'a entendu.

Nous ne pouvons voir l'archer nomade qui tire. Nous soulevons nos boucliers pour nous protéger. Soudain, et malgré sa cuirasse, Ilioneo s'effondre, touché en plein ventre. Un second projectile l'atteint alors qu'il tente de se relever. Son cou tombe sur ses épaules, son casque roule. Anteo l'archer se met à l'abri de mon bouclier. Je peux l'entendre trembler contre moi. En criant de toutes ses forces, Acate descend de cheval, attrape une branche qui brûlait dans le foyer et met le feu au toit de paille d'une chaumière. Les flammes crépitent. Le bruit aigu d'une flèche se fait de nouveau entendre, elle n'atteint pas Acate mais se plante dans le poitrail de son cheval. J'écarte le bouclier dont je protège Anteo, il vise, tire vers les recoins sombres d'où viennent les flèches et revient se réfugier. Il prend un autre projectile, le positionne et tend la corde sur son épaule. À ce moment précis, j'écarte de nouveau mon bouclier pour lui permettre de tirer. Nous refaisons ces mouvements jusqu'à ce qu'il ait vidé son carquois. Pendant ce temps Acate met le feu aux cabanes les unes après les autres. L'incendie grandit en rugissant. Dans l'une des chaumières, un nouveau-né se met à pleurer.

À la fin, le tireur caché part en courant, tel un cerf. Cloanto se place en face de lui et le renverse de sa lance. La pique s'enfonce dans son cœur, et l'arme vibre à ses ultimes palpitations. Pendant que l'archer nomade agonise, mes hommes poussent des cris de triomphe.

De grandes nuées de fumée s'élèvent du village. Les chaumières se consument et ne sont plus que cendres qui flottent, telles des plumes grises. La plainte de l'enfant s'exténue. Le sable s'imbibe de sang noir.

Un moment, un frisson me parcourt. Je donne l'ordre de ramasser nos morts et d'en charger les chevaux.

– Y a-t-il des blessés graves ?

– La mort nous a pris Asio, Ilioneo et Anfio, les autres ne souffrent que d'égratignures, répond Cloanto. Nous avons fait cinq prisonniers. Le reste des nomades a fui, agonise ou est tout à fait mort.

Pendant que s'organise le départ, j'écoute un murmure étouffé. Je m'avance au milieu du village en ruine, attentif, tendu, l'arme à la main, je tombe sur une jeune mère agenouillée au sol et qui serre dans ses bras le cadavre d'un nourrisson. Bien que son enfant ne soit plus qu'une dépouille noircie, elle lui sourit et lui chante à voix douce une berceuse. Je rengaine mon épée et rejoins mes hommes. Le mince fil du chant ne se brise pas, même lorsque je m'éloigne.

Les préparatifs achevés, nous reprenons la route en silence. Les prisonniers, quatre hommes et une femme, nous suivent à pied, attachés les uns aux autres. Nous tournons le dos au campement dévasté, au sable ensanglanté, aux cadavres que nous avons semés, à la douce berceuse.

J'aimerais penser que cette nuit-ci j'ai accompli un devoir difficile. Il est bon d'apprendre à ces populations de nomades, sans cités ni lois, à respecter la justice. Je veux croire que la cause d'Elissa est la mienne, qu'une même nostalgie et des plans communs nous unissent. Elle m'a parlé de son désir de fonder, dans ce désert, une oasis humaine, semblable à Tyr, à Troie, avec ses dieux, ses temples, ses places, un lieu où les ouvrages des hommes et leurs meilleures compétences puissent se développer. J'aimerais pouvoir penser qu'une ère de tranquillité mettra fin à l'ère de tous les dangers. Que les armes se tairont, qu'en leurs lieu et place se dérouleront les lentes caravanes, pour les œuvres de la paix. Que c'en sera fini de ce fol acharnement à tuer.

Je veux croire que j'ai accompli aujourd'hui la tâche difficile qui m'incombait.

Rien ne bouge hormis le sable, qui se laisse modeler par le vent, et nous qui rentrons, obscurs, dans la nuit silencieuse, parmi les ombres.

Ana

Iule, tu es un enfant silencieux et, quand tu parles, tu prononces, dans ta langue troyenne, des mots inconnus, si étranges qu'on croirait un charabia. Bar bar sira nisa nonsa tran, c'est le bruit qu'ils font. Mais je t'apprendrai, moi, ma façon de nommer les choses. Écoute bien. Mer. Vagues. Ciel sans nuages. Hautes, hautes mouettes. Et voici un scarabée qui ouvre son chemin dans le sable. N'aie pas peur des scarabées, si noirs qu'ils te semblent. En revanche, fais bien attention aux scorpions qui se cachent sous les pierres, les scorpions font mal, c'est sûr.

Te souviens-tu, il y a deux jours, dans le quartier des teinturiers ? Tu as vu des hommes aux bras rouges parce qu'ils les trempent dans des bassins de pourpre qui les leur colore. Comme tu as eu peur et comme tu t'es mis à pleurer ! Au palais aussi, depuis que tu dors dans ma chambre, toutes les nuits, dès que je souffle la flamme, tu descends de ton lit et, tout doucement, pour ne pas déranger les spectres de la nuit, pour qu'ils n'aillent pas informer les mauvais génies qui volent leur sommeil aux enfants, tu viens te coucher avec moi. Le premier jour, tu as renversé le pot, et qui a dû nettoyer le matin ?

Je sais, je sais, tu as peur parce que tu as vu des choses affreuses pendant la guerre de Troie. As-tu la nostalgie de ce temps où tu t'asseyais aux pieds de ton grand-père pour qu'il te raconte des histoires de chevaux ailés ou de vieux oiseaux savants ? Te souviens-tu de ta mère qui, il n'y a pas longtemps encore, te nourrissait de son lait et sentait bon et te berçait dans la nuit ? Oui, c'est cela, tu as peur à cause de tout ce que tu as perdu.

Je te comprends, Iule. Quand j'étais petite comme toi, je souffrais parce qu'on m'appelait la petite bâtarde du roi. Mon père ne m'aimait pas. Il venait parfois chez nous, mais il ne s'occupait pas de moi. Il n'aimait qu'une chose, c'était que ma mère enlevât sa tunique et lui montrât son ventre. Moi, je me retirais alors dans mon coin, j'attendais qu'il s'en aille. Ma mère était bonne, mais elle est morte, comme la tienne. Ma deuxième sœur, Elissa, s'est occupée de moi, comme je m'occupe de toi maintenant.

Parce que nous aussi, nous sommes comme frère et sœur. Tu n'as pas oublié notre pacte des cicatrices ? Ici même, sur cette plage, nous étions à jouer l'autre jour et tu as touché la tache brune que j'ai sur le visage. Tu en as fait le tour du bout du doigt, avec lenteur, avec douceur. Puis tu m'as montré une cicatrice sur ta jambe. J'y ai passé le doigt, je t'ai dit qu'elle était belle, et ainsi sommes-nous devenus frère et sœur.

Viens, viens, allons ramasser les coquillages qui brillent dans le sable. Tu verras ce que j'éprouve lorsque les vagues nous lèchent les talons. Regarde, regarde celui-ci, apporte-le-moi, je t'attends assise dans l'eau, cependant que le sable coule entre mes doigts et épouse la forme de mes jambes.

Ces coquillages vont servir à décorer notre maison de sable. Jette-les dans le tablier de ma tunique, comme ça. Donne-moi la main. Imagine, sur le sable ridé du fond, autour de nos pieds blancs, qu'un crabe avance dans sa cuirasse de pattes.

Aimes-tu les oiseaux aquatiques ? Cet oiseau à la queue dansante est une bergeronnette. Si tu cours, tu l'effraieras et elle s'envolera. Tu vois ? Je t'ai prévenu. Allonge-toi sur le sable avec moi, je vais te dire un secret. Si tu suis les oiseaux du regard, tu verras que ce ne sont pas eux qui s'élèvent, mais nous qui tombons, n'est-ce pas ?

Là, les palmiers touchent le ciel de leurs cimes. J'aime cette lumière descendante de l'automne et ce vent qui force son passage entre les tamaris comme un animal pris au piège.

Je suis fatiguée, nous avons couru le long de la baie avec le vent dans les jambes comme un cheval invisible excité par nous, nous avons sauté de rocher en rocher, les coudes contre les hanches, nous avons construit un palais fortifié avec son toit d'algues, nous avons ramassé des pierres et les avons jetées à l'eau. Pendant que tu creuses pour enterrer mes pieds, laisse-moi m'allonger. On est bien ainsi, couchés sur le côté, la main sous l'oreille. J'ai envie de m'endormir.

Mais, l'oreille collée au sol, j'entends un bruit, un écho très lointain, semblable aux battements de mon cœur. Le bruit croît, arrive jusqu'à nous. Qu'est-ce que cela peut être ? Je ferme les yeux, je les ouvre. Chaleur au visage. Le ciel paisible, la mer en mouvement. Je ferme de nouveau les yeux et alors, soudain, je comprends.

Iule, viens, lève-toi, accroche-toi à mon cou, fais vite, ce sont des sabots de cheval et ils se rapprochent. Retournons à l'eau, cachons-nous dans les rochers, avant qu'ils n'arrivent.

Ce sont les hordes nomades, Iule, pourvu qu'ils ne nous attrapent pas.

Je cours de toutes mes forces, ne lâche pas, serre bien tes bras autour de moi.

J'entre dans la mer qui éclabousse, l'eau se trouble de sable et de boue. Moi je leur tourne le dos, mais toi tu les vois, leurs faces de fantômes à cheval, ils font grand bruit, ils arrivent. Iule, ne regarde pas, respire un bon coup et cache ta tête contre moi, l'eau est froide, les vagues nous mouillent le nez, nous recouvrent, eux nous voient à peine. Ils ne viennent pas pour nous, ils galopent vers la ville. Je devine ce qu'ils vont faire, ils vont lancer une pluie de flèches par-dessus les remparts. Ce sont des flèches empoisonnées, Iule, mais si tu supportes de rester caché dans l'eau froide, ils ne pourront pas nous atteindre. Mon corps t'enveloppe et c'est ton bouclier. Regarde sur la mer les reflets dorés de l'après-midi, l'eau devient miel, nous en mangerons, imagine combien de miel, tu n'avais jamais vu autant de miel à la fois.

Les sabots s'éloignent. Je respire, je respire. Ta chaude haleine caresse mon oreille. Le danger est passé, mais nous allons rester tranquilles encore un moment. Maintenant que nous sommes saufs, j'aime être ainsi serrée contre toi et avoir encore un peu peur.

Énée

Je me repose enfin à la chaleur du feu, après un jour de marche à travers le désert, incertain de ma direction, le vent effaçant le profil des dunes.

– Demain, avant midi, nous arriverons à Carthage, dis-je.

– J'espère que nous pourrons lever l'ancre bientôt et quitter ces côtes. Les hommes sont inquiets, répond Acate.

Je regarde le feu. Le vent fait respirer les flammes. Acate continue à manger dans son écuelle. Quand il a fini, il se lèche les doigts.

– Combien de temps nous faudra-t-il encore pour réparer les bateaux ?

– Les travaux avancent lentement. De plus, il nous faut nous protéger. Maintenant les nomades nous regardent comme des ennemis. Il nous faudrait construire une palissade et un fossé autour des navires. Il va se passer bien des lunes avant que nous ne puissions repartir.

Moi aussi, je laisse mon écuelle au sol.

– Je vais dormir, dis-je. La nuit vient et il faut s'y soumettre. Nous partirons à l'aube.

Je me lève mais ne me dirige pas vers ma tente. De leurs doigts, les prisonniers ont creusé des trous dans le sable pour dormir. Je m'approche d'eux et je touche l'épaule de la jeune femme. J'enlève le sable qui couvre son corps et je défais ses liens. Je lui fais un signe pour qu'elle me suive. Elle obéit, en se frottant les poignets.

À l'intérieur de ma tente, j'allume une torche et je l'attache au piquet central, où elle éclaire ma cuirasse, mes jambières, mes pare-chevilles, mon épée d'argent cloutée et mon grand bouclier.

– Viens, dis-je tout bas à la femme.

Elle ne comprend pas mes paroles et elle hésite. Je m'approche. Toute la journée, je l'ai observée ; à son bras suppure une blessure ouverte par un couteau et, bien que de ses lèvres ne sorte pas la moindre plainte, la douleur trouble son regard. Je la prends par la main, je lave sa blessure avec soin, comme je l'ai fait tant de fois avec mes hommes depuis la bataille.

– Tu vas avoir mal, mais un moment seulement, lui dis-je, pour que ma voix paisible l'apaise.

Le vin que j'y verse la brûle mais un sang frais jaillit.

Que suis-je en train de faire en réalité ? J'ai attaqué le village de cette femme et je l'ai faite prisonnière. Je l'emmène à Carthage où on la torturera pour savoir qui a assailli la caravane. Ils blesseront et brûleront sa chair jusqu'à ce qu'elle perde connaissance, et ils la laisseront alors pour reprendre le supplice un peu plus tard. Quel sens cela a-t-il que je la soigne si c'est pour la livrer demain au bourreau qui maltraitera son corps ?

– Regarde, ta blessure est propre.

Elle évite de nouveau mon regard, mais sa main s'accroche à mon bras quand je touche sa blessure, et elle se crispe parfois. Le travail a sali ses ongles. Elle est petite et brune.

– Maintenant, je vais te vendre.

Lors de l'attaque du village, les siens ont fui en la laissant derrière eux, et maintenant, elle est notre prisonnière. Je me demande ce qu'elle pense d'eux, je me demande si elle les maudit dans son for intérieur.

– Voilà, c'est fini. Ta blessure cicatrisera vite.

La femme se lève. Avec des mouvements vifs, elle enlève les vêtements de peau qui la couvrent et elle s'allonge nue dans mon lit. C'est ainsi qu'elle a compris mes intentions, les soins du maître à sa nouvelle propriété avant qu'il n'en prenne possession. Elle accepte la loi de la guerre, même si maintenant elle en est la victime.

Je me couche à son côté et je la caresse. De mes doigts j'effleure la tiédeur de sa gorge, son épaule, le bras où s'enroulent les anneaux d'un serpent tatoué, les seins aux larges aréoles, le ventre, la coquille de son sexe.

Je vois les traces d'une maternité récente. Où est son enfant ?

Elle garde les bras inertes le long de son corps et à mesure qu'elle ressent mon toucher, elle fronce le visage en écartant de moi ses lèvres et ses yeux.

Très faiblement, comme quelque chose de mort depuis très longtemps, revient en moi le souvenir de ce lointain matin à Troie. Une mission dangereuse m'avait tenu absent trois lunes. Comme je retournais chez moi, le corps de ma jeune épouse se dessinait dans mon esprit, un corps clair et dont j'avais la nostalgie. Les servantes m'ouvrirent les portes. Je vis la peur et la confusion sur leurs visages.

Creüse ! Creüse ! Où est ma femme ?

Elle doit être à tisser dans l'atelier, maître.

Pourquoi ne vient-elle pas m'accueillir ?

Je laissai derrière moi les servantes et l'économe qui se tordait les mains. Je traversai le patio en courant. La chambre de Creüse était fermée. J'entrai dans la mienne, j'ouvris la porte intermédiaire et fis irruption dans son alcôve. Il y avait un homme dans le lit de ma femme. Je l'ai reconnu immédiatement, c'était l'un des guerriers dont les blessures avaient ouvert le front. Encore possédé par la fureur du combat, je me suis jeté sur lui avant qu'il ait pu offrir la moindre résistance et je lui ai enfoncé l'épée dans les côtes. Je l'ai frappé deux fois et tout en gémissant, il a plié les genoux. Sa tête a heurté le sol. Des gouttes noires de son sang m'ont éclaboussé.

Je caresse l'intérieur des cuisses de la jeune femme, mes mains parcourent ses jambes et retiennent ses pieds comme deux petits poissons. Puis je me lève et pose sur elle une couverture.

– Dors, lui dis-je. Je prie les dieux de bénir ton sommeil.

Elle tourne la tête et pour la première fois me regarde dans les yeux. Elle semble se demander ce qu'elle peut attendre de moi, qui je suis, moi l'homme bon et mauvais tout ensemble.

Je sors de ma tente. Une sentinelle va à pas réguliers autour du campement, sans perdre de vue le désert de dangers qui nous encercle. Je m'assois près du feu et je tends les mains.

Je vois de nouveau ma femme qui porte notre petit Iule sur la hanche, une main sur la bouche, terrorisée. Plantée en moi comme un couteau demeure la vision de son visage qui regarde le cadavre, qui regarde le sang vif jaillir. Je crois que je suis allé vers elle l'épée couverte de sang, l'esprit dans un brouillard. Les images sont nettes, mais le souvenir se trouble.

Va-t'en ! Va-t'en ! Es-tu fou ?

Elle avait un poignard à la main. Elle avait dû le prendre à la ceinture de son amant quand il s'était déshabillé. Comme je m'approchais, elle levait le poignard. Je ne peux oublier ses doigts blancs qui en serraient la poignée.

Non !

Creüse a reculé jusqu'à heurter le mur. Elle haletait d'anxiété. Sa poitrine se soulevait et s'abaissait sous l'effet de l'angoisse.

Non !

Alors Iule se mit à pleurer. Il pleura et pleura jusqu'à s'étouffer de ses larmes, il criait, au bord de l'asphyxie, enfant vraiment terrorisé. Sa mère et moi, tous les deux une arme à la main, accusés par ses pleurs, nous regardions notre enfant. Creüse abaissa le poignard et claqua de la langue pour le calmer.

Ah ! mon fils !

Je fis demi-tour et sortis de la maison.

Pourquoi tuer ? Je n'ai pas effacé la trahison. Je n'éprouvai aucun soulagement à me venger. Je ne sais si j'ai révélé quelque chose de mes pensées. La colère survint, irrésistible, puis se vida d'elle-même. J'en terminais avec un homme désarmé qui suppliait pour sa vie, et c'est tout. Les années m'avaient habitué au combat où les hommes se lancent les uns contre les autres comme des loups. Ce furent des temps de furie, la guerre s'était infiltrée au plus profond de nos sentiments. Au milieu de la lutte, la vie était une marée descendante.

J'envoyai un homme, un homme de plus, rejoindre l'armée des morts, ici, dans la chambre de ma femme où flottait un parfum d'essence de citron. Depuis ce jour-là, elle eut peur de moi et je me mis à la haïr. Nous ne reparlâmes plus jamais de cela. Les mots ne lavent pas le sang.

J'entends la respiration de la jeune nomade endormie dans mon lit. Peut-être ai-je tué l'homme qui s'allongeait à son côté dans la chambre. Ne suis-je pas en train de chercher le pardon de cette jeune femme que les siens ont abandonnée en fuyant ?

Hors du cercle du feu, les pas des sentinelles reviennent. Son visage se découpe à la lumière de la lune qui apparaît à travers les nuages sombres. J'admire un instant sa façon de faire face, dans ce mauvais temps de solitude, paisible et silencieux, aux dangers du monde. Je demande aux dieux de nous accorder un modeste territoire où commencer une vie pure d'injustices et de profanations, un rivage tranquille, offrant à tous l'air et l'eau librement.

La femme dort toujours dans ma tente. Je passerai la nuit près des braises du foyer.

Éros

Je pars chercher Elissa dans le jardin du palais.

Quel lieu…

Habitués à l'éternité qui nous lasse un peu, nous les dieux trouvons irrésistibles les paysages éphémères qu'habitent les humains. Oui, bien sûr, nous savons bien qu'ici-bas les mortels rêvent de construire des cités et des empires pour toujours, impérissables, mais ce qui nous plaît à nous, ce sont précisément les décors changeants de leur monde. Ce palais, par exemple, qui il y a quelques années n'existait même pas dans l'imagination d'un seul, la colline de la citadelle, les avenues d'arbres qui s'ouvrent jusqu'à la mer, et ces cèdres, ces citronniers, les reflets brisés dans l'eau, les insectes et les couleurs vives, la variété et l'abondance du pas du temps que nous les dieux ignorons, là-bas, sur la cime de notre Olympe.

Mais, par les douze travaux d'Hercule, je ne suis pas ici pour m'amuser, le devoir m'appelle.

Je trouve Elissa près du bassin, sous un figuier. Elle caresse la surface de l'eau, y faisant bouger des écailles de soleil. Je hume l'air autour d'elle pour bien prendre en main la situation. Elle sait qu'Énée, de retour du désert, a été aperçu ce matin par les vigies. Il devrait être déjà au palais, pense-t-elle, inquiète. Quand elle croit le reconnaître sur le visage de quelque serviteur qui vaque à ses affaires, une vague soudaine d'émotion la laisse sans souffle.

Pendant ce temps, elle regarde, à une certaine distance, découpé sur la frange des bambous, le profil d'Ana, qui se repose assise au sol les jambes croisées. À ses côtés, accroupi, Iule entoure d'un bras l'un des chiens du palais. Ils observent tous les deux le jardinier qui taille au couteau une figure de bois qu'il leur destine. Un cheval est en train de naître de la branche d'un pin. Des copeaux blonds et bouclés tombent, les enfants mettent les mains en coupe pour les attraper en plein vol. Le vent frais, salin, rebrousse leurs cheveux.

Elissa a un pressentiment : d'un moment à l'autre, sur cette image encadrée par le figuier et les vignes grimpantes, déjà prête à être un jour un souvenir, Énée, l'absent, va faire son apparition.

Ça, c'est le scénario. Je me mets au travail.

À quoi Elissa pense-t-elle ? Je caresse ses cheveux et je sens l'agitation des idées qui bouillonnent en elle. Elle essaie de calculer à quel âge Énée a été père. Elle se demande : est-il plus jeune que moi ? De cinq hivers ? de dix ? Et là, elle s'arrête, effrayée.

Des idées semblables lui font perdre courage, il me faut leur donner un autre tournant. Par chance, les pensées des humains acceptent toutes sortes de dérivatifs, elles se font lumineuses ou obscures facilement, soudainement.

Je murmure à son oreille. Rappelle-toi quand, là-bas, à Tyr, tu regardais avec envie les femmes enceintes, alors que ton sein demeurait froid et stérile. Rappelle-toi le poids de leurs ventres quand elles y appuyaient les mains. Rappelle-toi leurs poitrines, quand elles allaitaient. Elles te paraissaient énormes devant la tienne, si menue. Rappelle-toi : au début, tu voulais un héritier pour satisfaire ton ambition d'accéder au trône, mais ensuite, tu as commencé à vouloir un fils parce que la voix de ton sang et de ta chair le réclamait. Rappelle-toi tout ce que tu as fait pour parvenir à porter un fils : les sacrifices aux dieux, les supplications, la potion de mandragore.

Je passe à son autre oreille et je poursuis. Pense que ce n'était peut-être pas ta faute. Pense que c'est peut-être la semence stérile de Siqueo, ton homme, à qui tu as été mariée quand tu étais enfant et qui, lui, était aussi vieux que le roi ton père. Pense que la maternité serait encore possible avec Énée, ton préféré, un homme dans toute la vigueur de son âge et qui a déjà eu un fils. Pense qu'une chance comme celle-ci ne se présentera pas deux fois : si ce n'est pas maintenant, ton heure sera passée pour toujours.

Je m'éloigne et je laisse Elissa construire sa fiction en y mettant ses mots à elle. La fiction de qui commence à aimer et à se dire : « Celui-ci est exactement celui qu'il me fallait. Combien de hasards, combien d'événements se sont enchaînés pour que je trouve quelqu'un à la mesure exacte de mon désir. »

Et elle, qui a toujours vécu dans un monde de rois, réglé par des ambitions de pouvoir, elle sent que pour la première fois l'entraîne le désir de se reposer sur un autre, cet autre qu'elle vient de rencontrer. C'est la joie de se projeter dans une vie nouvelle, quelque chose qui paraît simple, mais qui exalte les mortels quand ils le croient à portée de main. J'appelle ça l'éclair intérieur.

Je suis venu produire de nouveau l'enchantement et je me désole de nouveau que le mage soit toujours dehors, expulsé du prodige et privé, par son propre pouvoir sur les illusions, de la capacité de s'émerveiller.

Distrait par ces méditations sur mon travail, je laisse passer un héraut qui ne devait entrer en scène qu'après l'arrivée d'Énée. Quelle erreur.

– Reine, dit le héraut, les deux expéditions que tu as envoyées contre les nomades sont de retour. Le Troyen et ses hommes viennent d'entrer dans la cité. Les troupes aux ordres de Malco le Bouclier attendent aux portes des remparts. Elles demandent ton autorisation pour défiler à travers la ville jusqu'à la prison, où on enchaînera les prisonniers.

– Dis-leur que je les attendrai ici pour les honorer et les accueillir.

Un cri d'excitation s'élève. Le cheval de bois des enfants est terminé, Iule le fait trotter sur les flancs du chien et sur la palissade de roseaux. Ana dénoue un foulard empli de dattes. Iule en prend une entre ses doigts et l'approche de la bouche de son jouet avant d'y goûter lui-même.

Elissa jette un regard vers le bord de l'eau où, un instant auparavant, elle se distrayait tout en élaborant ses songes diurnes. Elle s'en éloigne avec un sourire fugitif, involontaire.

Elissa

Le vent se glisse entre les plis de ma cape tandis que je contemple, tranquille sur mon cheval blanc, le retour de mes hommes. Je suis tout près de la prison, au lieu même où, il y a moins d'une lune, j'ai vu Énée pour la première fois.

Elibaal l'Arc arrête son cheval près du mien.

– Sais-tu déjà ce qui s'est passé ?

– Je viens de l'apprendre. Les mauvaises nouvelles ne trouvent pas facilement de messager, dis-je.

– J'ai du mal à le croire… Il semble qu'une malédiction nous poursuive.

– C'est douloureux. Mais la mort arrive quand les déesses fileuses décident de couper le fil de la vie. Il en est ainsi pour tous.

Je parle sans quitter des yeux les prisonniers capturés pendant l'expédition. Ils vont les uns derrière les autres attachés par le cou, formant une sombre chaîne. Ils ont les yeux rougis par la poussière, ils traînent les pieds, ils portent la fatigue et l'épouvante sur le visage.

– Reine, chacun de nous serait heureux de mourir pour toi et pour ta ville. C'est un honneur de tomber au champ de bataille, dit Elibaal avec un enthousiasme étrange.

Mon cheval souffle brusquement en faisant claquer ses grosses lèvres. Je me penche et lui donne quelques tapes sur le cou. Je laisse les paroles d'Elibaal sans réponse. Pourtant je sais qu'il garde quelque chose en lui et qu'il n'aura de cesse de me le dire. Je le connais.

Au milieu des rangs de guerriers en armes s'allonge le cortège des prisonniers : des hommes, des femmes, des enfants aux pieds enflés. Je fixe mon regard sur les marques de fouet qui rayent leur dos, sur leurs jambes souillées par la diarrhée. Tous, même les plus jeunes, paraissent vieux. La poussière du chemin leur a gercé la peau et y a creusé des rides. La défaite a rongé leurs visages, y ouvrant de nouveaux sillons.

– C'est une excellente marchandise, observe Elibaal. Nous en obtiendrons un bon prix sur les marchés d'esclaves.

– Sans doute. Un bon butin.

Une charrette passe devant nous, elle porte une cage de bois. Des bras meurtris sortent des barreaux. Les chevaux tirent de l'avant le lourd chargement.

– Certains n'ont plus que la peau et les os, d'autres sont grièvement blessés, dit Elibaal en me montrant un enfant dont on voit les côtes. Reine, je crois qu'il vaut mieux les nourrir pour les faire grossir afin de les vendre plus cher.

– D'accord. Occupe-toi de tout. Quand ils seront prêts, pars en bateau avec eux jusqu'aux marchés de la côte et ramène en échange des chargements de blé. Il faut remplir les greniers à grain avant l'hiver, dis-je.

Dans le ciel se dessinent des nuages d'un bleu sombre, la brise est humide et la lumière, étrange, d'un gris qui blesse la vue.

– Le Troyen a amené ici un petit nombre de prisonniers, quatre hommes et une femme, dit Elibaal. J'ai donné l'ordre qu'on les mette en prison. Avec ton autorisation, reine, nous les soumettrons à la torture. Ils viennent d'un village proche du lieu où notre convoi a été attaqué. Par eux, nous pourrons savoir qui en est l'auteur.

– Énée ne participe pas au défilé ?

– Non, reine. Il a livré les prisonniers et il est parti en silence vers le palais. Il n'a pas voulu prendre part aux festivités de la ville.

Un oiseau marin blanc, éblouissant contre le ventre gris des nuages, pique en criant. Un souffle humide venu de la mer m'enveloppe.

La foule se presse autour du cortège. Les hommes vocifèrent au passage des esclaves, quelques-uns excitent même les chiens contre eux. Les prisonniers serrent leurs lèvres desséchées et avancent en traînant les pieds. Cette cérémonie à laquelle je suis obligée d'assister me fatigue. La foule et le bruit me font souffrir. Pourquoi tant de haine, pourquoi cette fanfaronnade, pourquoi cette agitation ? Pourquoi cette vanité des guerriers ? Il y a beaucoup plus de dignité dans la silencieuse absence d'Énée.

Énée et moi nous sentons unis depuis le début. Nous partageons quelque chose de plus important. Nous sommes tous les deux des exilés, des êtres qui ont dû fuir leur terre natale, des veufs. En fuyant, nous avons tout perdu tous les deux et nous n'avons été capables que de sauver un enfant : Iule, Ana. Nous avons été des voyageurs sans but, nous devons maintenant construire notre avenir de nos propres mains. Et de plus, il nous faut être forts car tous les deux nous sommes des rois.

Que nous soyons si semblables ne peut être un pur hasard. Un dieu a dû attirer Énée sur mes rivages. Oui, Carthage est bien son port de destination finale, même si lui ne le sait pas. Une blessure silencieuse vit encore dans son cœur, l'appel du passé insiste en lui fortement, c'est la voix de ses morts qu'il entend encore. Mais des jours meilleurs viendront pour nous deux, nos cœurs éprouveront de nouveau la joie dont ils ont perdu l'habitude.

Une charrette grince sur le chemin, pleine de paniers de têtes coupées. Bouches ouvertes, yeux fixes, chevelures ensanglantées.

– Demain, clame Elibaal, nous disposerons tout autour du rempart une rangée de pieux coiffés de têtes. Les nomades comprendront l'avertissement. Nous leur avons prouvé le pouvoir de nos armes.

Les cris de la foule redoublent. Elle acclame le nom de Malco le Bouclier, qui défile dans son armure de gala. Applaudissements, saluts, cris : « Notre protecteur ! »

– Malco a conquis l'admiration de toute la ville, dit Elibaal, jaloux.

– Les vivats de la foule sont un vin fort que tu as savouré bien des fois, Elibaal, dis-je pour apaiser son ressentiment.

Passe maintenant la charrette où gisent nos guerriers morts. Fortes acclamations. Derrière, un cortège d'hommes porte le cadavre d'Ahiram, allongé sur un brancard. Ils exhibent son corps couvert jusqu'au menton d'un manteau blanc et d'un tissu fin, un peu tachés de sang.

– Ahiram a été légèrement blessé au combat, m'explique Elibaal. La blessure ne semblait pas grave, mais elle s'est brusquement aggravée pendant la nuit. La fièvre l'a emporté au matin. C'est étrange…

– Qu'essaies-tu de me dire ?

– Reine, une malédiction décime les hommes du Conseil. D'abord, Safat. Juste après, Ahiram. Nous ne sommes plus que deux.

– Pour un roi, il n'y a rien d'aussi pénible que le retour des cadavres d'hommes envoyés à la mort par ses ordres. Ma tristesse et ma souffrance sont aussi profondes que les tiennes, Elibaal, et peut-être le sont-elles davantage.

Il y a une lune à peine, les insinuations d'Elibaal m'auraient angoissée. Mais aujourd'hui je me défais avec joie de ce souci, des scrupules, des devoirs solitaires du gouvernement, de la peur d'une rébellion chez mes hommes. Aujourd'hui, détacher ma pensée d'Énée me coûte un effort, mon attention se fixe sur lui encore et encore. Tout ce qui m'entoure a perdu sa valeur, me paraît répétitif, usé, ennuyeux.

Une odeur mêlée de pluie, de résine et de fumée me parvient. Je regarde l'horizon et je devine un orage. Au loin, la toile du ciel s'effiloche en pluie.

Éros

Oui, je le reconnais, j'ai gâché toutes les tentatives précédentes, mais maintenant, après de vains efforts, je vais réunir de nouveau Elissa et Énée dans le palais.

Elissa a ordonné à ses gardes d'aller chercher Énée et de le conduire devant elle. Dans cette attente, elle frissonne mais ce n'est pas de froid. Sur un ordre muet, un esclave se hâte d'allumer le feu dans la cheminée. Il dispose les bûches habilement, protège une flamme dans le creux de sa main, et la jette sur le menu bois. D'abord doucement crépitant, le foyer devient vite un embrasement sonore qui colore la salle de sa lumière.

Cependant que j'attends, tout en contemplant la belle danse des flammes, je me perds dans l'une de mes digressions habituelles sur les humains et sur les images extravagantes qu'ils se font de moi. Quand ils parlent de feu en parlant de moi, ne disent-ils pas que moi, le dieu, je me consacre à faire exactement cela : les transformer en magnifiques torches vivantes qui brûlent, brûlent, brûlent ?

Énée apparaît, accompagné de Iule.

– Me voici, reine, j'ai obéi à tes ordres, dit-il.

– Énée, je t'ai fait venir pour te remercier.

Iule lâche la main de son père et s'approche des esclaves qui cardent et tissent la laine dans un coin de la salle. Il touche les toiles collantes et contemple bouche bée les allers-retours de la navette.

J'autorise la présence de ce groupe d'intrus dans mon décor parce que aucun d'entre eux ne comprend la langue franche que parlent Énée et Elissa. Ainsi créent-ils tous les deux, grâce au langage, un espace à eux. Les langues peuvent être le lieu d'échanges intimes, je m'en suis rendu compte.

– Néanmoins, tu n'as pas participé au cortège, ajoute Elissa.

– Je ne veux pas t'offenser, mais je n'avais pas ma place dans les célébrations de triomphe.

Il me faut aujourd'hui me consacrer à Énée et faire en sorte qu'il se défasse de la sèche armure qui protège ses pensées et m'empêche de prendre violemment possession de lui. Je suis sûr que même Pollux et Hélène, qui sont nés d'un œuf à ce qu'on raconte, ne furent pas aussi inaccessibles dans leur coquille. Et je trouve quoi, lorsque je parviens, avec difficulté, à traverser la carapace de chitine de ce crustacé humain précis ? Je trouve en lui le besoin de sauver ses hommes et son fils, je trouve en lui le fort souci de réparer les torts, je trouve en lui des doutes. Rien de tout cela ne facilite mon travail.

Elissa dit :

– Je me suis sentie moi aussi bien loin lorsque j'ai vu passer sous mes yeux les prisonniers, les guerriers et les cadavres des morts au combat. Énée, je me suis souvenue de ce que vous avez enduré à Troie et je me suis demandé : quelle folie s'est emparée de nous ?

Les flammes du foyer se ravivent et crépitent. Énée regarde Elissa droit dans les yeux.

– Reine, si telles sont tes pensées, ne laisse pas tes hommes porter la haine plus loin. De la même façon que tu m'as demandé de faire des prisonniers nomades, je te demande maintenant de traiter humainement les vaincus.

– J'essaierai de le faire, même si ce n'est pas simple. Mon peuple est impatient, a la haine facile, appelle aux armes, souhaite la guerre. Moi seule désire trêve et repos pour achever la construction de la ville.

Bien dit, Elissa ! Énée s'adoucit devant la passion que tu mets à l'écouter, devant l'écho inespéré de ses idées dans les mots que tu prononces. Et maintenant commencent à s'éveiller votre curiosité mutuelle, la surprise, la recherche de coïncidences, découvertes avec la joie de les voir confirmées.

– Moi aussi, je désire trêve et repos, dit Énée. J'aimerais vivre en un lieu où l'on pourrait fermer les portes de la guerre d'un verrou solide.

Grinçant, le peigne du métier à tisser traverse les fils de la toile. On commence à voir le modèle du tissu coloré.

– Si c'était possible…, dit Elissa. Si je savais comment assurer la paix avec les peuples voisins, si je savais comment éviter les intrigues et les conjurations qui se trament dans mon dos…

Ils demeurent tous les deux silencieux, le corps et les bras dans la même position. Ils sont le miroir l'un de l'autre.

Je m'approche d'eux et il se produit alors quelque chose d'extraordinaire. Elissa pressent ma présence à ses côtés, elle lève la tête vers moi et elle tente de me situer. Je crois qu'elle ne distingue presque rien et, de toute façon, je disperse immédiatement les particules invisibles et lumineuses qui me composent. Mais, il n'y a aucun doute, nos deux mondes se sont unis en un éphémère alliage, une frontière solide est devenue poreuse un instant, nous avons partagé un moment du temps. Il me faudra être prudent, l'amour rend Elissa plus réceptive, aiguise ses sens. Je m'interroge : est-ce cela que les mortels éprouvent lorsqu'ils se frôlent ? Ai-je eu un aperçu du frisson érotique ? Les humains ont bien des légendes sur les unions entre les mortels et les dieux. Ils fantasment sur ce genre de rencontres amoureuses. Nous, non, nous manquons d'imagination.

Je soupçonne parfois qu'il existe un lien profond entre les deux dispositions que nous admirons le plus chez les humains : leur habileté à imaginer des fables et leur propension à aimer. Dans les festins que nous les dieux célébrons là-haut sur nos cimes olympiennes, j'ai soutenu en bien des occasions cette idée que l'amour n'est rien que l'autre nom de l'élan créateur.

J'assemble à nouveau mes particules translucides, je me remets au travail. Chaque chose est à sa place à l'intérieur de la scène. Un lévrier entre dans la salle et s'allonge près du feu, le nez dans sa queue enroulée. Iule s'assied près de lui, attrape son oreille et y souffle quelques mots d'enfant. Le vent hurle dans le vide de la cheminée. L'enfant suit du doigt la danse des flammes sur le plafond de la pièce.

– Énée, comment ferais-tu pour éloigner ces menaces ? Mes hommes ont grandi dans la guerre et le désert, ils appartiennent à une race dure.

– Ne disons-nous pas que les vaincus, les suppliants et les étrangers sont sacrés aux yeux des dieux ? Pour la même raison, les rois se doivent de protéger les faibles, les vaincus et les prisonniers de guerre. Dis à tes hommes que, s'ils sont cruels comme le loup dans la bergerie, ils pourraient offenser les dieux qui veillent sur nous et sur notre destinée.

Un courant d'air se glisse dans la cheminée. C'est un vent qui vient du désert et qui répand dans la salle un bruit de sable.

– Aide-moi à gouverner de cette manière, Énée. J'ai appris à régner au milieu d'hommes très différents de toi, mais à Carthage, je désire réparer les erreurs et apaiser les larmes. Enseigne-moi.

Elissa vient de faire une découverte, l'amour éprouvé comme joie de la sublimation. Carthage n'est-elle pas un monde nouveau ? Serait-il possible d'avoir ici une vie où l'on ne réprime pas ses sentiments naturels, une vie qui ne soit pas soumise à la tyrannie des coutumes ?

– Elissa, tu peux compter sur mon aide, dit Énée, enivré par la foi qu'on met en lui, mais encore persuadé qu'on est là à parler de politique. Notre monde, avec ses crimes, ses injustices et ses malheurs, est un monde cruel. Je ne veux pas laisser cet héritage sanglant à nos enfants.

Elissa écoute, souriante. Dans les mots « nos enfants », elle a cru saisir une allusion. Pour ceux qui aiment, rien n'est innocent, tout est signe. Lorsque Énée la regarde, son sourire descend de ses yeux à ses lèvres.

– Personne ne m'avait parlé ainsi, dit-elle.

Iule joue tout près du foyer avec son petit cheval de bois, il imite en murmurant des trots imaginaires et des hennissements. Dans cette scène d'utopies tendres et idéalistes, j'ai besoin de lui pour le dernier acte de mon œuvre. Je fais en sorte qu'il se lève et courre vers son père. Et à ce moment précis, je lui fais un croche-pied. À quels artifices douteux ne dois-je pas m'abaisser !

Iule tombe et se met à pleurer. Quand Elissa s'approche de lui et le relève en l'embrassant, il blottit sa tête dans la chaleur de son sein. Les pleurs cessent doucement. L'enfant a mis son nez dans le creux de l'épaule d'Elissa, ce creux qu'il aimait sentir et respirer quand sa mère le prenait sur ses genoux. Énée, conformément à mon intention, reconnaît le geste de son fils, maintenant consolé.

Je souris, satisfait.

Ana

Ne t'arrête pas ici, Iule. Derrière cette palissade il y a la cour de la prison. Viens, viens, dépêche-toi. As-tu vu que dans le ciel brille déjà la petite barque de la lune ?

Tu me tournes le dos ? Tu t'accroches aux piquets pour grimper ? Les prisonniers nomades sont de l'autre côté. L'un d'eux pourrait passer la main et t'attraper… comme ça ! Partons avant qu'on ne te prenne.

Là, tu t'assois par terre, accroupi, et j'ai beau faire, tu refuses de bouger. Qu'est-ce qui t'arrive ? Ici ce n'est pas le meilleur endroit pour un enfant, surtout de nuit. Si tu me donnes la main, je te donnerai mon amulette. Ou encore mieux, mon coquillage mauve, rugueux de l'extérieur mais doux comme une huître à l'intérieur.

Pourquoi te comportes-tu ainsi aujourd'hui ? C'est à peine si tu as voulu manger, rien de plus qu'une léchouille de lait, comme un chat. Tu te fâches tout à coup et tu me regardes comme si j'étais ton ennemie. Et puis, qu'espères-tu voir, le nez fourré comme ça entre deux piquets ? Les esclaves sont à l'intérieur de leur cage de bois. Il y a deux gardes occupés à maintenir le feu. Que font-ils ? Ils portent au rouge des barres de métal. Ils ont aussi des crochets. Je n'aime pas ça. Je m'en vais. Si tu ne viens pas avec moi, tu vas devoir dormir ici tout seul. Tu n'entends pas ce que je te dis, Iule ? Je m'en vais. Je m'en vais pour de bon…

Tu continues à me tourner le dos, obstiné. Te voilà à regarder par terre l'ombre des piquets, qui bouge rapidement. Quelqu'un balade une torche de l'autre côté de la palissade, c'est tout. Oui, les gardes entrent dans une cellule, avec leurs barres et leurs crochets. Il n'y a rien à voir. On part, tu veux bien ?

Je croyais que tu étais un bon garçon, mais aujourd'hui, tu te comportes très mal. Si je sais que tu vas agir ainsi je ne t'emmène plus aux lavoirs. Nous avions si bien fait nos petits bateaux, avec une coquille de noix, un bout de bois en guise de mât et une feuille pour voile… Les femmes qui étaient là à fouler le linge sale sur les planches t'ont dit des mots joyeux. Tout était si beau… Les tuniques, les ceintures et les manteaux étendus sur les plages, où l'eau rend à la terre les petits cailloux tout propres, séchaient aux derniers rayons du soleil. Les nuages étaient de petits poissons rouges qui passaient dans le ciel, nageurs lents dans le vent. Et toi ? Tu t'es mis à pleurer, tu t'es couché sur le dos et tu t'es mis à trépigner. Tu as poussé des cris perçants comme tu sais le faire bien à propos. Et tu n'as pas voulu jouer. Tu sais quoi ? Je ne t'emmènerai plus. Je voulais te faire une balle de tissu, mais c'est fini. Si tu ne veux ni me regarder ni me donner la main, il n'y aura ni balle ni lavoirs.

Et ce cri de femme ? Il vient de la prison, de la cellule dans laquelle les gardes sont entrés. Encore un cri. Et maintenant, ce hurlement si long. Je sais ce qui se passe là-bas dedans, une prisonnière est en train de mettre un enfant au monde, Iule. Ma mère était accoucheuse et on l'appelait toujours dans les cas difficiles. Je l'accompagnais pour l'aider et pour apprendre le métier, même si j'étais bien petite alors. Quand les femmes mettent au monde, elles crient énormément. Elles se tordent et s'étirent sous la douleur. Elles hurlent.

Ma mère savait comment extraire l'enfant du ventre de sa mère même si son corps se fermait. Cette femme dans sa cellule aurait de la chance si ma mère entrait pour l'aider, comme elle le faisait à Tyr, jusqu'à ce qu'elle-même souffre des contractions. Mon jeune frère est mort dans son ventre et il l'a emportée dans la mort avec lui.

Ma mère était très douce. Elle apaisait la parturiente avec des murmures, des conseils, elle plaçait son corps dans la meilleure position, elle lui disait comment respirer et elle l'encourageait à pousser. Je savais les mots conjuratoires qui invoquent la déesse lunaire, je les récitais et je priais. Ma mère n'utilisait jamais de pinces et de crochets comme les gardes de la prison.

Oui, ce que tu entends là, Iule, ce sont les cris d'une mère. Ta mère aussi a crié comme ça, Iule, pendant qu'elle serrait les dents et qu'elle poussait et que toi, tu venais au monde tout en la déchirant douloureusement.

Veux-tu que nous priions les dieux pour cette femme dans sa cellule ? Pour que la mort ne ferme pas ses yeux dans cet accouchement, comme cela est arrivé à ma mère ? Oui, c'est ça, prie.

T'ai-je dit que le petit frère mort-né que j'ai eu aurait neuf ans comme toi ? Je l'ai perdu, mais maintenant, je t'ai, toi.

Ma mère savait beaucoup de choses. Elle faisait des emplâtres d'herbes, de miel, de graisse, de poisson, et elle les appliquait sur le ventre des femmes enceintes. C'étaient des recettes très anciennes, destinées à chasser les mauvais esprits. Elle préparait aussi des pommades pour soulager et octroyer une protection magique. Et des philtres d'amour. Et elle était la seule à connaître la formule de la potion à la mandragore contre les démons qui rendent stériles les jeunes femmes. Elissa venait chercher cette potion chez ma mère parce que son ventre refusait de s'arrondir. Ma mère la frictionnait tout en récitant des psaumes. Un jour, Elissa apporta une poupée de chiffon et me l'offrit. Une autre fois, elle vint avec des osselets peints chacun d'une couleur différente, et elle joua avec moi, me montrant à les lancer comme des dés et à connaître la valeur de chaque face. Elle amena aussi un hochet en forme de petit cochon pour l'enfant que ma mère portait. On voyait qu'elles aimaient être ensemble. Elissa approchait sa main du ventre de ma mère et souriait de surprise chaque fois qu'elle sentait les petits coups à travers leur enveloppe charnelle.

Quand ma mère est morte, Elissa m'a ramenée chez elle pour vivre auprès d'elle et de son mari. Ce jour-là, elle m'appela « sœur » et elle pleura avec moi. Depuis, nous ne nous sommes plus séparées, sais-tu ? Je l'aime depuis ce moment-là. Nous avons le même père, mais je l'aime pour les larmes qu'elle a versées pour ma mère.

La cellule de la prison résonne, ce cri a été le dernier. Quel silence nous entoure alors ! C'est bizarre, on n'entend pas les pleurs du nouveau-né. C'est très étrange.

T'ai-je dit que je sais donner son bain au nouveau-né, le frotter de sel et l'envelopper dans des bandes de lin ? C'est ce qu'il faut faire, parce que tous les enfants viennent au monde souillés de sang. Mais ici, aucun ne pleure, il n'y a que le silence.

Iule, tout est fini, partons. Je suis triste, je me souviens de ma mère qui se blessait à force de se mordre la langue, qui réservait sa force pour me sourire quand des vagues de douleur traversaient son visage, je me rappelle le paquet informe et plein de sang qui sortit de son ventre après deux jours d'épuisement, de plaintes, de cris.

Tout est fini. Partons. Ça sent la mort ici.

Attends un peu. On ouvre une porte dans l'enceinte. Tu pars en courant ? Tu veux fouiner partout. Viens ici ! Ne va pas gêner les gardes qui sortent le brancard. Ils portent un corps couvert d'un drap, ne t'approche pas. Le bras pend. Je vois l'un de ces tatouages que les nomades se font avec des sucs d'herbes. Un serpent roulé dans ses anneaux. Et en plus il y a des filets de sang sur la peau sombre de ce bras. Laisse passer, ils vont enterrer le corps. Tu as peur maintenant et tu pleures ? Ne t'avais-je pas dit que ce n'était pas un endroit pour les enfants ?

Elissa

Il y a plusieurs jours que je ne suis pas allée surveiller les travaux du port, des remparts et de la forteresse. Je commence et j'abandonne mille tâches avec fébrilité. Je parcours le palais à sa recherche et je me le reproche, impatiente et épuisée en même temps.

Au cours de l'une de mes errances, par une porte entrebâillée, je vois Ana seule dans sa chambre. Elle coud, assise sur son lit. J'entre et je m'assois à côté d'elle.

– Elissa ! dit-elle, heureuse de m'accueillir.

Je regarde son profil. La tache de naissance qui marque son visage reste cachée à mes yeux. L'autre joue est d'une couleur de pêche, avec le même duvet rose foncé que celui du fruit. J'observe la gemmule de ses doigts qui poussent l'aiguille, j'observe l'ovale de ses ongles un peu sales. De ses lèvres émerge la pointe de sa langue, qui bouge au rythme de ses points. Et alors, c'est plus fort que moi, je l'embrasse tout à coup. Frôler sa peau m'est bonheur, j'aime sentir le battement de ses paupières.

Ana sourit tout naturellement.

– Je suis en train de coudre une balle pour Iule, dit-elle.

– Quand j'étais petite, j'avais une balle foncée, comme celle-là. Et à quoi d'autre jouez-vous ?

– À être des chevaux, aux châteaux de sable, à cache-cache, à grimper aux arbres, à chercher des nids, des coquillages, des tortues, à fabriquer des personnages en terre, à donner à manger aux chiens…

Ana a grandi seule. Là-bas, à Tyr, les gamins la chassaient, effrayés par la tache brune de sa joue et parce que, chez eux, on leur interdisait de s'approcher de la fille de la jeteuse de sorts. La mère d'Ana, la magicienne, m'a raconté tout ça avec beaucoup de tristesse. C'est étrange, mais j'ai trouvé une grande amie dans cette femme chagrine et qui était de plus, comme je l'ai appris plus tard, la maîtresse de mon père et la rivale de ma propre mère. De quelles bizarres combinaisons de fils est tissée la vie.

Je prends conscience aujourd'hui qu'Ana, depuis l'arrivée de Iule, est devenue plus enfant, plus innocente, plus gamine, même dans sa façon de parler.

– Tu apprends à Iule des mots de notre langue ? lui demandé-je, en lui remettant une mèche rebelle derrière l'oreille. Hier, il m'a tendu son jouet en me disant : « Cheval ! »

– Iule apprend très vite, il parle de plus en plus, même s'il mélange et confond un peu tout. Tu sais, ajoute Ana, je crois qu'il tente de me dire quelque chose d'important à propos d'Énée. Il répète : « Père », et ensuite « secret ». Et comme ça, souvent. Ensuite, il dit autre chose mais je ne comprends rien. Ça doit être un secret, n'est-ce pas ?

– Si tu en as la preuve, viens me le dire. Tu sais bien qu'il nous faut, à nous les rois, connaître tous les secrets pour pouvoir prendre des décisions sages, dis-je, dissimulant l'impatience que j'ai de savoir, ma curiosité insatiable pour tout ce qui concerne Énée.

– Iule fait des cauchemars toutes les nuits. Il crie, il remue, il donne des coups de pied. En plus, il fait pipi au lit, dit Ana en fronçant le nez.

– Vos jeux chasseront bientôt ces terreurs nocturnes.

– Moi aussi j'ai peur, parfois. Je crains que ton frère, le roi de Tyr, n'envoie des assassins pour nous trancher la gorge pendant notre sommeil, dit-elle.

– Ana, ne t'inquiète pas, nous sommes à l'abri. Ils ne nous trouveront pas. Et, s'ils débarquent sur nos terres, nous nous emparerons d'eux et les enchaînerons dans des cachots.

– Je n'aime pas la prison. Je n'aime pas cet endroit. Pourquoi ne partons-nous pas d'ici ?

– Nous ne pouvons pas partir. Qui gouvernera la ville ? De plus, nous célébrerons bientôt notre grande chasse, comme chaque année. Tu as oublié ? Nous irons dans le petit bois près de la rivière, là où vivent les cerfs. Nous aurons ainsi de la viande salée dans nos réserves pour tout l'hiver.

– Et si nous attendions la chasse et partions après ?

– Il est dangereux de naviguer quand souffle le vent d'est et que les vagues fouettent la côte. Il faut attendre qu'au printemps les vents se calment et que la mer s'assagisse.

Ana accepte mes arguments et se remet à coudre.

– Mais promets-moi que nous partirons avec les Troyens quand ils lèveront l'ancre au printemps. Comme ça, Iule jouera avec moi et il aura trouvé une autre mère. Tu n'aimerais pas être la mère de Iule ?

Je vois l'innocence dans son regard suppliant, une charmante innocence de petite fille. Elle qui commence à peine à vivre ne peut imaginer mon trouble, les sursauts de mon cœur, l'abîme qui s'ouvre dans ma poitrine, les silences, la timidité soudaine et cette façon que j'ai d'arrondir ma langue en présence d'Énée pour qu'il me trouve séduisante.

Je respire un grand coup. Je fais un effort pour paraître insouciante, jouant presque. Je lui dis :

– Et crois-tu qu'Énée voudra m'emmener avec lui ? Crois-tu ta sœur toujours jeune et toujours belle ?

Elle ne s'en rend pas compte, mais mon sourire tremble tandis que j'attends sa réponse. Elle me prend dans ses bras.

– Tu es la plus belle femme du monde ! s'exclame-t-elle.

À ce moment précis, la silhouette d'un garde se montre à la porte.

– Reine, les hommes du Conseil t'attendent. Les interrogatoires des nomades ont donné leurs résultats. Ils réclament ta présence.

Et de nouveau les prisonniers, le combat, la mort. Si j'avais le choix, je resterais auprès de ma sœur et j'effacerais la guerre, je la ferais disparaître comme un dessin sur le sable.

Je dénoue les bras d'Ana, me lève et sors.

Ana

Elissa se lève et sort. Elle a enlevé de son cou le collier de mes bras, elle a oublié ma présence dès que le garde est entré.

Comme le bord de ses lèvres tremblait quand elle m'a demandé si Énée l'aimait ! C'est comme ça que tremblaient les femmes qui venaient chez ma mère chercher des philtres et des formules d'amour, à Tyr. Et ma mère leur préparait une potion à base de salamandre écrasée, en chantonnant des invocations à la lune.

La balle est prête. Quel beau résultat !

Je sors dans le couloir. Je lance la balle et la rattrape. Je cours. J'arrive devant les portes fermées de la salle où Elissa est avec ses hommes. J'aime savoir ce que disent les grandes personnes quand elles tirent les verrous.

La balle tombe. Je m'accroupis et colle l'oreille pour écouter, je tremble de curiosité et de peur en même temps. Un mot m'effraie, me donne la chair de poule, sèche ma gorge. Je reprends ma balle et m'éloigne des portes coulissantes. Le sang me bat aux tempes. Je me mords les lèvres. Je serre la balle contre moi.

Le nom qu'ils prononcent tous est le nouveau nom du danger. Iarbas, Iarbas, l'arrogant chef des tribus de l'intérieur, celui qui a proposé le mariage à Elissa. Iarbas, notre ennemi maintenant, c'est lui qui attaque nos caravanes. Je convaincrai Énée de nous emmener loin d'ici, dans un lieu sûr. Je ne veux plus avoir peur.

Énée

Nous sommes partis à la chasse à l'heure où pâlissent les étoiles. Dans le bois encore plongé dans la nuit, nous éprouvons des sensations agréables au moment où les sabots des chevaux foulent l'odorant et bruissant tapis d'aiguilles de pin. Les préparatifs commencent, je les regarde à une certaine distance, puisque je ne suis pas capable de comprendre les plus simples instructions et que j'ai besoin d'Elissa comme interprète. Les gestes appris se déroulent sous mes yeux, avec ordre et en silence. Les hommes tendent les filets de lin tout autour des arbres. Puis ils libèrent les chiens pour qu'ils reniflent les traces.

Le lever du jour est un sillage de clarté qui grandit à l'horizon tandis que les ombres diminuent discrètement. Baigné par l'aube, je respire l'odeur de la terre. Les chiens donnent le signal du départ en aboyant et nous galopons à leur suite. Les chasseurs carthaginois, la tête courbée, portent les javelots qui vibrent dans l'air. Je me prépare moi aussi en plaçant une flèche sur l'arc. Elle, chevauche à mes côtés.

Les chiens ont tiré de sa cache un cerf qui passe comme un éclair, saute et fait des écarts pour tromper l'élan de ses poursuivants. Les chiens aboient, furieux que l'animal ne s'enfuie pas en ligne droite, et, quand ils croient l'atteindre, ils ne mordent que de l'air. Le vent nous frappe au visage, les branches des arbres nous griffent.

Elle, elle encourage ses bêtes préférées.

– Allez ! Tigre, Givre, Cannelle, Loup, en avant !

Je la regarde. Sa cape bat contre la croupe de son cheval. Elle monte bien droite, avec élégance, et chaque fois qu'elle se prépare à un tir, elle plie le bras vers l'arrière pour bander l'arc, les lèvres entrouvertes, la gorge tendue. Mon regard s'arrête alors à la courbe de son cou, les tendons étirés comme la corde de l'arme. Elle vise avec fermeté, les sourcils arqués et joints.

Je suis la trajectoire de la flèche qui siffle dans l'air. Le cerf gémit, la terre se teinte doucement de sang. Les chiens enfoncent leur mufle dans le corps de la proie abattue, la blessent au flanc, mordent ses pattes. L'animal plie les genoux et tombe sur la terre chaude, frémissant.

– Aujourd'hui, nous aurons un beau butin, me dit-elle.

Un esclave attache le cerf mort à la croupe d'un cheval. Pendant ce temps, les chiens, excités par la poursuite, reniflent de nouveau la trace d'un museau tiède, l'odeur de la chasse. Nous allons à cheval, traçant des cercles autour de l'étendue que nous avons entourée de filets et de pièges, tout en recevant les premiers rayons du soleil. De temps en temps, nous surprenons une harde de cerfs et la meute les poursuit en essayant de ramener les bêtes effrayées vers les filets, jusqu'à ce que les chasseurs en abattent certaines. Nous frappons les arbres dans notre course, les aboiements résonnent dans l'air. Nous avons abattu plusieurs bêtes lorsque, par accident, un javelot tue un chien, le clouant à la terre. Elissa descend de cheval et caresse l'animal agonisant.

– Brave chien, brave chien !

Je la regarde. Elle arrache le fer avec habileté, puis, sans aucun mouvement de dégoût devant la blessure, elle extrait la lame chaude de sang. Elle est vraiment forte et elle a du courage. Elle a réalisé, en étant femme, tout ce que moi, il me faut encore obtenir : conduire les exilés, construire une ville pour eux, leur offrir un nouveau commencement.

Les Carthaginois décident que la chasse a assez donné. Ils permettent aux chevaux de se reposer et de paître au milieu des arbustes tandis qu'ils tirent de leur ceinturon de grands couteaux pour dépouiller et équarrir les cerfs. Ils les ouvrent de haut en bas et tirent fortement sur les entrailles. Ils jettent d'un côté les viscères : l'estomac bleuâtre, les intestins, le foie, les reins et le cœur. Des corps sans force ils extraient énergiquement la chair vive sous sa toison de poils. Ils l'accrochent ensuite aux arbres, lambeaux de chair et gouttes de sang en tombent encore. Propres et rapides, le couteau à la main, ils la découpent en morceaux. Et à mesure monte le tas de cuisses, de poitrines, de côtes, prêtes à être emportées. Et, quand l'odeur de sang emplit l'air, soudain, le danger s'insinue.

Quelque chose nous alerte, mais quoi ? La lumière est devenue étrange. Un nuage bleu né de la mer s'avance, noircit le ciel lisse, gris et lumineux où le soleil s'obscurcit. Le pressentiment d'une menace imprègne tout alentour. Les chevaux lèvent la tête, reniflent ; les chiens dressent les oreilles et les tendent vers le bois comme s'ils remarquaient des présences étranges. Nous gardons le silence. Dans l'espace entre les arbres, la lumière du matin s'est éteinte.

– Énée, je veux savoir ce qui a effrayé les bêtes, s'exclame Elissa, brisant ainsi le calme de la peur.

Elle remonte sur son cheval et donne des ordres. Nous partons à sa suite, au-devant du danger qui guette cependant que sur nous le nuage grossit et s'élargit. Nous nous arrêtons à la limite des arbres, d'où l'on domine du regard la grande plaine. La poussière tourne, s'élève en tourbillons, les palmiers se courbent. Le ciel s'efface peu à peu derrière le mur nébuleux. J'entends nos respirations.

– Énée, murmure Elissa.

Et soudain, de la poussière de la plaine, apparaissent les guerriers nomades, déployés en une longue ligne droite. Ils cessent lentement de bouger, conscients de leur supériorité en nombre. Ils nous contemplent.

Quelque chose de mouillé m'atteint au visage. Au début, je crois que, dans cette distance prodigieuse, c'est le crachat d'un guerrier, mais ce n'est que la pluie, dont de grosses gouttes commencent à tomber en creusant des cratères dans la couche de poussière. Peu à peu, la pluie redouble et sous sa force aveuglante la terre devient plus sombre, le paysage noircit. Derrière nous, le vent secoue les arbres.

Sans que nous sachions comment, tout se précipite et c'est la mêlée du combat. Des cris de guerre résonnent. L'un des chasseurs carthaginois tombe, une flèche dans le cou fait sortir ses épaules. Un autre, la poitrine transpercée, vomit des caillots de sang par sa blessure et par la bouche.

C'est à peine si on a le temps de penser. La terreur se répand. C'est la débandade dans le groupe des chasseurs, chacun s'enfuit, épouvanté par la proie que les chiens poursuivent. Je prends le vieux bouclier de toutes mes batailles et m'approche d'Elissa pour la protéger. Flèches, pierres, javelots tombent près de nous et volent alentour. Je donne une tape sur la croupe de son cheval et j'entre avec elle dans le bois. Dans notre chevauchée, les branches des arbres nous fouettent et lancent des feuilles mortes vers le ciel.

– Suis-moi. Ne t'éloigne pas, crié-je à Elissa en nous élançant.

Et j'éprouve de la joie. Je respire la pluie bleuâtre, j'évite les arbres, je sens la force de mon corps palpitant, je dévore l'air humide et, surtout, je vois Elissa à mes côtés, la chevelure plaquée aux joues par le vent et l'eau, droite sur l'encolure de son cheval, hors d'haleine et, comme moi, extraordinairement heureuse.

Je ne sais combien de temps dure notre course dans la furie des éléments. Je ne sais lequel de nous deux remarque la grotte le premier. Nous nous comprenons d'un regard : c'est un bon lieu pour nous abriter. Descendu de cheval, je lui dis :

– Entre et attends. Je vais attacher les chevaux à un arbre, d'où on ne les verra pas.

Pendant qu'Elissa cherche un abri à l'entrée de la grotte, je saisis les brides et je tire. Nous avançons au milieu de rigoles et de flaques, frappés par de fortes rafales de vent, le vacarme aux oreilles.

Après bien des déboires, j'éprouve de nouveau la chaleur du triomphe. Parce que j'ai sauvé Elissa quand la mort nous poursuivait des flèches et des lances tirées contre elle. Parce que je l'ai mise hors de danger sans qu'elle ait la moindre égratignure, comme si un dieu nous protégeait dans le creux de ses mains.

Je laisse les deux chevaux attachés. Je leur donne une petite tape affectueuse avant de partir.

Quand nous galopions, des étincelles d'admiration brillaient dans les yeux d'Elissa, j'en oubliais la guerre perdue, l'humiliation que me causa ma femme, les cendres et les ombres glacées à quoi fut réduit tout ce pour quoi j'avais lutté un jour.

J'entre dans la grotte. Je m'approche d'Elissa, elle est au fond, les bras autour de son corps. Je la couvre de mon manteau et, aussitôt, je dénoue le ruban qui retient ses cheveux. Elle tremble, je le sens, je sais que je peux l'étreindre et m'ouvrir un chemin vers un corps accueillant. J'éprouve le désir de l'entendre gémir, de voir trembler l'eau de ses yeux et d'effacer de mon souvenir les refus de ma femme, la rancœur.

Elle est presque dans mes bras et son souffle tiédit ma peau. Je la prends et la fais s'allonger, soutenant son cou dans mes mains. Je serre la douceur de son corps. Quand je touche ses seins, il me semble que leur chair se durcit entre mes doigts.

J'aime la sentir s'agiter. J'aime la voir renverser la tête en arrière, répandant ainsi ses cheveux. Je m'enfonce en elle. Je sens son dos qui s'arque. Sa respiration fait le bruit d'un vent puissant. Un même frémissement nous parcourt. Puis, c'est le calme. L'assoupissement. Nous gisons enlacés, immobiles, tels deux athlètes hors d'haleine.

Enfin, après ce sommet de plaisir, tout faiblit et cède. Enfin, je me sens libéré de ma terrible obligation, du devoir qui pèse sur mon cœur. Enfin, je me libère de la prophétie.

Elissa

J'entends le hennissement des chevaux. Les pas d'Énée se mêlent au bruit de l'orage. Je le suis du regard tandis qu'il s'éloigne, mais mes vêtements sont mouillés et je décide de me réfugier dans la grotte.

Je n'étais jamais venue ici : une fissure dans la roche vive avec des murs qui montent jusqu'aux ténèbres et un plafond qui se perd dans l'ombre. Le sol de la grotte est couvert de branches et de brins de paille. Avec les feuilles mortes que le vent ramène du bois, je prépare une couche moelleuse et crissante, sur laquelle je m'assois à attendre Énée en contemplant l'averse.

La pluie tombe en vagues blanches battues par le vent. Quand le bois bouge, soumis à sa force, je parviens à voir comment les branches des frênes et des chênes s'entrechoquent et se déchirent, craquant à se rompre. Ce grondement du vent et des pluies d'automne m'emplit d'allégresse.

Tout prouve que la saison avance, que l'heure de la navigation en mer est passée et qu'Énée ne pourra pas lever l'ancre. À cet instant précis, je peux imaginer la tempête qui se meurt dans le fracas de la houle, la violence de la pluie précipitée sur l'eau comme un tissu ondulant et les éclairs qui lancent leurs filets sur la mer. Aucun navire ne chercherait sa route entre ces vagues vert sombre et crêtées d'écume.

Énée restera à Carthage.

Je commence à entrevoir tout un hiver à ses côtés quand, soudain, la sensation de n'être pas seule dans la grotte m'envahit. J'éprouve – comment l'expliquer ? – quelque chose de plus fort qu'un pressentiment, mais de plus vague qu'une présence. Je vois une ombre qui maraude au bord de mon regard, qui se dissipe si je la cherche, mais qui revient si j'essaie de l'ignorer. C'est une impression que j'ai déjà eue auparavant, pendant la dernière lune, et cela m'inquiète.

Ce frôlement de l'inconnu, ce léger sursaut se transforment en un désir ardent. Quand Énée revient-il ? J'ai froid, je crois que je tremble dans mes vêtements mouillés, mais un souffle chaud est en moi.

Je ne sais pas très bien ce qui m'arrive, j'avance en territoire inconnu. Je devine l'immensité du changement lorsque je me rappelle Siqueo, l'unique homme que j'ai connu dans l'intimité de mon corps. J'étais parvenue à l'aimer en dominant un certain déplaisir, qu'on m'avait appris à croire naturel. J'avais pris l'habitude de considérer ma beauté et mon propre ventre comme des instruments pour assurer la survie et la force de ma lignée. Et pourtant le désir m'entraîne vers Énée. Le désir me secoue maintenant comme un vent qui tombe sur les arbres.

Je me lève, j'appuie mon dos contre le mur de pierre et je m'entoure moi-même de mes bras. Alors, dans un mélange de peur et de soulagement, je vois arriver Énée. Tandis qu'il s'approche, je comprends ce que je vais faire et je sais que personne, sauf lui, ne peut l'empêcher.

– Tu as froid, dit Énée, tu trembles…

Je le prends par la main et l'entraîne vers le lit de feuilles. Il tente d'enlever ma tunique, mais je retiens ses mains parce que je crains sa jeunesse et les défauts de mon corps. Je bouge, je m'enlace à lui, je me fais humble, et, pourtant, en même temps, une part de moi ne cesse de penser qu'Énée, comme il me l'a raconté lui-même, a épousé une très jeune femme. Se souvient-il d'elle ? La regrette-t-il entre mes bras ? Je fais en sorte d'éviter qu'en me regardant en face il ne découvre mon corps plus si jeune, la peau non plus, si ferme et si lisse autrefois, mes seins qui ne se dressent plus autant, mes cuisses qui n'ont plus leur fraîcheur. Voilà pourquoi je le tiens serré contre moi et que je me balance enlacée à lui. De mes lèvres, je caresse son oreille, je murmure des mots que je n'avais jamais prononcés auparavant.

Soudain, sa respiration s'inquiète et son halètement se fait plus pressant. De longs frémissements parcourent son corps, puis il s'apaise. Je repose immobile, presque évanouie, tandis que s'éteint l'écho du peu de bruit que nous faisons. Tout résonne à l'intérieur de la grotte comme à l'intérieur d'un grand coquillage vide.

Sa tête repose sur mon sein, mes doigts sont noués à ses doigts endormis. Je respire profondément sous le poids de son corps. J'écarte les cheveux de son visage. Lui a sombré en toute confiance dans le sommeil, moi, je me débats dans l'écheveau de mes terreurs.

Qu'ai-je fait ? J'ai risqué tout ce que j'avais, je me suis livrée. Je le sais. Cela irritera Iarbas, mes hommes seront indignés de voir que j'ai préféré ce naufragé que les vagues ont jeté sur nos côtes, cet homme sans richesses, ni terres, ni but précis.

Peu importe, je les contraindrai à l'accepter. J'ai choisi. Choisir est le privilège des hommes, mais ici je suis plus puissante qu'aucun homme. Tout dépend de ma décision et de ma volonté. Je chercherai la satisfaction, la tranquillité et la joie en suivant mes propres règles. Et maintenant, je ne suis plus seule. Énée et moi avons uni nos destinées. Et s'il faut engager la bataille, je compterai sur sa force et sur les armes des Troyens.

J'effleure son front du bout de mes doigts, je caresse sa peau.

Dehors, la pluie frappe le bois. On entend clairement le brame du vent dans les pins, la rumeur des feuilles, le délicat goutte-à-goutte de l'eau sur la terre. Les pierres brillent. Je fixe l'orage des yeux et une idée étrange me traverse. Les éclairs qui déchirent le ciel resplendissent pour nous deux, évoquant, dans cette grotte dérobée aux regards où nous nous sommes unis, la splendeur des torches pendant le rite nuptial.

IV

UNE TERRE SOUS UN AUTRE SOLEIL

Virgile

Depuis des heures, il suit un itinéraire chaotique qui le conduit dans le quartier de l'Argilète, au milieu de rues flanquées de boutiques, de tavernes et de galeries, pour ensuite changer de direction, soudainement et sans but bien clair, à travers des ruelles étroites et peu fréquentées, où on ne trouve que des portes fermées.

Il essaie d'échapper à son poursuivant.

L'homme à la barbe blanche le suit, de cela il est sûr, mais il ne le croit pas un sbire d'Auguste. Pourquoi l'empereur choisirait-il pour cette mission un homme vieux et maladroit, qui se montre à chaque pas ? Auguste est retors, certes, mais surtout efficace, et il sait s'entourer de serviteurs qui accomplissent leur office de façon impeccable. Sans aucun doute, à ces hauteurs-là, Auguste a déjà tendu autour de lui un filet d'espions parfaits, de ceux qu'il prend, lui, pour amis fidèles ou domestiques dévoués. Mais le vieux barbu ne semble pas du tout appartenir à l'armée silencieuse des informateurs de l'empereur.

Peut-être s'agit-il de quelqu'un qui vient du passé avec des comptes en attente. À Rome, le passé étend toujours ses ailes sombres sur le présent. Au fond, le passé est toujours l'unique poursuivant.

Ce qui serait raisonnable, ce serait de rentrer à la maison une bonne fois, mais il est précisément en train de fuir l'obligation d'écrire et la panique que provoque en lui ce dont l'a chargé l'empereur. Dans sa pièce de travail, entouré de tablettes et de calames même sans usage, il se sent asphyxié de façon si angoissante qu'il s'en trouve malade ; et plus que cela, il en arrive à désirer qu'une maladie grave le libère de son devoir. Le courage lui manque de retourner chez lui et d'affronter cette souffrance.

Il décide de traverser la rue et, en descendant du trottoir, il marche sur un répugnant mélange de fumier animal, de végétaux décomposés et d'excréments humains couverts de mouches. Rome est une ville sale et puante. Depuis sa première arrivée ici, il n'a pas réussi à surmonter le dégoût que font naître en lui la saleté, la pestilence et la pauvreté, voisines des façades de marbre. Partout errent des chiens sans maître qui grattent les ordures, de nombreux locataires des petites maisons sans lieux d'aisances ni eau lancent le contenu de leur vase de nuit par la fenêtre et d'autres chient carrément dans la rue. Sur les façades des maisons des riches, les propriétaires font peindre des pancartes pour prévenir : « Chieur ! Retiens-toi et va plus loin ! »

Il ferme les yeux pour retrouver les odeurs de son village natal, Andes, où il avait l'habitude de s'allonger sur l'herbe tendre sous un hêtre pour jouir de la fraîcheur de la rivière. D'aussi loin qu'il se souvienne, il se revoit suivant son père dans les travaux des champs, lui demandant le nom de chaque plante, de chaque fleur et de chaque outil. Par beau temps, ils partaient main dans la main, lui interrogeant, son père répondant. Il n'a pas oublié les enseignements que son père, apiculteur passionné, lui a transmis sur les abeilles.

– Publius, si tu regardes attentivement, tu verras que les abeilles ont, comme nous, leurs préoccupations, leurs acharnements et leurs combats. Comme nous, elles craignent le froid. Il te faudra installer le rucher à l'abri des vents. Quand on fabrique une ruche en tressant des brins d'osier, il faut en enduire les fentes d'argile bien lisse et laisser une ouverture bien étroite pour conserver la chaleur à l'intérieur. Ce sera beau de voir sortir les abeilles quand le soleil les invite aux champs. Et le miel aura des senteurs de thym.

Quel bonheur c'était pour lui de voir l'essaim sillonner le ciel pur de l'été, tel un nuage sombre que le vent balance, et revenir tard pour remplir les alvéoles de nectar.

C'est étrange, sa tête est pleine d'images, mais il se sent incapable d'écrire, angoissé, vide. Ses idées, qui volent librement dans son esprit, se figent quand il essaie de les guider vers le poème demandé.

Lors de l'une de ces marches habituelles dans Rome, après un lacis de ruelles étroites et sombres, il débouche sur un grand monument. Ici, ce qu'il y a de plus splendide s'élève tout à côté de ce qui existe de plus misérable, la richesse manque de pudeur. Indigné, il s'arrête pour regarder le temple en construction qu'Agrippa, le grand général d'Auguste, fait ériger en l'honneur de tous les dieux romains. Bien qu'on n'en voie encore que les premiers contours, le bruit court que le Panthéon sera un monument grandiose, qu'admireront les siècles à venir. Lui, il éprouve de l'aversion pour la magnificence future de l'édifice, mais c'est surtout son message politique qui le fatigue. Et ce message, consigne de l'ordre nouveau, dit : « Nous, Auguste et Agrippa, vous avons apporté la paix. »

Il baisse la tête et poursuit son errance sans but. Il pense à la génération des hommes qui a été fauchée dans les guerres civiles. La secousse a été si forte qu'elle en est arrivée jusqu'aux alentours de Mantoue, jusqu'à sa chère Andes, et qu'elle en a perturbé son enfance. Le jour où, pour la première fois, il a senti sa vie menacée lui revient à l'esprit. En ce temps-là, il passait beaucoup de temps en compagnie d'une fillette celte qui vivait dans un hameau tout proche. Ils jouaient à être des chevaux, à grimper aux arbres, à chercher des nids, à donner à manger aux bêtes. Ils parlaient peu, c'est à peine s'ils savaient chacun quelques mots de la langue de l'autre. Lui n'était qu'un jeune garçon mais elle avait déjà de petits seins qui pointaient sous sa tunique. Cette après-midi-là, ils s'étaient allongés sur l'herbe d'un pré, sur les rives du Mincio.

L'oreille posée contre la terre, ils écoutèrent un bruit, un écho lointain, semblable au battement de leur cœur. La fille se leva d'un coup, le prit à son bras et courut vers le fleuve, où elle s'élança au milieu des éclaboussures, le couvrant de son corps. À ce moment-là, il vit s'approcher un groupe de légionnaires, une horde armée qui se dirigeait vers le village, semant la terreur entre les habitants pour une obscure rivalité. Il se rappelle leurs silhouettes fantasmatiques et leur bruyante chevauchée. La fille l'obligea à cacher sa tête contre sa poitrine, l'eau froide monta jusqu'à sa bouche et il ferma les yeux dans le tiède abri de cet enlacement. Les sabots s'éloignèrent enfin, le danger passa.

Cette nuit-là, il y eut une tuerie au village.

Comme si la ville suivait le cours de ses souvenirs, il tombe maintenant sur une école où le maître surveille le travail de plusieurs élèves qui déchiffrent, syllabe par syllabe, la tablette appuyée sur les genoux. Les écoles se ressemblent dans toutes les villes italiennes, des écoles de rue, qui s'installent à n'importe quel coin de trottoir offrant de la place et de l'ombre, sous un portique ou sur une esplanade, protégées du soleil par un simple velum. Ouvertes du lever du jour à midi, couvertes par le bruit de la rue, meublées d'une simple chaise pour le maître et de tabourets pour les élèves, pourvues d'un tableau et d'un boulier, ces salles errantes elles aussi le rendent triste. Les châtiments corporels sont de routine. Il a vu à Rome bien des enfants soulevant leur tunique pour être fouettés, une coutume qui, maintenant comme lorsqu'il étudiait, lui semble d'une cruauté repoussante.

Quelque chose encore lui revient à l'esprit : le souvenir de ses jeunes années d'écolier, années monotones d'enfant déraciné, loin de son village. Ainsi se sont perdus les jeux avec la jeune Celte, la chaleur du foyer toujours noir de suie, le chant des émondeurs, les vaches aux mamelles ballottées, promesse de lait doux, la compagnie du berger tandis que les chèvres broutaient la saveur amère des sauges et la joie de son père quand les abeilles se précipitaient sur les buissons de thym.

Il ne reviendrait plus jamais vivre à Andes. Il s'est éloigné toujours plus de ses chères vallées du Pô et du Mincio. Crémone, Milan, Rome, Naples... Les années d'absence ont fait de lui un homme de la ville, qui ne sait qu'évoquer la douceur de la campagne parce qu'il l'a quittée avant d'en connaître la rudesse. S'il se trouvait face à un vrai laboureur, ils se trouveraient tous les deux embarrassés et étrangers l'un à l'autre. Ses vers, ne les lisent ni les paysans ni les bergers, l'élite de Rome seulement, laquelle ne supporterait jamais de retourner vivre à la campagne et en éprouve pour cette raison une poétique nostalgie.

Ses vers… Il sait qu'il devrait se remettre à la tâche abandonnée, qu'il devrait se forcer à écrire sur les guerres d'Énée en Italie, mais il est déjà midi, on est près de la septième heure et, bien qu'il n'ait pas faim, il rebrousse chemin avec l'excuse d'aller manger dans une taverne. Il trouve ce qu'il cherche sans effort, à un angle de rue flanqué d'un phallus grossièrement sculpté en guise de protection contre le mauvais œil. Le restaurant est une pièce dont le comptoir est orienté vers l'entrée. À l'intérieur, les étagères où l'on range les assiettes et les verres imitent à la peinture les veines du marbre.

– S'il vous plaît, je voudrais un pâté de viande et un vin au miel, demande-t-il au patron.

Il s'assied à une table et observe la clientèle. Au-delà de la porte, une silhouette attire son regard. C'est son poursuivant qui, sans effort pour se cacher, s'est installé sur le banc d'une maison, à l'ombre d'une avancée de bois, et qui, de l'autre côté de la rue, lui lance des regards appuyés. Lui en soutient le défi, sachant que le moment est proche d'affronter l'étranger et de sonder ses raisons d'agir.

Le barbu inconnu sera-t-il la dernière malchance amenée par la lettre maudite ? S'il en est ainsi, si l'homme qui plante son regard sur lui cherche vengeance, alors il pourra se dire que la lettre a marqué il y a vingt ans le premier jour de sa mort.

Pendant qu'il est perdu dans ces réflexions, la tranquillité de la taverne disparaît. L'un des clients l'a reconnu et il essaie d'attirer son attention. Comme il n'y parvient pas, il s'approche de sa table tout en se curant les dents. Il tente d'abord d'entamer une conversation amicale, mais il bute sur son silence. Il dit alors :

– Toi qui sais si bien parler, tu ne parles pas. Tu n'es pas fait de la même pâte que nous et c'est pour cela que tu te moques des pauvres.

Comme il achève sa phrase, il crache à ses pieds et lui tourne le dos. Lui demeure immobile. Les gens humbles, qu'ils l'applaudissent ou qu'ils lui en veuillent, l'assimilent aux puissants de ce monde, et cela l'afflige. Oui, bien sûr, aux yeux des autres, il appartient clairement aux privilégiés. Il sourit amèrement devant la preuve de cette jalousie mal orientée. Sa véritable situation, tous l'imaginent bien mal ! Tourmenté, incapable d'écrire, devenu la coque vide du poète qu'il a été, et tout tremblant pourtant à l'idée de tromper ceux qui l'admirent, il ne fait pas un homme bien enviable. Combien de temps pourra-t-il encore feindre ? Combien de temps ses excuses et échappatoires seront-elles reçues ? Que se passera-t-il quand on découvrira qu'il est un farceur, un imposteur, un illusionniste, quelqu'un qui a paru prometteur mais qui a épuisé trop vite son maigre talent ?

Il ne peut éviter d'en revenir à ce jour, il y a vingt ans, où il a reçu la lettre. Le messager la lui tendit et lui, envahi d'un obscur pressentiment, en brisa le cachet de doigts tremblants. À l'intérieur l'attendait une demande de secours désespérée, de la part de son père qui, déjà aveugle, l'avait fait dicter. Auguste ordonnait de confisquer les terres des paysans au nord du Pô pour y établir cent mille vétérans de ses armées après la bataille de Philippes. La guerre civile faisait une nouvelle fois irruption dans leurs vies, entraînant expulsion et ruine pour sa famille.

Il se rappelle chacun des mots de son père : « Ils nous forcent à abandonner aux soldats ces terres que tant d'années nous avons labourées à la sueur de notre front. Peux-tu le croire ? Des hommes souillés de sang seraient les maîtres de nos moissons. »

Le profond amour qu'il a de ses terres se joignit en lui à la charge de tendresse éprouvée envers ses faibles parents. Il se rendit chez son ami Gallus grâce à qui il put atteindre Auguste lui-même. Après un éprouvant déploiement de révérences et de prières, il obtint de sauver les terres familiales, mais à quel prix. Tous les siens payèrent un tribut de rancœur aux voisins, car ils furent bien les seuls dont les terres ne furent pas confisquées. Et il eut, lui, à rendre par sa poésie la faveur accordée, en se faisant dès lors le propagandiste d'Auguste.

Son poursuivant actuel pourrait-il être l'un de ses voisins dépossédés ? Ou alors le vétéran à qui ses terres revenaient et qui ne put jamais entrer en leur possession ? Cette seule idée le fait frémir, car un ennemi capable de distiller sa vengeance plus de vingt années durant ne peut que lui réserver un châtiment atroce.

Il respire profondément, ne sachant que faire. Soudain, née de sa peur, une idée extraordinaire le saisit. Il imagine qu'il modifie la légende antique, qu'Énée ne débarque pas en Italie parce qu'il demeure éternellement avec Elissa, que l'Empire romain ne parvient pas à exister, que jamais ni guerres puniques ni guerres civiles ne se produisent, qu'Auguste n'est rien d'autre qu'un obscur descendant africain d'Énée que, lui, paysan et apiculteur d'Andes, ne peut pas connaître, et il est ainsi libre d'écrire son poème et personne n'attend qu'il sorte de la taverne pour se venger cruellement de lui.

V

AMOUR

Énée

Depuis les étendues d'azur et d'or du ciel, un soleil de bronze chauffe ma peau. L'air tiède me caresse. Je me sens bercé par la splendeur de l'automne et, pour la première fois depuis longtemps, la lourde tristesse de mes souvenirs est une compagne bienveillante. D'où vient la plénitude de ce moment ? Je suis simplement assis, reposé, sur la terrasse du palais. C'est une après-midi de nuées voyageuses. Le vent apporte la rumeur de vagues qui se brisent. Au-dessus de ma tête, deux oiseaux fendent l'air et le soleil leur éclaire le ventre.

Je revois les cheveux noirs d'Elissa glissant sur son épaule. Je ferme les yeux et crois retrouver ses bras qui m'enlacent, qui m'attirent vers leur havre. Ma chair fourmille.

J'ouvre les yeux. Iule est là, accroupi, le menton sur les genoux, absorbé dans ses jeux, le front plissé à force de concentration.

– Iule, à quoi joues-tu ?

– Tu ne vois pas ? dit-il, et il rassemble quelques noix et des noyaux de cerise qu'il a disposés au sol selon un ordre mystérieux. Tu ne devines pas ? Je joue à la guerre de Troie.

Je ne pose pas d'autres questions mais Iule, sans lâcher ses jeux, m'explique tout de sa voix d'enfant.

– Voici Hector, et il montre une noix. Ici, c'est Pâris. Ici, le pauvre Déiphobe. Et voici le plus fort des guerriers : c'est toi. Ici, ajoute-t-il en posant une dernière noix sur la marche de la terrasse où je suis assis, voici le vieux Priam qui regarde tout depuis le rempart.

Il baisse la tête, découvrant sa nuque frêle. Il désigne maintenant les noyaux de cerise, tout petits à côté des noix.

– C'est Achille. Et celui-là : Ulysse. Et là, Agamemnon. Non, attends, Ajax. Et là, Patrocle. Regarde, là court le dieu-fleuve Scamandre et il est en colère car il y a trop de cadavres et de sang et ses eaux en deviennent rouges et ça l'encolère. Alors il veut étouffer Achille. Regarde, Achille lutte contre le dieu-fleuve et il est en train de s'étouffer.

Mes hommes lui ont peut-être raconté ces histoires pendant la traversée.

Iule continue à jouer en parlant à voix haute, mais ce qu'il dit devient un murmure incompréhensible parce qu'il bouscule les mots. Je regarde ses minces épaules. Sous cette lumière dorée, elles me paraissent moins fragiles, moins osseuses que lors du voyage.

– Iule, cette tunique que tu portes, elle est neuve ?

– C'est Elissa qui me l'a donnée. Elissa m'offre des choses.

– Tu la remercies lorsqu'elle te fait des cadeaux ?

Iule dit oui de la tête. Il redevient un jeune enfant heureux, distrait de ses malheurs par des cadeaux et des jeux. Est-il temps d'oublier ? Je demande aux dieux de lui faire oublier nos guerres, mes crimes, l'effroi de sa mère qu'il buvait avec son lait.

Du doigt, j'écarte ses cheveux de son front. Il lève vers moi ses yeux perdus dans les espaces du songe et il me regarde avec sérieux, en réfléchissant. À la fin, il dit :

– Grand-père, où est-il ? Il va venir avec nous ?

– Iule, grand-père Anchise est mort en Sicile, tu ne te souviens pas ?

Parmi les souvenirs qui reviennent, il y a celui de mon père ramassé sur lui-même, levant un doigt vers ses gencives sans dents, faible, mourant, et qui prononçait avec difficulté des mots que nous ne pouvions comprendre.

– Tu me dis où est grand-père, insiste Iule.

– Il est avec les morts. Tous les morts sont ensemble.

– Et que font-ils quand ils sont morts ?

– Ils traversent les royaumes déserts du monde souterrain jusqu'à atteindre les rives du fleuve Achéron et ils attendent là le vieux nocher à la barbe grise qui, d'un bâton, dirige le noir esquif. Son aspect cause l'épouvante : il porte une cape en haillons attachée à son cou, il est sale et de ses yeux des larmes jaillissent. Son nom est Charon. Lorsqu'il arrive, les ombres montent sur la barque et traversent le fleuve qui sépare le pays des vivants du vide séjour des morts. Ce fleuve, Iule, on ne le traverse qu'une seule fois.

– Continue, raconte.

– Le vieux Charon refuse de transporter les morts qui n'ont pas été enterrés. C'est pour cela que les honneurs funèbres sont si importants. En outre, il faut mettre une obole dans la bouche du cadavre pour qu'il puisse payer le batelier des ombres.

– Et encore ?

– Les morts boivent les eaux de l'oubli et dès lors, ils ne se rappellent plus leur vie et ils n'en souffrent plus.

– Ils oublient tout ?

Entre ses lèvres, on voit ses dents de devant, plus grandes que les autres. Il tente de comprendre mes étranges paroles et repousse en même temps de toutes ses forces les images que je lui offre. Un instant il semble que des larmes arrivent à ses yeux.

Je pense alors que, si j'avais pu prévoir ce qui allait arriver quand j'ai entrepris tout cela, j'aurais manqué de forces pour m'y engager.

– Grand-père m'a dit que ta mère était une déesse. La déesse de l'Amour et de la Vie. C'est vrai ? demande soudain Iule.

– Grand-père ne mentait jamais.

Je me dis avec amertume que le fils de la déesse de l'Amour n'a connu que des humiliations. Pourtant, au souvenir du corps chaud arqué hier entre mes bras, de la femme au ventre accueillant, je sens que peut-être tout peut encore changer, que cette femme elle-même est peut-être un don de ma mère.

– Mais souviens-toi que c'est un secret. Ne le dis jamais à personne. Nous sommes les seuls, grand-père, toi et moi, à le connaître.

Iule fourre son poing dans sa bouche un moment. Quand il l'enlève, c'est pour demander :

– Alors, nous allons rester ici ?

– Ne veux-tu pas venir en Italie ?

– Je veux rester ici pour toujours. Qu'y a-t-il en Italie ?

– On dit que c'est une terre généreuse et fertile, un endroit où même les bêtes sauvages sont bienveillantes. La prophétie parle de deux jeunes enfants comme toi, qu'une louve nourrira, les sauvant ainsi de la mort.

– Une louve ? J'aime mieux rester ici avec Ana. Ana m'a sauvé.

– De quoi Ana t'a-t-elle sauvé ?

– L'après-midi, sur la plage, beaucoup d'hommes à cheval sont arrivés, ils avaient des arcs et des flèches, mais Ana m'a caché contre son corps. Il y avait des flèches, affirme-t-il en tendant une corde imaginaire. Ana est mon amie !

J'imagine la scène avec un frisson, je vois mon fils tremblant de peur, le corps d'Ana qui le protège, les sabots des chevaux qui soulèvent le sable, les flèches dans leurs étuis.

– Allons-nous vraiment partir ? insiste Iule, une bulle de salive gonflée entre les lèvres.

– Tout ira bien dorénavant, tu verras.

Je lui montre une noix pour le ramener à ses jeux. De mauvaise humeur, il me l'arrache des mains.

– Ne pense pas à partir, ça vaudra mieux, murmure-t-il tout bas, d'un ton menaçant, avant d'en revenir à sa petite guerre.

Peu après, il me rappelle déjà :

– Regarde-moi, papa !

Je l'observe et me demande si les dieux ne me parlent pas par l'intermédiaire de l'enfant. Dois-je rester ?

Depuis l'esplanade, on domine un paysage de terrasses, de palmeraies et de rues entourées de remparts. Les citernes d'eau brillent comme des plaques d'argent. C'est une effervescence d'esclaves avec des paniers sur la tête, et de femmes porteuses de jarres. On entend sonner les enclumes des forgerons, hennir les chevaux, grincer les chariots dans les montées, aboyer les chiens, chanter les coqs. Des briques sèchent au soleil à l'emplacement des futures maisons, il y a des tours, des îlots d'habitations, des places, des carrefours et des marchés. De longs panaches de fumée s'élèvent des fours. Et dans le port, les voiles blanches palpitent. Je vois même des vergers ceints de hauts roseaux. Carthage est déjà une ville. Combien de temps faut-il pour ériger tout cela de ses propres mains ?

Et si j'étais déjà arrivé ? Et si Carthage était le lieu de la prophétie ? Les oracles ont annoncé que le destin me conduirait à une terre que les uns nomment Italie et les autres Hespérie. Hespérie signifie « qui est à l'ouest ». J'ai navigué vers l'ouest et les vents m'ont poussé jusqu'ici sans que j'y sois pour rien. Peut-être ai-je débarqué à Carthage pour que mon fils trouve une mère et mes compagnons une terre d'accueil, pour aider Elissa à éviter cette guerre à laquelle l'ambition de ses hommes va l'entraîner de force. Peut-être ai-je débarqué à Carthage pour que s'ouvre une ère de paix. Pour me reposer.

Le vent agite les mâts. À son souffle, les oliviers passent du gris argent au vert. Le bleu de la mer scintille. Près de moi, Iule joue.

Elissa

– Des bruits courent dans le palais, on parle de ton amour pour l'étranger. Qu'as-tu en tête ? dit Malco.

Il a l'air tranquille, mais il serre les dents.

Mes deux conseillers ont exigé que je les reçoive en tête à tête. Je suis raide comme la lame d'un couteau, je les connais bien et je les sais dangereux. Depuis mon enfance à Tyr, toute ma vie s'est déroulée sous le signe de la conspiration, au milieu des interminables machinations de la cour. J'ai toujours été entourée d'ennemis, j'ai toujours dû dissimuler mes véritables sentiments. Si je regarde derrière moi, je vois que la peur a toujours cheminé à mes côtés. Mais je sens maintenant en moi une force que rien ne peut arrêter.

– Parmi tous mes prétendants, c'est lui que je veux choisir.

– Nous pensions vraiment que tu nous consulterais avant de prendre une décision semblable, répond Elibaal avec véhémence.

– Je connais trop votre opinion. Combien de fois ne m'avez-vous pas dit que le peuple attend de moi un héritier, que rien ne fortifierait autant mon royaume qu'un mariage et la naissance d'un fils pour assurer la descendance de mon père. N'étaient-ce pas vos paroles, ces conseils ne venaient-ils pas chaque jour de votre bouche, ne passaient-ils pas vos dents ?

– Reine, c'est ce mariage avec un étranger qui ne t'offre ni richesses ni alliances qui nous paraît imprudent, répond Malco.

– Dans les veines d'Énée coule un sang royal. La tradition demande aux femmes de ma race d'épouser un homme de sang royal.

– Mais qu'en savons-nous ? hurle Elibaal. Le Troyen dit s'appeler Énée, mais il pourrait bien être un imposteur, un comédien, un déserteur.

Je me tourne vers lui et je le défie du regard, décidée.

– Non, il n'est pas si facile de me tromper. Je sais juger les hommes.

– Reine, as-tu pensé que ta décision va offenser les chefs des tribus libyennes, et Iarbas en particulier ? Après avoir refusé toutes leurs offres une à une, tu les outrageras en te jetant dans les bras d'un naufragé échoué sur tes côtes les mains vides, crie Malco.

– Si Iarbas veut diriger Carthage, il faut d'abord qu'il me chasse du trône. Ses menaces ne me font pas peur.

Très droite, la tête haute, je ne me laisse pas intimider et ils s'en rendent compte. Ma fermeté soudaine les décontenance. Il y a longtemps que j'aurais dû leur prouver mon véritable caractère. Et je poursuis :

– Je vais essayer de vivre en paix avec nos voisins, en commerçant avec eux et en faisant prospérer le pays. Mais s'ils nous attaquent, nous serons plus forts maintenant que les guerriers troyens combattent à nos côtés. C'est le bien de mon peuple qui guide mes décisions.

– Assurément, ce tas de lâches qui n'ont pas su sauver leur ville vont être un renfort colossal pour tes troupes, répond Malco, sarcastique, crachant ses paroles.

– Quels conseils as-tu reçus du Troyen depuis que la tempête l'a jeté ici ? ajoute Elibaal. Éviter la guerre, ne pas répondre aux provocations, laisser les insultes sans vengeance. Et cet homme est le vaillant guerrier que tu as choisi pour diriger ton peuple ? Non, crois-moi, celui qui a fui une fois sa maison en flammes, abandonnant sa femme, prouvera à nouveau sa lâcheté.

C'est fait. Mes hommes ont hurlé pour tenter de me mettre aux abois, comme tant d'autres fois, mais aujourd'hui leurs morsures ne me font pas fléchir. Je crois que jusqu'à maintenant je ne connaissais pas ma propre force. Aujourd'hui je me sens capable de renverser d'un simple souffle non seulement mes conseillers mais encore toutes les armées que pourrait réunir Iarbas. Que savent-ils du courage né en moi grâce à Énée ? J'étais sur le point de me faner, et voilà que revit en moi une jeune sève vigoureuse. Je suis semblable au marcheur assoiffé qui voit jaillir le ruisseau d'une source, au marin qui contre tout espoir aperçoit une terre, au malade qui chasse son mal et sent des forces bouillonner en lui, dans l'urgence de la vie revenue.

– Assez ! Vous essayez de me faire peur, mais mon cœur intrépide ne flanche pas. Que vous me flattiez ou me condamniez ne m'importe en rien. Je vais donner mes ordres et vous les exécuterez, pour me servir, de même que vous obéissiez à mon père. Vous croyez que pour être femme je suis plus faible ? Vous vous trompez et vous en verrez vous-mêmes la preuve.

Les regards brûlent. Malco s'approche de la cheminée, s'arrête près d'une bûche enflammée que le feu a rejetée et d'un coup brusque il la relance au centre du foyer.

Je ne cille pas.

Je fixe les poils noirs qui sortent de ses oreilles. Il me dégoûte.

Quant à Elibaal, furieux, il plante ses yeux sur moi, le cou gonflé comme celui du serpent sur le point de cracher son venin.

Au loin, on perçoit la mince rumeur de la mer.

– La reine a toujours raison, murmure à la fin Malco demeuré face à la cheminée, et nous sommes au service de la reine.

– Vous pouvez sortir, dis-je, les lèvres tremblantes.

Quand ils s'éloignent, je vais m'appuyer au mur : respirer me brise.

Ana

Je regarde le soleil qui, à cet instant, est un grain de pourpre dans la conque du ciel. La tunique que je porte est pourpre elle aussi. Ainsi, quand mon sang coulera, on le verra à peine.

Je vais demander aux dieux de ne plus grandir. Si je continue à grandir aussi vite, je serai femme et je ne veux pas, parce que alors on m'interdira de courir avec Iule sur la plage et de grimper aux arbres. On m'imposera de rester à la maison à rouler la laine, à la filer. Et un soldat demandera ma main, m'emmènera chez lui et m'ordonnera de lui obéir en silence et je serai comme un cheval tiré par la bride. Le soir, il se jettera sur moi et m'écrasera de tout son poids et, après s'être agité, il me tournera le dos et ronflera affreusement.

Je ne vais pas grandir. Maintenant que pour la première fois j'ai un ami, je veux que nous restions enfants.

Mais je n'ai pas à m'inquiéter. Le printemps prochain, les navires troyens prendront la mer et Elissa et moi nous partirons avec eux. Nous irons loin, toujours plus loin, de port en port, nous connaîtrons des terres lointaines baignées par les vagues. Voilà mes vœux : ne pas grandir et voir arriver le printemps. L'automne est bien avancé, les olives sont passées du brun au noir brillant et une lueur bleue annonce l'hiver.

Elissa me prévient que le rituel doit commencer. Un couteau à la lame droite m'attend dans un panier. Je le prends dans les mains, il est bien trempé. Oui, son fil peut s'enfoncer dans la chair comme dans du beurre. Cela m'apaise, je n'ai jamais aimé les longues agonies, l'animal qui palpite, qui se tord, la mort cruelle et qui tarde à venir.

Elissa est belle ce soir. Elle a assemblé ses cheveux dont deux ailes bordent son visage de chaque côté. Elle porte le voile que lui a offert Énée. Le feu se reflète dans l'iris de ses yeux.

Calme, sois calme, mon cœur, prendre un couteau demande une main ferme. Je regarde au loin les montagnes qui se font violettes et les nuages qui virent à l'orange. Dans peu de temps, très peu de temps, ce sera le moment de donner la mort. Je ne décevrai pas Elissa.

La ville entière s'est réunie sur la grande place et nous regarde. On conduit les animaux à l'autel ; une brebis et une vache blanche, les pattes entravées. Elissa lève une coupe et verse une liqueur verte entre les cornes de la vache. Elle tourne autour du foyer, sa prière retentit.

– Que jamais la guerre ne détruise ce peuple. Que les maladies ne viennent pas sur nous en terrible essaim. Que la main des dieux protège les femmes qui accouchent. Que la terre fournisse des récoltes en toute saison et que les troupeaux dans les champs soient féconds. Répandez vos bénédictions sur les guerriers venus de Troie et sur Énée leur roi, tous vaillants défenseurs de notre cité.

Éclate alors un rugissement, semblable au fracas d'une vague contre un rocher. On ne veut pas ici des naufragés troyens, on croit qu'ils ont attiré le malheur. Les cris s'éteignent, s'éteignent, mais je peux entendre bruire une rancœur. Même si mon cœur me dit que Carthage a perdu la protection des dieux depuis longtemps, je me dois d'accomplir mon devoir. Je lève le couteau, je coupe une touffe de poils aux victimes et de la main droite je la lance dans le feu purificateur. Les flammes tremblent et mon cœur commence à cogner. La vache me regarde de ses beaux yeux tranquilles et j'ai peur.

Le moment est venu. Je détache ma broche, j'enlève le manteau de mes épaules, je respire, m'approche de la brebis et d'un coup, je sectionne les tendons du cou. Si je pouvais creuser un trou dans la terre et m'y cacher pour ne pas entendre ces hurlements... Qui me traversent toute... Que ça cesse, que la mort ramène le silence. L'animal tremble, son sang coule et fume sombrement ; un esclave s'approche et, saisissant la brebis par une patte, il la découpe conformément au rituel.

Je reprends le couteau pour égorger la vache mais la bête se défend. Elle mugit, terrorisée, et lutte pour échapper à la mort. J'assène des coups nerveux qui font jaillir le sang à gros bouillons, un ruissellement rouge. Je frappe, je frappe, effrayée. Un esclave vient à mon secours, il ouvre le flanc d'un coup de hache et la victime s'effondre enfin.

Je regarde Elissa pendant que nous recueillons dans la coupe le sang noir toujours jaillissant. Il n'est jamais bon que le sacrifice ne soit pas consenti. Je veux savoir ce qu'elle pense, elle, mais l'air vibre autour du feu, estompant ses traits. Je la vois se pencher, anxieuse, sur la poitrine ouverte des victimes et consulter le dernier battement de leurs entrailles pour en tirer des présages. Ma mère savait lire l'avenir dans les viscères des animaux, elle voyait des signes de mort dans les toiles d'araignée, elle écoutait des avertissements dans le cri des oiseaux. J'ai appris d'elle, et c'est pour cela que je sais ce que révèlent les entrailles de la vache qui refusait de mourir. Le lobe manquant dans l'intestin et le réceptacle de la bile annoncent des malheurs.

Le visage d'Elissa, lorsqu'elle passe devant le feu, assombrit un moment la lueur des flammes. Ce sont les derniers éclats du jour, les premières chauves-souris battent déjà des ailes. Ma tâche est terminée. Je remets le couteau dans le panier et m'éloigne de l'autel. Énée me sourit de loin. Il ne s'en rend pas compte, mais les yeux de la foule le surveillent. Des rumeurs courent, ils veulent tous savoir ce qui s'est passé lorsque Elissa et lui se sont éloignés au galop pendant l'orage. Je sais bien des choses, mais je garde le secret en silence autant que si un bœuf avait écrasé ma langue.

Énée ne comprend pas notre idiome, il ignore que les hommes du Conseil et les soldats parlent de lui et d'Elissa dans son dos. Moi oui, j'écoute.

– La reine a accueilli des envahisseurs.

– Pire que cela. Elle va donner sa main, son héritage et son royaume à un étranger.

– Mais laisserons-nous un chien troyen nous diriger ?

Énée contemple le rituel, une lumière dans les yeux, les insultes ne l'atteignent pas. Quand j'arrive à ses côtés, il me dit dans l'idiome des palais :

– Ana, je te remercie de prendre soin de Iule, de le protéger. Que les dieux te soient favorables.

Et il caresse ma joue marquée, passant sa main sur la tache sans dégoût. C'est plus que ce que mon père a jamais fait. Mon père faisait peur, sa carrure assombrissait le seuil de la porte. Devant lui, je me sentais comme une souris grise, et telle une souris grise je m'enfuyais chaque fois qu'il arrivait pour se jeter sur ma mère.

Comme tout serait différent si j'étais la sœur de Iule, si j'étais la fille d'Énée… Les larmes me viennent aux yeux. C'est bizarre, quand j'étais petite, je serrais les dents et je souffrais en silence, maintenant, il m'arrive souvent d'avoir envie de pleurer et c'est comme si une peine étrange s'écoulait de mon cœur goutte à goutte. Mais je dois attendre que vienne le printemps aux journées limpides et lumineuses pour lever l'ancre et ne plus entendre ni ragots ni insultes, mais seulement des paroles lavées par le vent.

Je vais attendre, sans grandir d'un pouce.

Elissa surveille les esclaves qui découpent, embrochent et rôtissent la viande destinée au banquet. Elle a aussi consacré la part réservée aux dieux, celle qu'on brûle sur l'autel, arrosée de notre meilleur vin. Elle regarde maintenant Énée et je vois que quelque chose de nouveau les unit, qu'ils se donnent des forces l'un à l'autre.

Tenant Iule par la main, elle se place au pied de l'autel et parle en sorte que tous l'entendent.

– Carthaginois, sachez qu'après avoir vendu les prisonniers nomades sur les marchés côtiers, nos navires chargés de grain sont arrivés au port. En accord avec mes ordres, ce chargement de céréales sera partagé à parts égales entre vous, je veux donc que dans tous les foyers règnent l'abondance et la joie afin de célébrer la fraternité entre Carthaginois et Troyens, qui ne sont qu'un seul peuple maintenant. Que la nouvelle circule dans toute notre ville.

Des cris de protestation s'élèvent, et, parmi eux, timides, quelques vivats, favorables à la reine. Iule est effrayé des regards qui se fixent sur lui et il recule un peu, s'accrochant à la robe d'Elissa. Elle, très droite, soutient le défi de son peuple. Énée prend ma main éclaboussée de sang. La houle d'une fureur muette qui se brise contre nous nous tient unis. Nous, les quatre orphelins, les quatre naufragés, les alliés que personne ne pourra séparer.

Éros

Les mortels éphémères n'imaginent pas le travail si délicat et si décevant que c'est de favoriser leurs amours. Dans les affaires humaines, tout glisse si facilement et si imperceptiblement vers le conflit.

Je rencontre Énée vêtu comme un guerrier carthaginois. Il porte à la ceinture une épée à poignée d'or ciselé, la meilleure forgée dans la cité. Elissa a commencé à fêter Énée avec une générosité sans réserve, à l'envelopper de sa richesse. C'est bon signe, dira-t-on, et pourtant moi qui connais les sombres embrouilles où les idylles échouent, je m'inquiète. Faire des cadeaux, c'est un beau mouvement d'amoureux, mais ça cache aussi des pointes blessantes et ça conduit à des zones d'ombre.

– Attention ! murmuré-je à l'oreille d'Elissa. N'oublie pas que, dans le cœur humain, la gratitude est toujours en rivalité avec l'orgueil, et la main qui régale peut aussi un jour emprisonner.

Mais elle, je le sais, ne prête pas attention à mon avertissement. Le soir est beau, un horizon vert se dessine entre la mer et le ciel, la brume est lumineuse et rien ne prédispose au doute ou à la prudence. Elissa et Énée marchent dans les ruelles de pêcheurs, ils regardent les maisons cubiques, les murs couverts de fleurs, noircis par la saleté et, plus loin, les tours crénelées où se dressent les têtes des nomades becquetées par les oiseaux.

La ville leur semble un territoire nouveau étendu sous leurs yeux et qui pour la première fois est leur ville à tous les deux, leur ville à l'avenir resplendissant. Je fais en sorte qu'ils ne puissent voir au passage les regards jaloux de la foule. Pour eux commence un temps qui leur appartient et il a la douceur de tous les commencements.

Je m'approche d'Énée et je souffle sur sa nuque. Il sent alors plus nettement la présence d'Elissa à ses côtés, la proximité de ce corps chaud comme la terre. Il désire la tenir de nouveau dans ses bras, baiser son front, baiser ses lèvres, arrondir ses paumes autour de ses seins, s'enfoncer en elle et se savoir en sécurité.

– Si la tempête ne s'était pas déchaînée ce jour-là, tes navires n'auraient jamais mouillé ici et nous serions encore des inconnus l'un pour l'autre, dit Elissa.

– Les dieux ont voulu me conduire jusqu'à toi, lui répond Énée.

– Quand vous êtes apparus à l'horizon, ballottés par les vagues qui se fracassaient contre vos navires, Ana vous surveillait depuis le promontoire rocheux. Puis elle est venue en courant jusqu'au palais pour tout me raconter. Elle croyait que vous étiez des assassins envoyés par mon frère, le roi de Tyr, pour me tuer.

– Pourquoi ton frère te hait-il ?

– Il a toujours soupçonné que je conspirais contre lui pour lui enlever le trône, dit Elissa.

Bien sûr, elle ne dit pas que les soupçons étaient fondés, qu'elle et son mari Siqueo voulaient le pouvoir et qu'ils ont conspiré des années pour renverser le roi. Mais nous savons déjà que la vérité aime à se cacher et que les amoureux, pour se satisfaire, trichent et dissimulent sans cesse.

– Ana m'a dit que les sbires du roi n'abandonneront pas la partie sans nous avoir retrouvés.

– Ana a encore peur. Elle était à la maison lorsque les hommes de mon frère ont fait irruption, ont tué Siqueo et ont fouillé les chambres une à une à ma recherche. Nous avons été toutes les deux en grand danger. Pour avoir la vie sauve, il nous a fallu fuir loin de Tyr et naviguer jusqu'ici, mais Ana n'oublie pas l'effroi de ces journées. Elle est obsédée par l'idée que les assassins nous trouveront un jour ou l'autre et que nous ne réussirons pas à nous échapper une seconde fois.

Elissa remarque que les yeux gris argent d'Énée se troublent sous ses cils bruns, et alors – laissez-moi rire – elle s'imagine qu'elle lit dans ses pensées. Elle suppose que, avec l'histoire de l'assassinat de Siqueo, elle a ravivé en lui la douleur poignante de la perte de sa femme. Mais, comme chaque fois que les humains croient se comprendre sans paroles, Elissa se trompe sur l'essentiel. Non, ce qui blesse Énée, c'est l'image d'Ana tenue d'assister à la brutalité des assassins, d'être là à les regarder pendant qu'ils tuent. Sa mémoire le ramène à tous les détails de sa propre faute, la faute terrible du crime qu'il a commis sous les yeux de Iule.

Je suis toujours surpris par tous ces replis qu'abritent en eux les êtres éphémères, jusqu'à en être presque insondables les uns pour les autres. Nous les dieux, en comparaison, sommes des êtres très simples, aussi limpides que l'air.

À propos de clarté, à l'intérieur des maisons commencent à briller les flammes des foyers allumés en prévision du rapide crépuscule africain. Elissa et Énée marchent en silence. Ils laissent derrière eux la place du sacrifice et ils parviennent à une friche près des remparts, où croissent des touffes d'herbe blanchies par le sable.

– Énée, dit Elissa, j'ai pensé offrir ces terrains à tes hommes. Je crois qu'ils seront plus en sécurité s'ils s'installent ici, à l'intérieur de l'enceinte fortifiée, à l'abri de l'attaque des nomades, et qu'ils commencent à vivre avec les Carthaginois comme un seul peuple.

Énée contemple l'endroit, il respire le parfum des lentisques et des térébinthes mêlé à l'odeur d'urine de tous les terrains vagues du monde.

– Merci, Elissa, tu es généreuse envers mes hommes.

– Ils seront heureux, je crois, de trouver un refuge où refaire leurs forces après le naufrage et tous leurs malheurs. Ils pourront ici bâtir des maisons, se construire une vie nouvelle et prospère.

– Sais-tu, répond Énée, une fois déjà nous avons cru trouver le lieu que le destin nous réserve. Mon père, après avoir réfléchi au contenu de la prophétie, fut convaincu que notre nouvelle patrie, celle où nous devions nous établir, était la Crète. Sur l'île, nous commençâmes à élever la nouvelle Troie, la ville de nos rêves. Nous avons entouré le territoire de murailles, ensemencé les champs, édicté des lois et assigné à chacun son lot de terre et l'emplacement de sa nouvelle maison.

– Que s'est-il passé ? Pourquoi êtes-vous partis ?

– Nous avons subi une épidémie. Ce fut un désastre épouvantable. Les dieux ne nous voulaient pas là-bas.

– C'est une étrange prophétie qui guide tes pas.

– Les oracles sont toujours ambigus, il n'est pas facile d'interpréter correctement leurs augures. Chaque homme doit mettre de lui-même, user de son intelligence, pour que s'accomplisse le futur que les sorts annoncent, répond Énée.

– Et Carthage est ton destin ?

– La prophétie me fixe des terres occidentales, comme celles-ci, pour but. Et je sais que ce sont les dieux qui m'ont conduit sur tes rivages, où je suis arrivé sans l'avoir cherché.

– J'ai toujours cru que nous façonnons nous-mêmes notre destinée, dit Elissa, et que nous pouvons la modifier. Sinon, nous serions à peine plus qu'une poignée de cendres ou qu'un tas de plumes que le vent emporte d'un souffle.

Énée sent monter en lui une nouvelle vague de désir pour elle. La force et la vitalité dont elle rayonne le stupéfient. Il sait par expérience qu'en tenant le corps d'Elissa, la tension qui noue ses membres se relâche et qu'il se sent libéré. Il y a plus, il espère secrètement qu'elle va lui apprendre à vivre sans le poids de ses hésitations, sans les doutes qu'il éprouve à chacun de ses actes, sans avoir à feindre l'espoir.

Ce serait le moment, dans cette intensité palpitante, d'essayer l'une de mes ruses. Mais, je l'admets, je reste confus. Je ne sais quel chemin prendre maintenant qu'ils ont cédé tous les deux à mes suggestions mais pour des motifs qui se contredisent. Comment puis-je les unir alors qu'Elissa a besoin d'audace, d'enthousiasme, d'affection débordante et qu'Énée cherche la paix, l'oubli et le calme du cœur ?

Pour une raison ou une autre, les humains ne me facilitent jamais les choses.

Et que faire quand eux-mêmes bâtissent sur le ciment fissuré d'un malentendu et feignent de ne pas s'en rendre compte ? Elissa nomme serment son union dans la grotte, alors qu'aucun serment ne fut prononcé. Pourquoi ? Pourquoi éprouve-t-elle le besoin de penser que les actes d'Énée valent promesse, la promesse de vivre auprès d'elle pour toujours ? Serment… Les mots des humains éphémères sont, au fond, un sortilège pour que s'accomplissent leurs désirs. C'est ainsi qu'ils appellent souvent les choses d'un nom qui ne leur correspond pas, mais le nom faux et le désir véritable construisent une réalité nouvelle à laquelle ils croient. Étonnantes créatures.

Vais-je pouvoir accomplir ma mission et les aider à s'aimer par-dessus les omissions et les malentendus dont sont tissées leurs espérances ?

Elissa

Personne ne m'avait prévenue, personne ne m'avait préparée à cela. Alors que je ne l'attendais plus, par surprise, jaillit en moi l'appel de la chair, si impérieux, si doux et si obscur.

Je suis allongée à ses côtés, les yeux fermés, éveillée. Lui, en revanche, il dort. La tiédeur de son rêve me parvient à travers le parfum de son corps. Pourquoi l'odeur de ses cheveux et de sa peau produit-elle cet effet sur moi ? Seule dans notre chambre, j'approche mes narines de ses vêtements, une tunique ou un manteau abandonné négligemment sur le lit, et j'éprouve la forme vive de sa présence. Je sais, je cherche son visage comme le font les animaux. Je suis un animal qui renifle lentement son partenaire et qui enfouit le mufle dans son cou, dans ce creux sous son épaule, dans les plis où se réfugie la chaleur et où se condensent tous ses parfums secrets.

Comment pouvais-je imaginer que le désir allait me mordre avec cette sauvagerie pour me tirer d'une léthargie de plusieurs années ? Il me mord, il a refermé les dents sur sa proie et il ne laisse pas d'échappatoire.

Il est là, allongé à mes côtés, endormi dans la plus douce des quiétudes. Le soleil est déjà levé, et, son lit abandonné à l'océan, il conduit ses chevaux dans le ciel. À l'intérieur de notre chambre protégée par d'épais volets passent les premiers rayons du soleil, épées de lumière qui s'enfoncent dans l'obscurité et qui, tombant sur son visage, l'éclairent doucement. J'écarte ses cheveux défaits et j'en enroule une mèche autour de mon doigt. Sa peau est vivante, elle bat au rythme de sa respiration. Je veux l'effleurer de mes lèvres, mais l'idée de le réveiller me retient. Je préfère continuer à le regarder en secret, sans chercher à savoir s'il apprécie ou refuse ma fascination, ou si elle le lasse. Il est couché sur le côté, tourné vers moi, les bras comme s'il m'enlaçait.

Je m'approche un peu plus et je passe une jambe sur les siennes, un pont sur le fleuve de ses rêves qu'il ne m'est pas possible de connaître. Des questions naissent en moi. Qui est-il en réalité ? Mes conseillers ont semé un doute pernicieux en disant que, de lui, nous ne savons rien d'autre que ce qu'il a raconté. Sa voix, sonore et bien timbrée, dit-elle la vérité ? Que cache-t-il, que se propose-t-il de faire ? Que désire-t-il ? Que pense-t-il secrètement de moi ? À cet instant même, alors que je suis là à le contempler depuis mes rivages d'affliction, il est un inconnu. J'ai le vertige. Mais au même moment je sens que ma gorge se serre et que c'est l'effet du désir que j'ai de lui.

La jeunesse de son corps me bouleverse, un corps qui sera encore jeune quand le mien ne le sera plus. J'envie les serpents, qui laissent derrière eux leur vieille peau comme une écorce abandonnée, et leurs écailles neuves resplendissent. Mais pour moi, la beauté a une limite. Il n'y aura pas de trêve, il n'y en a jamais lorsque l'automne s'empare de toi.

Il ne faut pas que je pense à ça. Je vais m'efforcer de mettre un point final à ce discours absurde qui me tient éveillée dans la solitude du matin. Je me rappelle un vieux refrain, entendu tant de fois de la bouche de ma nourrice tyrienne : « Profite tant que tu peux, car ta barque navigue sur une eau qui fuit. »

Je navigue sur des eaux qui coulent, qui s'échappent, sur un cours que je ne remonterai plus. Alors, que m'importe de tout risquer, de contredire les avertissements, de faire tout ce que les autres nomment folie ou erreur ? Je me sens capable de les défier tous pour lui. Oui, je le vois bien clairement, je ne veux pas connaître de nouveau le calme, le vide qui était le mien auparavant. Qu'étais-je alors ? Une armature humaine, un tressage d'os et de chair attachés au squelette par des ligaments, la coque vide d'un corps. Ce vide m'a privée d'enfants, c'est pour cela que mon ventre est resté sec.

Je ne suis plus vide. Je palpite, je me balance comme sous un vent, je noue mes jambes aux siennes, je mêle sa salive à mon souffle, mes idées, mes doutes vont et viennent, je ferme les yeux, j'entends l'ondulation des flots et je baigne dans leur fécondité.

Je ne peux soustraire mon esprit à ces images. L'imagination s'empare de moi au milieu de mes occupations quotidiennes, tandis que je reçois mes sujets et que je juge leurs différends et que je parcours la ville et que je délibère avec les hommes du Conseil. Cette femme, est-ce bien moi en vérité ?

Quelle est la vérité ? La vérité est que j'attends avec impatience l'heure de m'allonger avec lui à la lueur des chandelles. La vérité est que je suis fière du plaisir que je peux faire naître. La vérité est que, si au milieu de la nuit son corps s'approche du mien, dans la pénombre du sommeil, je désire qu'il me cherche. Mais ses cauchemars seuls le réveillent soudain au milieu de la nuit. Combien de fois, endormie dans ses bras, n'ai-je pas senti son poing crispé se refermer dans ma main ? Il se met soudain à parler et crie dans sa propre langue, que j'ignore. Ou bien il tremble, avec l'expression d'un homme acculé par des périls extrêmes. Ou il s'assoit dans le lit et regarde autour de lui, désorienté, en proie à l'angoisse, cillant des paupières sans comprendre. Je l'apaise alors sans parler, je repose sa tête sur mon sein, et lui cherche un refuge dans le creux de mon cou, exactement comme Iule quand il consent à se laisser consoler.

Il ne m'explique jamais rien, il garde le silence, je ne sais quels souvenirs le tourmentent.

Le jour est plus clair, je ne vais pas tarder à me lever. Énée dort calmement, sans s'agiter, il repose. D'un doigt je suis sur sa peau les traces de ses cicatrices. Je voyage, l'effleurant à peine, sur les chemins que les armes ont ouverts sur son corps, chemins d'un passé douloureux et antérieur à moi. C'est l'empreinte de son mystère. Je ne peux qu'explorer, je le sais, les marques extérieures de son énigme. L'intérieur est une mer interdite.

Ana

Ce soir, mes petits seins pointus me font mal et j'ai honte. Quand les autres me regardent, je voudrais cacher mon visage dans mes mains. Iule est mon seul ami, le seul qui ne se moque pas de mes petits seins douloureux.

Je ne vais plus avec Iule sur les plages solitaires. Nous jouons maintenant sur les aires sablées près des remparts, de façon à pouvoir nous réfugier si les hordes de guerriers nomades nous menacent de nouveau. Nous restons toujours à portée de vue des sentinelles qui surveillent les portes de la cité. Des jours comme aujourd'hui, je souffre du regard des soldats, mais je n'ose pas m'éloigner. Je suis assise, j'entoure mes genoux de mes bras pour cacher mes seins, le dos appuyé contre le tronc nu d'un figuier. J'aime caresser l'étrange entrelacs de ses racines que le vent dégage en emportant le sable. Les jouets de Iule sont éparpillés sur le sol : un bâton, des cailloux lisses, un coquillage et un escargot, son cheval de bois. Je contemple les nuages, là-haut : ils ressemblent à des chevaux dressés dans le ciel. Je me sens très seule à regarder la plage grise, les voiles de fumée qui montent depuis la ville, la tristesse du soir. Je demande :

– Que veux-tu, Iule ?

– Bouche. La bouche, répète-t-il.

Je mets le doigt dans sa bouche tiède et douce pour être sûre qu'il n'y a rien. Depuis que je lui ai montré le jeu qui consiste à se pencher à la fenêtre et à cracher des noyaux de prune sur les passants, il va partout, la poche de sa tunique pleine de projectiles qu'il suce en cachette. Cela m'oblige à le surveiller sans cesse.

– Tu n'as rien avalé, dis ? Mais, qu'y a-t-il, là ? Une dent bouge.

Nos deux têtes jointes, nous sommes si près l'un de l'autre que son visage me frôle.

– Ça bouge, là.

Toute la dent tremble.

– Tu sais, Iule, lui dis-je, baissant la voix pour attirer son attention, les gens d'ici ont les dents pourries et qui tombent. Ils ont tous la bouche creuse ou trouée. Tu imagines ? Et je sais pourquoi. C'est un secret, mais il vaut mieux que je ne te dise rien parce que tu auras peur.

– S'il te plaît…

Le vent fait bouger ses cheveux sur son front. Il a du sable sur les cils. Je le laisse me supplier : « s'il te plaît », « s'il te plaît ». Je tourne mon visage vers la mer aux mille murmures, où les vagues battent le rivage en soulevant une écume blanche.

– Tu n'auras pas peur ? Et tu ne le diras à personne ?

– Non, je te le jure.

– La ville est maudite. Carthage est une ville maudite, dis-je en savourant ces mots terribles, c'est pour cela que les gens d'ici perdent leurs dents. C'est pour cela que les arbres se dessèchent et ne donnent plus de fruits, comme ce figuier qui n'aura plus de figues douces. De plus, une fois par an il y a d'horribles invasions de scorpions qui sortent de partout et envahissent les maisons, les rues, les champs. C'est pour cela que toi et moi nous sommes les seuls enfants. Les femmes de cette ville sont stériles, ici, il n'y a pas de naissances.

Iule me regarde les yeux grands ouverts. Il ne comprend pas toujours tout ce que je dis. Il ouvre la bouche pour poser une question, mais il change d'idée et il commence à mettre des pierres et des brindilles sur un tas de terre pour former une montagne.

– Iule, je t'ai dit le secret de cette ville, et je ne l'ai dit à personne d'autre que toi. En échange, tu me dis ton secret ?

– Secret ? Le secret de mon père.

– Oui, Iule. Dis-m'en davantage. Ton père... ?

– Mon père. Fils.

– Père, fils... Toi aussi, Iule, tu fais partie du secret ?

Sa langue s'emmêle, sur son visage on voit l'effort que lui coûtent les mots. Même s'il apprend vite, il n'est pas encore capable de révéler le mystère d'Énée.

– Mère, dit-il en levant les yeux.

Moi aussi je lève les yeux vers le haut. Les hirondelles et les martinets virevoltent et passent en touchant presque le mur du rempart, chahutant, virant, pirouettant.

– Je ne te comprends pas, Iule.

Il murmure dans sa langue à lui. Puis il répète : « Mère », en criant comme s'il fallait qu'on l'entende. À la fin, il renonce en frappant le sol du pied. Et pousse un gémissement.

– Tu me raconteras ça une autre fois, dis-je pour le tranquilliser.

La contrariété disparaît de son visage. Il tapote sa montagne de sable et y plante un bâton. Il regarde le tout, satisfait, et il nettoie ses mains en les frottant sur son ventre.

Le mystère qui nous dérobe Énée tourne dans ma tête lorsque je vois apparaître, dans le jaune des lointains, un cavalier au galop. De la poussière monte derrière lui en nuées épaisses. Inquiète, sentant le danger, je prends Iule par la main et nous nous réfugions près des gardes.

À mesure qu'il approche, le cavalier se redresse sur sa monture. Il va si vite que, s'il se lançait sur les flots, il galoperait sans se mouiller et que, s'il traversait un champ, il volerait au-dessus des blés sans faire plier les épis. Le cavalier est l'un des nôtres. Arrivé devant les portes, il tire sur les rênes et met pied à terre. Le cheval, fatigué, baisse la tête. La sueur frise sa crinière brune. Ses naseaux écument.

– J'ai galopé toute la nuit et toute la journée, dit le cavalier, à qui le souffle manque. J'ai cru que le cheval allait rendre l'âme.

Les gardes le connaissent, ils lui répondent familièrement.

– Tu peux aller te reposer à l'écurie, dit une sentinelle.

– Il faut que je parle au conseiller Malco le Bouclier, sans perdre une minute, répond le cavalier.

– Le conseiller Malco est au port, il dirige le débarquement des marchandises qui viennent d'arriver. Je lui transmettrai ton message.

– Je ne parlerai qu'au conseiller en personne. Et seul à seul. Dites-lui que j'apporte des nouvelles qui ne souffrent pas d'attente. Il comprendra.

La sentinelle part à la recherche de Malco. Le cavalier attend debout, inquiet, gardant en lui la partie d'un autre secret que je veux connaître.

– Allons, les enfants, rentrez chez vous, dit un soldat pour nous tenir à l'écart de ce qui préoccupe les hommes. Ce n'est pas le moment de traîner dans les rues. Je vais vous accompagner jusqu'au palais.

Je sens de nouveau le regard du soldat se poser sur ma poitrine. Je m'éloigne pour que sa main ne me touche pas, mais il saisit le bras de Iule et il ne nous reste plus qu'à le suivre. Un nouveau mystère flotte dans l'air, dans la buée du premier.

Énée

Mon père aurait su les convaincre et apaiser leur ressentiment. Il n'aurait jamais consenti à ces provocations maladroites. Mais mon père est mort il y a neuf lunes et il a laissé entre mes mains, entièrement entre mes mains, le sort de l'expédition et la recherche de notre destination. Même maintenant, bien souvent, il me semble que je peux courir lui demander conseil. L'habitude d'être fils dure au-delà de la mort qui fauche les liens. Dorénavant, tous les orages, toutes les tempêtes me trouveront orphelin.

Je monte par l'allée de pins qui mène au palais. La beauté de la ville m'impressionne de nouveau : les terrasses, les esplanades isolées, les jardins, les cyprès qui entourent le temple comme une ligne de sentinelles, le bleu des montagnes au-delà de la barrière de brume. C'est un beau lieu pour bâtir une ville, aussi beau que le fut celui de Troie.

Les gardes qui surveillent l'entrée du palais me laissent passer, et un soldat qui évite de me regarder en face me conduit à la salle du trône. Elissa a fait sortir les esclaves occupées aux grands métiers à tisser. Lorsque nous sommes seuls, elle s'approche et pose sa main sur mon bras. Je voudrais serrer mon visage contre sa poitrine pour soulager ma rage. Une image me traverse, dans toute sa violence : la pousser jusqu'au mur, soulever sa tunique et la posséder près du trône, furieusement. Est-ce ce que veulent mes hommes, que je me jette sur elle pour faire la preuve de mon pouvoir ? J'aspire lentement une bouffée d'air. Je voudrais me vider de la douleur et de la colère.

– Comment ont-ils accueilli notre proposition ? demande-t-elle en me regardant de ses pupilles noir charbon.

– Ils ont déjà commencé à démonter leur campement pour le transporter à l'intérieur des murailles.

– Leur as-tu dit que je leur donnerai des terres et des titres à égalité avec mes sujets venus de Tyr ? Que nous les accueillerons dans la ville comme des frères ?

– Oui.

– Énée, que se passe-t-il ? Ils ne veulent pas se joindre à nous ? Ils se méfient de la main que nous leur tendons ?

– Ce sont des hommes durs, forgés sur l'enclume de la guerre. N'espère pas qu'ils te remercient de tes bontés par des courtoisies, mais je peux t'assurer que leur cœur est loyal, dis-je d'une voix lasse.

La conversation est brusquement interrompue. Un soldat ouvre la porte, passe le seuil et se dirige vers Elissa avec des mouvements exaltés. Sous des paroles que je ne comprends pas, je sens le rythme de l'alarme.

– Énée, mon conseiller Malco insiste pour me parler sans tarder. Il apporte des nouvelles qui ne souffrent pas d'attente. Attends-moi ici, s'il te plaît, je reviens très vite.

Pendant qu'elle se retire, je regarde son dos, doré comme l'argile, la brune terre cuite de ses épaules. Puis je la perds de vue. Son pas s'éloigne. Je reste seul dans le silence de la salle, où le feu brûle en crépitant légèrement.

Me revient l'image de mes hommes, il y a quelques heures à peine, qui me regardaient avec des visages fermés comme des pierres, chaque fibre de leur corps tendue par le refus d'abandonner leur campement pour venir s'installer dans la ville.

Aujourd'hui, le vent agitait le cordage des navires et dans les voiles palpitait le désir du départ. Ils veulent reprendre la mer sur les bateaux réparés. Pourquoi refusent-ils l'hospitalité de ces terres ? Ils ont si souvent maudit les vagues, la fatigue qui les écrase, le dégoût de la mer… Ils se sont si souvent enivrés à compter le nombre d'étés écoulés depuis la chute de Troie et le début de notre errance à travers terres, écueils, voies maritimes, sous des cieux toujours hostiles, en quête d'une Italie qui se dérobait…

Pourquoi cette résistance dure, obstinée alors que je leur offre de prendre demeure ici ? Le temps est venu, Elissa nous accueille, les dieux nous encouragent. Ne veulent-ils pas mettre fin aux misères de l'exil ? Pourquoi refusent-ils de tenter leur chance à Carthage comme auparavant en Crète ? Si ce n'est pas le lieu assigné à notre destin, les dieux enverront un signe évident.

Le mouvement d'Acate, l'ami qui a combattu à mes côtés épaule contre épaule, m'a transpercé comme une lance. Sans dire un seul mot, il accusait du regard l'épée magnifique que je porte et le manteau rouge accroché à mon épaule. Ma tenue carthaginoise l'offense-t-elle pour être le cadeau d'Elissa ?

– Ne nous demande pas de vivre sur une terre qui appartient à d'autres, a dit Acate. Nous voulons de nouvelles murailles qui portent le nom de Troie. Nous voulons tracer nous-mêmes le sillon qui dessinera l'enceinte de notre ville.

– Une ville, ce sont ses hommes et non ses murailles, lui ai-je répondu, Troie, c'est nous, Troie renaîtra là où nous vivrons et là où nos enfants grandiront dans la paix. Carthage peut être cette ville-là.

– Pourquoi t'importe-t-il autant d'obéir aux désirs d'Elissa ? a demandé Acate, étonné.

La colère bout à nouveau en moi lorsque je me rappelle les insinuations d'Acate, sa façon de suggérer que j'obéis servilement à Elissa. Mes hommes croient-ils que je lui suis soumis ? Se moquent-ils de moi lorsqu'ils boivent autour des feux, et crachent-ils leur mépris pour un roi qui se laisse humilier en s'aplatissant devant une femme ?

Que puis-je leur faire comprendre, jeunes et féroces comme ils sont ? Ils n'ont rien connu d'autre que le corps des femmes qu'ils violent dans la guerre, pendant que rugit le feu des incendies, ou la soumission des prostituées qu'ils payent dans les tripots des ports. Je me suis adressé à eux dans le langage qu'ils peuvent le mieux comprendre, je leur ai donné l'ordre d'amarrer les bateaux dans le port de Carthage et d'habiter dans la ville. Un ordre ferme, sec, indifférent à leurs injures.

Soudain, j'ai froid. C'est la débandade dans ma tête et je reste silencieux et meurtri. Je me rapproche de la cheminée et j'attends en regardant s'effondrer l'architecture des bûches.

Lorsqu'elle revient, Elissa est très pâle.

– Mauvaises nouvelles, Énée. Un soldat de Malco, envoyé dans les montagnes, a découvert que tous les villages libyens se sont alliés et qu'ils ont rassemblé une grande armée pour nous anéantir. Iarbas est à la tête des troupes, et c'est le plus sanguinaire des chefs indigènes, dit-elle.

Un ultime écroulement de bûches soulève un essaim d'étincelles rouges et incandescentes.

Éros

Le palais est un bâtiment infesté de murmures, d'ombres qui se cachent, d'espions, et dans le moindre recoin s'embusquent des regards dissimulés et des oreilles à l'écoute. Je suggère alors tout bas à Elissa de rechercher la solitude des rues de Carthage pour trouver refuge dans un silence qui soit la vraie quiétude, et non un silence de conspirateurs. Avec une rapidité et une efficacité inconcevables pour les humains, je souffle pour adoucir le vent, j'éloigne les nuages, j'ouvre le ciel de part en part sur ses étoiles parfaites et brillantes et, pour le dire brièvement, je prépare une nuit sereine, douce et lumineuse, au service des amants.

Elissa guide Énée à travers la ville, vers une tour où un garde armé ouvre pour eux la porte d'un passage secret. Ils montent par un escalier étroit qui sort à l'air libre, sur le chemin de ronde de la muraille. Énée se penche par les créneaux et sous ses yeux se déploie un territoire de dunes sombres comme le flanc d'un grand animal.

À côté de lui, je me laisse emporter par la contemplation. Pour moi, habitué à la monotonie de l'éternel, il n'y a rien d'aussi émouvant que ces paysages abrités dans le sein du temps, là où tout fuit, palpite, se désintègre et renaît grâce aux métamorphoses les plus diverses.

Quand je regarde à nouveau vers Elissa, je saisis son impatience. Elle a entraîné Énée vers la muraille pour lui montrer comment progressent les fortifications de la place, leur solidité face à la menace de Iarbas. Anxieuse, elle espère entendre de sa bouche des mots d'admiration à propos de la ville et des bastions qui la protègent, mais lui ne rompt pas le silence.

– Énée, dit-elle, incapable de refréner son trouble, tu parviendras à aimer cette ville. La terre est fertile en céréales et riche de pâturages. Nous avons le meilleur port d'une côte où les mouillages sont rares. Les murs protègent déjà les habitants et ils s'étireront bientôt à travers tout l'isthme, nous rendant quasi invulnérables aux attaques de l'ennemi. Les travaux les plus difficiles sont déjà réalisés, n'aie pas peur de ce que peut amener l'avenir.

Je dois arrêter très vite ce discours triomphant. Situation paradoxale ! Elissa se sent fière de ses propres réussites et elle les proclame, tandis qu'Énée s'accuse lui-même d'une succession d'échecs et de naufrages, alors qu'ils ont fait preuve tous les deux, à doses égales, de courage et d'espoir et dans des circonstances analogues. J'ai constaté que, chez les mortels éphémères, seul le succès fait valoir les mérites.

Je fais taire Elissa, en posant le doigt dans ce sillon qu'il y a entre le nez et les lèvres de tous les humains ; lorsque je pense à la vitesse et à la maladresse avec lesquelles ils se mettent si souvent à parler, il m'a toujours semblé voir là la trace de quelque échec des dieux à leur fermer la bouche.

Le silence nous enveloppe de nouveau. Elissa s'approche d'Énée et caresse doucement ses cheveux. Il ferme les yeux. Pour savoir à quoi il pense, je mets la main sur son front, mais je la retire aussitôt, effrayé. Son esprit n'est pas envahi, comme je l'espérais, par le plaisir ou le désir ou la tendresse. Ce qui l'occupe, c'est un horrible souvenir de guerre. Énée se voit lui-même à la tête d'une manœuvre de défense d'une palissade. À mesure qu'y grimpent les assaillants, les soldats d'Énée leur tranchent les mains à la hache.

– Beaux yeux gris, dit Elissa, quel est ton souci ?

– Pardonne-moi, cette muraille ramène pour moi des souvenirs du siège de Troie.

– Énée, toute cette souffrance ne se reproduira pas ici.

– Aucune armée n'engagerait une bataille sans l'illusion d'une victoire assurée. Nous aussi, nous avions cette certitude.

– Je sais, Énée, et c'est pour cela que je retiens mes belliqueux guerriers, qui essaient de me convaincre d'attaquer Iarbas la première au lieu de me contenter de préparer notre défense. Mes hommes croient qu'à faire la guerre je suis lente, faible et compatissante, femme enfin pour tout dire. Ces rumeurs courent dans mes troupes.

– Elissa, ne te laisse pas emporter par ces rumeurs absurdes. Fais cas de mes paroles, envoie des ambassadeurs au palais de Iarbas et flatte sa vanité par des cadeaux et une proposition d'alliance avantageuse pour lui. J'ai appris à Troie que le salut d'un royaume ne passe pas par les armes ou les richesses, mais par les alliances. Il n'y a pas de forteresse plus inexpugnable qu'une solide alliance entre des peuples voisins.

La conversation est interrompue par le retour régulier d'une sentinelle sur le chemin de ronde. Quand sa silhouette disparaît, Elissa cherche de nouveau la proximité du corps d'Énée, elle se penche doucement vers lui et, sentant sa chaleur, elle ferme les yeux. Il lui semble pourtant qu'à son contact Énée reste indifférent, froid, lointain, fatigué. Et cette petite créature arrogante, comme le sont tous les humains, souffre de voir que sa simple présence contre l'autre ne parvient pas à réanimer le monde. Je connais bien ces idées sur l'amour qu'ont les humains, lesquels, à l'acmé de leurs sentiments, s'imaginent que tout le bien et tout le mal de leurs existences viennent de l'être aimé, et que tout le reste ne peut les atteindre que de façon atténuée, comme un vague écho. Il y a peu d'activités qui suscitent chez les humains des espoirs aussi énormes que le fait l'amour. À cause de ces fulgurants délires, moi, et malgré toutes les peines que je me suis données, je laisse après moi plus de déceptions qu'aucun autre dieu.

Tandis que je me perds dans ces digressions, Énée aperçoit au loin un fil de clarté, une petite lumière, le minuscule éclat d'un feu.

– Elissa, je crois qu'il y a des feux allumés dans le désert.

– Où ? Attends… Tu as raison.

– Qu'est-ce que ça peut être ? Des bergers nomades ?

– Non, les nomades ne se montrent jamais hors des villages. Il n'est pas facile de remarquer leur présence. Ils attendent tapis dans les buissons. Ils se couvrent le corps de terre et de peinture pour se confondre avec la couleur des feuillages. Non, ce ne sont pas des nomades. Je crains que Iarbas n'ait envoyé une avant-garde pour nous espionner.

– Elissa, je vais traverser les dunes jusqu'au point d'où proviennent ces mystérieuses lumières. Acate m'accompagnera. Je dois vérifier si des armes ennemies nous visent derrière ces foyers, ou si la peur nous fait voir des ennemis imaginaires là où ne sont que des ombres évanescentes.

Et ainsi, pour une négligence d'un court instant, la promenade nocturne à travers la ville endormie finit par une expédition de guerre. Par Achille, qui n'a su qu'il aimait Penthésilée l'Amazone qu'après l'avoir tuée, les humains ne cesseront jamais de me surprendre !

Énée

La nuit noire nous enveloppe de son ombre. Unis face aux dangers, Acate et moi retrouvons notre ancienne camaraderie. Aucun ressentiment, aucune accusation tacite ne s'interpose entre nous. Aujourd'hui, de nouveau, il n'a pas hésité à risquer sa vie quand j'ai couru vers lui. En le regardant, je comprends que sa présence me donne des forces pour avancer dans ce monde semé d'embûches.

Une vague clarté précède l'apparition de la lune. Nous marchons en silence, mesurant nos gestes. Nos pieds se posent sur le sol comme des pattes de félin ; nous appuyons doucement le talon, puis la pointe, lentement, prudemment. Je n'oublie pas l'avertissement d'Elissa : il se pourrait bien qu'il y ait des nomades cachés dans les branches des oliviers sauvages et des myrtes.

Soudain, un bruit me fait sursauter et mes doigts se referment sur la poignée de mon épée. Tandis que je dégaine, un oiseau de nuit se pose près de nous comme une flèche qui retombe. J'entends Acate soupirer cependant qu'il s'essuie le front. Sous nos yeux se profile un coteau d'oliviers qui balancent au souffle du vent et qui semblent brûler délicatement en petites flammes argentées. Nous pénétrons entre les arbres et nous nous accroupissons. Un calme lugubre domine tout ; la mer remue dans son lit, le flanc de la terre immense s'étire au loin. Rien ne trouble la paix jusqu'à ce que, soudain, l'éclat des feux que nous surveillons commence à bouger mystérieusement. Je regarde fixement les taches de lumière. Quelque chose est en train de se passer dans la pénombre bleutée, mais la distance et l'obscurité en protègent le secret.

– Tu as vu ? murmure Acate.

– Il y a quatre petites étoiles qui bougent.

– Ce sont des hommes qui portent des torches.

– Ils se sont arrêtés au bord de l'eau.

Nous nous taisons, le corps tendu, la respiration retenue. La sueur coule dans mon dos. Un nouvel éclat, plus fort, flotte sur l'eau. Enfin la lune se lève, illumine la plaine bleue et les vagues apparaissent sillonnées par une colonne brillante. Sa lueur éclaire la silhouette d'un bateau en flammes, poussé par le vent.

Les battements de mon cœur s'accélèrent, je comprends tout. Ils nous attaquent.

– Ils ont mis le feu à un vieux navire plein de sarments et de branches sèches et ils l'ont lancé sur le port de la cité. Le vent souffle en leur faveur. Si l'incendie se propage, il détruira la flotte carthaginoise.

– Nos navires aussi sont ancrés dans le port, et ils courent grand danger, dit Acate. Traîtres de chiens !

– Il faut rentrer donner l'alarme avant que le feu ne dévore les embarcations.

– Arriverons-nous à temps ?

– Suis-moi aussi vite que tu peux !

Je pars en courant sur le chemin de sable couleur d'os, soulevant après moi un nuage de poussière. Je sens l'haleine d'Acate dans mon dos et de grosses gouttes de sueur coulent sur mon visage. Je tourne la tête sans m'arrêter et je parviens à voir le bateau incendiaire qui glisse calmement, beau comme une étoile mauvaise, laissant derrière lui sur la mer un sillage livide qui se referme lentement.

Nos pieds s'enfoncent dans le sable. Il me semble un moment que c'est dans un rêve que se déroule cette course, l'un de ces rêves où l'on ne réussit pas à attraper celui qui fuit et où le fugitif ne parvient pas à s'échapper, où la poursuite se prolonge, sans résultat ni raison d'être, durée pure et pure angoisse pour celui qui dort.

Effrayés par notre foulée, les serpents fuient entre les pierres et les oiseaux s'envolent à tire-d'aile. Je halète. Mes genoux pèsent. Nous approchons des remparts. J'entends un vrombissement.

Les portes.

Les portes des remparts.

Nous nous arrêtons dans un sanglot de soulagement.

Les vigies nous reconnaissent et nous ouvrent. La voix altérée par l'effort, je tente une explication. En vain. Ils ne comprennent pas nos avertissements. En plus, le mur dérobe à la vue le fragment de la mer où va le bateau en flammes.

– Il n'y a pas de temps à perdre, dis-je à Acate. Il nous faut sauver la flotte nous-mêmes.

– Et tu penses faire comment ?

– Nous allons remorquer le navire en feu hors du port. Nous avons besoin pour cela de nos meilleurs rameurs. Va les chercher, tire-les du lit et reviens vite avec eux sur le quai. Je vous attendrai à bord de la *Leona*, notre embarcation la plus légère et la plus agile, en dépliant les voiles. Dépêche-toi !

Acate part en direction des dépendances de l'ancienne halle aux grains où dorment mes hommes depuis leur installation à Carthage. Je file vers le port. Le pressentiment d'un désastre m'écrase la poitrine de terreur. Ma respiration est saccadée. Les rues sont vides, mais dans mes oreilles affûtées par la peur résonnent des échos de murmures furtifs. Au-dessus des terrasses obscures une grande lune rouge baigne tout dans une lumière sinistre.

Aux portes des maisons, de longs rideaux de roseaux claquent au vent. Je rêve, ou il y a bien des doigts qui les écartent pour me regarder ? En passant devant une fenêtre aux volets entrouverts, je vois une bougie qui projette sur le sol une ombre mouvante. Malgré moi, je sursaute.

Je débouche sur la grande place des sacrifices, sur laquelle la lune répand sa clarté violette. J'entends des pas qui s'éloignent. Quelques instants plus tard, je vois avec stupeur que, parmi les ombres, non loin de l'autel, un homme gît visage contre terre. De sa gorge sort un faible appel, un bredouillis de voix. Je m'approche, je touche son épaule ; pour toute réponse, l'inconnu gémit. Je le pousse avec force, retournant son corps.

Et alors, l'horreur me frappe en plein.

Il a la poitrine déchirée par d'affreuses blessures d'épée. Sa respiration siffle à travers une brèche d'où s'échappent le souffle et la vie. Il secoue les pieds, ses talons battent convulsivement le sol. J'essaie de contraindre l'hémorragie, mais il est impossible d'arrêter le sang qui coule à flots. Malgré mes efforts, il exhale son dernier soupir, un brouillard se répand sur ses yeux et le froid de la mort le saisit. Je ferme ses paupières. Je le connais, j'ai eu à supporter son inimitié : c'est Elibaal le conseiller.

Je suis sur le lieu encore chaud d'un crime.

J'avance, je regarde à droite et à gauche. Aucun pas, aucune voix ne brise le silence. Je devine des regards cachés derrière les fenêtres. Mon cœur cogne contre mes côtes, les idées me fuient sous l'effet de la peur. Je ne sais combien de temps s'écoule avant que j'aie retrouvé le calme. Je prie les dieux d'accueillir l'âme d'Elibaal dans la vaste demeure des morts. Et je pars en courant vers le port.

– Énée, monte. L'incendie n'a pas encore pris, crie Acate avec force gestes depuis le pont de la *Leona*.

Il me lance une échelle pour que je grimpe à bord. Les hommes attendent assis en rangs sur les bancs des rameurs. Nous levons l'ancre, les rames s'enfoncent dans l'eau noire et, après un coup brusque, le bateau commence à glisser. Je crie :

– Nous allons attraper le bateau en flammes avec des crochets et des cordes et l'éloigner de là. Nous le tirerons jusqu'à une rade déserte.

Les rames s'enfoncent et se soulèvent à un rythme parfait. Notre timonier oriente le bateau en direction du danger qui vient vers nous comme une guirlande de feu. Je donne l'ordre :

– Lancez les crochets !

Le vent amène une pluie d'étincelles.

– Lancez-les encore une fois !

Le bateau en feu est pris. Nous manœuvrons pour quitter le port avec notre dangereuse remorque de flammes. Acate me lance un regard inquiet, la lueur de l'incendie se reflète dans ses yeux et brille sur sa barbe.

Pendant que mes hommes rament, j'amasse de l'eau de mer pour étouffer le feu s'il venait à prendre à notre embarcation. Des rafales d'air brûlant m'asphyxient. Le quai s'éloigne. La proue de la *Leona* fend l'écume en pénétrant dans la nuit. L'incendie vomit lentement sa fumée. Je remarque alors que les câbles de crin et de roseau qui nous servent à tirer le navire commencent à brûler. Je lance un paquet d'eau sur les pétales de feu qui fleurissent dans les cordages. Je crie :

– Ramez ! Ramez !

Notre bateau avance, poussé par la force de nos belles rames.

– Droit vers l'anse !

De leurs larges pales, les rames du gouvernail nous font tourner. Devant nous s'ouvre une plage de sable où l'incendie s'éteindra sans danger. Nous coupons les cordes et savourons notre victoire. Encore épuisé par l'effort, Acate s'approche de moi, son visage est sombre.

– Énée, es-tu blessé ?

Je remarque alors que ma tunique et mes bras sont tachés de sang épais. Me revient en mémoire l'image de l'homme assassiné, les lèvres entrouvertes de sa blessure et le sifflement qui en sortait comme si la mort ici s'était mise à rire.

Ana

– De l'eau ! demande Iule en claquant de la langue et en ouvrant la bouche pour me montrer sa gorge sèche.

Il est resté tranquille au milieu de la rue. Le vent fait bouger des boucles de cheveux sur son front. Il se tient les côtes. Il ne prête aucune attention au chien errant qui renifle du museau tout ce qu'il trouve d'humide dans les ordures répandues par terre, ni à la poule boiteuse qui picore la poussière ici et là, ni au potier qui fait tourner son tour et de ses mains modèle le ventre ondulant d'une jarre, ni à l'homme qui va courbé sous son fagot, ni à l'esclave qui finit les restes de ses maîtres et se lèche les doigts. Non, Iule a donné des ordres et, si je ne les accomplis pas, il me lancera du regard des étincelles qui me foudroieront, ou pour le moins me roussiront les cheveux et les cils.

Je m'approche de quelques femmes occupées à bavarder au seuil d'un vestibule, près des portes d'une maison.

– Amies, m'offririez-vous un peu d'eau pour soulager la soif du gamin ?

Les femmes me regardent d'un air sombre et courroucé.

– Si tu as besoin d'eau, va la tirer toi-même au puits. Je ne charrie pas mes lourdes cruches pour donner à boire au fils de l'assassin, répond l'une d'elles.

– Tu te trompes, femme. Énée n'a pas tué Elibaal. Fais attention à tes insultes, dis-je.

– Bien des yeux ont vu cette nuit sa tunique barbouillée de sang. Nous savons tous qu'il est coupable. Comment peux-tu être devineresse, aveugle comme tu l'es ?

– Éloigne-toi des étrangers, petite, ajoute une autre. Ils n'ont apporté ici que le malheur et la mort. Tous ceux qui vivent dans cette ville les haïssent.

Iule, qui comprend déjà quelques mots, pousse un sanglot de souffrance et de désespoir, il lâche ma main et s'échappe en courant.

– Que les dieux punissent vos langues de vipères !

Et je cours en soulevant de la main le bas de ma robe.

Je poursuis Iule à travers un dédale de rues, je passe après lui la porte du rempart et je le rejoins enfin au bord de la mer. À genoux sur le sable, je le serre dans mes bras. Ses joues rondes et chaudes mouillent mon épaule de leurs larmes.

– Iule, Iule, ne pleure pas. Ces femmes, tu as vu, ont les dents pourries et de leur bouche ne peuvent sortir que des mots puants et des mensonges.

Iule, secoué de larmes, se presse contre ma poitrine. Tout en caressant ses cheveux je décide que nous ne sortirons plus dans les rues tant que le véritable assassin ne sera pas découvert et que n'aura pas cessé la rumeur hostile à Énée. En attendant, nous jouerons dans le palais et dans ses jardins.

La mer, dans son flux et son reflux, mouille nos jambes de sa langue froide. Nous sommes allongés là où les vagues déposent leur frange d'écume jaune. J'enfonce mes doigts dans le sable doux et je trace plusieurs lignes parallèles. Iule commence à s'apaiser. J'ai une idée pour le distraire de ses chagrins.

– Iule, sais-tu dessiner des mots ?

Il lève vers moi son regard humide et me fixe, les yeux brillants. Il dit non de la tête.

– Moi, ma mère me l'a appris et elle, elle l'a appris de son père qui était marchand et sillonnait la grande plaine de la mer. Chez nous, en Phénicie, les gens instruits font des dessins qui parlent.

– Mais comment les dessins parlent-ils ? demande Iule.

– C'est de la magie. Avec ces lettres-là, je peux dire ce que je veux sans ouvrir la bouche. Quel mot veux-tu que je dessine ?

– « Père ».

– « Père » se dessine comme ça, dis-je en traçant les lettres du bout du doigt sur le sable compact.

– « Fils ».

– Ça, c'est « fils », et ça, c'est ton nom, et ça, le mien.

– « Père », « fils », « Iule », « Ana ».

– Aimerais-tu apprendre, Iule ? Je peux te montrer. Il faut te rappeler la forme des lettres et, quand elles seront bien gravées dans ta tête, tu pourras dessiner tous les mots du monde.

– C'est vrai ?

– Oui. Cette lettre ronde est une roue. Cette lettre brisée, c'est le serpent. Celle-ci, c'est une main. Et celle-là, la tête d'un bœuf. Cette lettre ondulée représente l'eau et cette autre, un poisson. Et là, un hameçon, une fenêtre, une porte, la bosse d'un chameau… Elles sont belles, tu ne trouves pas ?

Iule regarde attentivement les lettres. Le soleil le fait cligner des yeux. Bouche entrouverte, il commence à gratter la croûte rouge d'une petite blessure, juste sous le coude. Tout à coup, il se lève et court chercher une branche qui se balance sur l'eau.

– Comment dessines-tu « Énée » ? demande-t-il en prenant la branche frangée d'algues.

Je guide sa main avec douceur et le dessin se trace sur le sable humide.

– « Déesse » ? dit Iule, les yeux grands ouverts.

Mon bras guide de nouveau les sillons de son écriture.

Tout excité, Iule regarde mes tracés et il dessine maladroitement, de sa propre main, les signes d'un mot : « fils ». Moi, Ana, je lis :

– « Énée », « fils », « déesse ».

– Le secret de mon père.

Les battements de mon cœur s'accélèrent.

– Ton père est né d'une déesse ?

Iule serre les lèvres et montre les dessins.

– C'est un grand secret. Je ne dois pas le dire.

– Je garderai le secret, dis-je en posant les doigts sur ma bouche, scellant mes lèvres.

Je lève la tête vers le ciel, où vont des caravanes de nuages. En plein jour, je peux voir le disque brumeux de la lune. Les nuages s'ouvrent soudain et une lumière magnifique caresse la plage en se mouvant sur le sable. Tout est prodige dans l'éclat d'un instant. Le fils d'une déesse… Maintenant, j'en suis sûre, Énée nous sortira d'ici et nous emmènera voyager sur tous les horizons du monde. J'essaie d'imaginer les aventures que nous vivrons ensemble, Iule, Elissa, Énée et moi, protégés par la déesse au sourire éternel. Mes pensées glissent comme un songe et tournoient sur la mer immense.

Iule me réclame. Fou de joie devant l'ampleur de sa prouesse, il répète encore et encore les dessins tracés sur le sable en les suivant de son bâton couvert d'algues.

– Ana ! Regarde mes dessins !

Nous les déchiffrons ensemble et rions de la pure joie de savoir parler sans la voix.

– Ça suffit pour aujourd'hui. Demain, je te montrerai de nouveaux dessins, dis-je au moment où le soleil commence à décliner sur l'horizon. Rentrons au palais. Je te donnerai de l'eau dans un pot de terre cuite. Viens, debout !

Je le tire par un bras pour le mettre debout. Quand nous nous éloignons, je regarde derrière nous. La mer semble faire le dos rond, comme un animal. Les vagues ont commencé à mouiller nos traces sur le sable, les effaçant de son murmure. Les lettres disparaissent sans rien laisser.

Ma mère avait coutume de dire que, un jour, nombreux seraient ceux qui apprendraient à dessiner leurs pensées, que la magie de conserver les paroles s'étendrait au loin, et que ce serait ainsi conjurer l'oubli.

Elissa

Il m'a rendue plus sensible à toutes les caresses, même à la caresse de l'eau. J'entre dans le baquet où les esclaves ont préparé mon bain. Quand je m'y accroupis et y étends les jambes, l'eau murmurante ouvre son chemin jusqu'à mes points les plus secrets – entre les cuisses, dans les plis du sexe – et, à se répandre, elle soulève des ondes, me submerge.

Je porte une tunique de lin très fin et quand je m'assois dans le bain, le tissu s'imbibe d'eau et se gonfle autour de la ceinture comme un nénuphar à ma taille. Je n'enlève jamais le dernier voile de mes vêtements, je crains de contempler ma propre nudité sans cette gaze de doux fil qui dissimule les marques du temps. Même avec lui, surtout avec lui, j'apparais dans l'amour couverte de mes voiles, réduite à une mince silhouette entre leurs fins replis. Je tressaille. Qu'éprouverait-il s'il posait ses yeux, sans ce qui la cache, sur une chair qui commence à se faner ?

Je repose ma tête, les bras appuyés sur le bord du baquet. Sous le lin transparent, mes seins jumeaux, le noir de ma toison. Tandis que les esclaves frottent ma peau d'un savon à la cendre de hêtre et à la graisse de chèvre, mon regard s'arrête à un coffret de bois posé sur un escabeau. Il y a là les produits de luxe que j'ai fait acheter en Égypte : de l'huile parfumée pour la peau, de la myrrhe pour humecter les cheveux, des parfums et des fards pour les yeux. J'ai attendu avec impatience l'arrivée du bateau qui m'apportait ce chargement d'onguents et d'essences. J'ai désiré des semaines cet élixir de jouvence, moi qui, auparavant, ne me parais jamais.

Dans la grande salle des bains flotte une vapeur chaude. Les lames des fenestrons tamisent les rayons de lumière, et dans les baignoires dansent des soleils mille fois multipliés par l'eau.

Je regarde Iule. Il se régale dans un petit baquet placé près du mien. Il barbote, tape des mains, souffle pour gonfler des bulles de savon. Autour des îlots de ses genoux repliés, il dirige une flottille de bateaux de coquilles de noix piquées de petits simulacres de mâts et de voiles. Quand il remarque l'attention que je prête à ses jeux, il trace des signes étranges sur l'eau. Sans comprendre les devinettes contenues dans ses gestes, je feins d'admirer les gravures d'eau. Tout en dessinant, Iule prononce des mots étranges où se mélangent sa langue et la nôtre.

J'enfonce mes bras dans l'eau qui les parcourt d'ondes lumineuses. Une fois de plus, le désir me cloue de ses éperons. Je pense soudain aux doux murmures des heures obscures, aux demi-mots du plaisir nocturne. Je me rappelle ces moments d'abandon où il a serré sa tête contre mon sein. Je veux sentir de nouveau dans ma bouche le sel de sa sueur, le petit goût fugace comme l'eau, qu'il laisse sur ma langue.

Que ne donnerais-je pas pour connaître la raison de ses brusques distances, de cet éloignement, de ces plongées dans le silence. Il ne donne jamais d'explications et je crains de l'interroger. Je crois parfois avoir assemblé mon courage, les mots sont au bout de ma langue, mais au dernier moment ils font volte arrière.

Mon cœur s'agite comme ce rayon de soleil qui tombe sur l'eau du bain et qui, d'ici, projette ses reflets en tourbillons rapides jusqu'aux murs de la salle.

Énée oublierait-il sa tristesse s'il jouissait de plus de pouvoir à Carthage ? Je consoliderai sa position à la cour. Je lui offrirai une place au Conseil, à lui et à son compagnon Acate. Ils ne seront pas bien accueillis au début, parce que la mort étrange d'Elibaal a enflammé la haine contre les Troyens. Mais avec des promesses d'or et de charges, on peut façonner la volonté des hommes comme on modèle le métal sur l'enclume. Petit à petit, par des ruses, aux postes de commandement j'élirai des guerriers carthaginois favorables à Énée. Maintenant que la guerre avec Iarbas paraît inévitable, je dois renforcer mon autorité et réduire l'influence de Malco, toujours plus gonflé d'arrogance.

Maudite soit la mauvaise étoile qui brillait la nuit où Énée a été vu, couvert de sang, près du cadavre d'Elibaal. Pourquoi a-t-il fallu que notre paix soit troublée par la menace de Iarbas, par l'ombre des conjurations, par des morts mystérieuses ? De sombres nuages semblent menacer notre ciel, comme cette vapeur qui s'accumule dans la salle des bains. Je remue les mains pour dissiper mon angoisse.

Deux esclaves s'occupent à savonner Iule. Leurs bras mouillés et luisants frottent vigoureusement le corps de l'enfant. Toutes mes domestiques sont des femmes noires aux lèvres épaisses, aucune n'est plus jeune ni plus belle que moi. Elles dorment dans l'antichambre et il leur est interdit de partager leur couche avec des hommes. Peut-être est-ce pour cela qu'elles caressent furtivement le tout petit sexe de Iule, tapant des mains et riant aux éclats.

– Assez ! Apportez-moi plus d'eau chaude.

Les esclaves prennent une cuvette mise à chauffer dans la cheminée sur un tripode de métal, elles accourent et se hâtent de verser son contenu dans mon bain. Puis elles essuient le corps de Iule en pouffant de rire.

Iule court vers moi. Il sent bon le savon, la laine, le pain et le lait caillé. Il caresse mes cheveux. Je lui souris et pour lui détache mes cheveux. Tout heureux, il y enfonce la tête, tire dessus, soulève des mèches et en enroule à ses doigts.

Inondée d'une tristesse douce, je voudrais avoir porté Iule dans mon ventre à moi, avoir connu les fatigues de l'accouchement, l'avoir allaité à mon sein, l'avoir bercé secrètement, doucement, avoir nettoyé sa saleté, son urine, son vomi. Il me dirait « mère » alors. Alors Énée aurait pour moi les regards que les hommes réservent à la femme qui a donné le jour à leurs enfants.

Énée

Allongé sur le dos, j'attends que l'agitation de mon cœur et de mon corps s'apaise. Je ferme les yeux. Mes pensées s'effilochent en buée évanescente. Un calme lent se pose sur moi avec la délicatesse d'un oiseau.

Je la regarde. L'expression de son visage m'emplit d'un orgueil soudain. Elle a les lèvres entrouvertes et les yeux fixes, vaincus. J'écoute sa respiration aller au rythme de la mienne. La flamme des lampes attarde sur sa peau son doux tremblement. Je la sens proche, respirant avec moi. Elle tourne la tête, sourit et tend la main pour caresser mes cheveux.

– Dis-moi, quels soucis te harcèlent ? Depuis plusieurs jours, l'inquiétude obscurcit ton regard, murmure-t-elle.

J'effleure ses lèvres de mes doigts pour la faire taire. Nous reposons l'un dans les bras de l'autre. La silhouette de son corps se dessine sous une fine tunique de lin. Puisse-t-elle un jour se dépouiller de tous ces vêtements, abandonner ces ficelles de coquetterie, ces calculs, ces masques. Mais il ne lui est pas facile de se défaire du manteau royal.

– Un nuage bien sombre est sur ton front, insiste-t-elle en posant un doigt sur ma tempe. Que puis-je faire ?

– Elissa, tu m'accueilles dans ton lit, mais ton peuple me ferme les portes. Si tu veux m'aider, il faut trouver l'assassin d'Elibaal. L'énigme de ce crime a déchaîné une vague de haine contre moi.

– Il est difficile d'éclaircir ce mystère, dit-elle. Mais on peut laver ton nom autrement. Accepterais-tu de faire partie du Conseil ? Je veux t'y nommer, toi et Acate, ton bras droit. De ce poste, tu pourras défendre ton innocence et, ensemble, nous ferons de Carthage ce grand empire que les sorts ont annoncé pour toi.

– Tes hommes ne l'accepteront pas. Avec ces nominations, tu soulèveras une tempête de jalousies, de rumeurs et de conspirations.

Nous restons longtemps silencieux. Ma mémoire me fait revivre la guerre de Troie, qui a emporté ma jeunesse dans son tourbillon de malheurs et de destructions. L'idée de vivre un autre siège me glace les os. Ai-je encore le temps d'éviter la catastrophe en faisant partie du Conseil ? Ici, même le vent résonne du fracas des armes et des annonces de nouveaux massacres.

Les pieds d'Elissa me caressent. Elle gémit, respire profondément et s'abandonne au sommeil. Elle peut, elle, se laisser bercer par le repos. Elle a déjà réalisé son ambition, elle a construit sur ces rivages une réplique de sa Tyr bien-aimée. Moi pourtant, je ne peux trouver de repos à Carthage. Je ne veux pas vivre échoué sur la digue des temps anciens, il me faut rompre toute attache avec la folie de la guerre et sa maudite soif d'or. Pourvu que je trouve le moyen de lui faire comprendre que la mission que mes hommes et moi avons n'est pas de ressusciter Troie, bien que la nostalgie de notre cité nous habite. Fonder une ville, c'est poser les fondations du futur, ses rues ne peuvent pas être peuplées de fantômes. Depuis que nous avons entrepris ce voyage, j'ai voulu ouvrir de nouveaux ports, labourer d'autres champs, sur des terres stériles faire lever la douceur dorée des épis, dicter des lois inédites et voir tourner la roue des siècles. Je ne veux pas rendre la vie à un monde révolu et détruit.

La quiétude de mes pensées est interrompue : des bruits étranges me parviennent de la nuit dehors. Je me redresse, effrayé. Elissa dort. Je tends l'oreille : de puissants galops résonnent contre les murs. Tentent-ils de s'ouvrir un passage jusqu'à notre chambre pour nous attaquer ? Assis sur le lit, je cherche le ceinturon où est accroché mon poignard.

Pour faire face au danger, je m'approche précautionneusement des volets épais. De la paume des mains, j'écarte brusquement leurs battants. Une forte odeur d'urine de cheval imprègne l'air. Les battements de mon cœur s'accélèrent, mes yeux se font lentement à l'obscurité. La fenêtre donne sur la cour vide des écuries. Soudain un grand fracas, et le cheval blanc d'Elissa fait tomber le portillon de sa stalle et détale en formant des cercles, sans mors ni rênes, pris d'une furieuse angoisse, il semble rêver qu'il s'enfuit. Je contemple l'animal cabré, faible torche dans la pénombre. De ses naseaux fumants sort un filet d'écume et ses yeux mauves, égarés, me fixent. Je me demande quelle terreur le pousse dans cette course folle.

Quand je retourne sur notre couche, Elissa n'est toujours pas sortie du sommeil. À la lueur de la petite flamme propre et paisible de la lampe à huile, je vois battre doucement la peau de sa gorge. J'éprouve le désir d'en approcher les lèvres, mais la peur de troubler sa paix me retient. Une grande tendresse m'envahit pour ce corps tiède et accueillant. L'émotion se répand à travers moi. J'évoque en silence le temps passé à ses côtés, sa générosité, l'accent de sa voix, sa façon de bouger, ses pieds fins, son courage, les sursauts de son buste quand elle rit.

Mon destin est-il de rester auprès d'elle et de diriger la guerre contre Iarbas ? Le doute m'assaille sans relâche. Je me sens tiraillé par des vents contraires, à la merci des courants puissants qui me bousculent. Je suis un rocher qui tente de résister à la mer, entouré de vagues rugissantes tandis que tout autour, des rochers plus solides et fumant d'écume tremblent.

J'adresse aux dieux une prière anxieuse. De grâce, envoyez-moi un signe. J'ai besoin de savoir où est ma route véritable.

Dans la cour envahie de ténèbres, le cheval blanc, toujours au galop, hennit.

Ana

Dans tout le palais, il n'y a pas de meilleur endroit que celui-ci pour se cacher : la grande jarre crevassée du magasin de provisions. Il faut un corps agile et mince comme le mien pour s'y glisser et s'y agenouiller. Je sais qu'ici, dans cette poterie d'argile, Iule mettra du temps à me trouver. Je me rappelle les larmes qui brûlaient mes yeux lorsque les gens de Tyr me tourmentaient de leurs mots humiliants : la bâtarde du roi, la petite sorcière. Je veux épargner à Iule les insultes qui sortent de toutes les bouches : le fils de l'assassin. C'est pour cela que nous jouons à cache-cache dans le palais, sans sortir dans les rues, pour échapper à la haine des adultes, aux gros crachats jaunes que les femmes lancent contre Iule. J'ai mis au point des règles pour le protéger même à l'intérieur du palais. Il doit me chercher avec de grandes précautions, sans que personne le voie. Si un soldat ou une esclave traverse la salle où il suit mes traces, il doit trouver une cachette avant qu'on le surprenne. Nous vivons comme cela depuis des jours, invisibles pour les autres, comme des animaux qui fuient vers leurs repaires.

Le trait d'une fêlure dessine son zigzag sur la jarre et s'élargit juste à la hauteur de mes yeux. Par cette petite fente, je surveille la pièce souterraine que baigne une faible lumière. Je me baisse pour observer les poutres sombres auxquelles sont accrochées des bêtes saignées. Des carcasses ouvertes, des gouttes noires glissent, tombent, et tout autour, des mouches noires et goulues dansent avec un bourdonnement monotone.

J'entends des pas. J'appuie mon dos sur la panse de la jarre et j'enlace mes jambes. La fissure me permet de voir les pieds d'un homme et l'ourlet d'une élégante tunique. L'inconnu, impatient, marche d'un bout à l'autre de la réserve. Des doigts poilus apparaissent entre les lanières de ses sandales. Je ne peux en détacher les yeux, fascinée par le dégoût, tremblante de ce mauvais présage. J'imagine qu'une bête sauvage, dressée sur ses pattes arrière, rôde et renifle autour de ma cachette. Assise et aux aguets, je retiens ma respiration. Soudain, précédés de leur pas étouffé, paraissent deux autres pieds chaussés de bottes de guerre.

– Tu voulais me voir ? demande celui qui vient d'arriver.

– Oui. Je dois te parler, répond la bête sauvage, d'une voix qui m'est familière mais que je ne parviens pas à reconnaître.

– Drôle d'endroit pour une conversation. Pourquoi tant de précautions ? demande l'homme aux bottes.

– Tu es un type courageux et respecté par les guerriers de la ville. J'ai toujours eu beaucoup d'estime pour toi. Je veux maintenant te confier une mission dangereuse.

– Pourquoi ne demandes-tu pas à l'un de tes acolytes ?

– Si je procédais ainsi et si mon homme échouait, il serait clair comme le jour que c'est moi qui ai donné l'ordre. Mon innocence doit être préservée.

Les bottes du guerrier reculent.

– C'est pour un meurtre ? murmure-t-il.

– Un meurtre ? Non, mon ami. Que peut-on reprocher à l'homme qui tue un chien enragé pour le bien de tous ? dit la bête sauvage.

– Parle donc sans énigme.

– Je veux que tu en finisses avec le Troyen Énée. Elissa projette d'en faire le roi de Carthage. Si nous le laissons monter sur le trône, le sang va couler. En écartant cette menace, tu sauveras des vies et tu épargneras à la ville de terribles malheurs.

Pendant un moment, le silence règne. Alors, prise de panique, je vois Iule entrer dans la réserve, d'un pas léger et les yeux grands ouverts, il a l'air d'un chien de chasse. Sentant la présence des étrangers, il obéit aux règles établies et il se cache derrière une rangée de jarres à vin, à grain et à dattes.

La conversation se poursuit. Je me mords les lèvres en essayant de maîtriser le tremblement qui agite mes jambes.

– Quelle mort souhaites-tu pour l'étranger ?

– Fais toi-même tes plans. Si je n'en connais pas les détails, je me trahirai moins facilement. Mais fais vite. Que la terre se teigne du sang du Troyen.

Iule quitte prudemment l'abri des grandes jarres. En me cherchant au milieu des sacs de provisions, ignorant du danger, il s'approche d'un grand bœuf écorché pendu à une esse et dérobé par le tourbillonnement d'une nuée de mouches. Des gouttes de sang tremblotent dans les entrailles du bœuf avant d'aller éclabousser le visage de Iule qui rit et lève ses mains sous la douce pluie rouge. À l'intérieur de ma jarre, je lui adresse de vains signes de silence. De grosses larmes de sueur coulent sur mon visage.

– Que gagnerai-je ? demande le guerrier.

– Je te paierai d'avance et généreusement, en or et en belles pièces d'ivoire. Et tu auras ma gratitude. Il est en mon pouvoir de t'élever à des postes de commandement dans l'armée.

Je vois avec terreur que Iule est toujours absorbé dans son jeu. Il lève la tête un instant. Il gonfle les joues et recommence à me chercher au milieu des paniers de noix, de grain, de figues sèches, d'œufs d'autruche, de coriandre et de cumin noir destinés à l'assaisonnement. Sans faire de bruit, il s'approche des recoins obscurs où sont entreposés les pois secs et les lentilles. Les frôlements légers de sa tunique font le bruit du tonnerre au fond de mon estomac.

– Si j'ai bien compris, je n'ai pas le choix, marmonne le guerrier.

– J'ai donné l'ordre de tuer des hommes beaucoup plus puissants que toi. Je n'hésiterai pas à t'écraser comme un ver, se vante la bête.

– La mort d'Elibaal, c'est aussi ton œuvre ?

– Je ne m'arrêterai pas avant d'occuper le trône de Carthage. J'ai écarté de mon chemin tous ceux qui l'entravaient.

Iule plonge la main dans une amphore de miel et la lèche à grands coups de langue. Mon corps est aussi lourd qu'une éponge gorgée d'eau, la peur m'écrase le cœur. Désespérée par la téméraire innocence de Iule, je devine, terrorisée, que la bête qui nous guette est le Bouclier. Je comprends maintenant l'abondance de morts inexpliquées, la moisson d'hommes fauchés sur nos terres ces dernières lunes.

– Combien d'or et d'ivoire me donneras-tu ? demande le guerrier.

– Je savais que je pouvais avoir confiance en toi, tu es un vrai brave. Ne crains rien, nous parviendrons à un accord. Je suis généreux avec mes serviteurs.

Je vois soudain se réaliser mes pires craintes. Iule trébuche et renverse un panier débordant de coquillages réservés pour les teintures de pourpre et d'indigo. Les mollusques se répandent bruyamment au sol. Leur bruit s'éteint dans un silence soudain, comme celui qui suit la fin d'un orage.

– C'est quoi ça ? vocifère le Bouclier, et ses pieds velus se dirigent vers Iule.

Les deux conspirateurs se lancent sur lui. Le Bouclier l'attrape par le bras. Je peux voir ses ongles sales s'enfoncer dans la peau délicate. Iule se tord.

– C'est le petit Troyen. On en fait quoi ?

Mon cœur bat jusque dans ma bouche. Il me faut sortir de ma cachette pour venir au secours de Iule. Mais je ne vois pas comment échapper aux énormes poignes des deux hommes. Mes dents s'entrechoquent. Quand je me redresse, je sens l'urine couler sur mes jambes et s'amasser au fond de la jarre. Je glisse et tombe dans mon propre pipi. Je pleure d'humiliation et de peur.

– Ce n'est qu'un marmot. Il ne comprend même pas notre langue, dit le guerrier en l'attrapant.

Iule gémit comme un chevreau effaré.

– Il saigne ? demande-t-il encore en remarquant les sillons rouges sur le visage de Iule.

– Il mérite un châtiment, dit le Bouclier.

C'est inespéré, mais les sanglots de Iule cessent : on entend un hennissement prolongé, un cri de panique presque humain. Un éclair blanc passe devant le soupirail.

– Le cheval de la reine s'est encore échappé. Ces jours-ci, il semble pris de folie, en proie à une fièvre étrange. Il me faut l'attraper et le ramener aux écuries, dit le guerrier en repoussant Iule dans un coin et en amorçant son départ.

Le Bouclier lui barre le chemin :

– Notre pacte est scellé ?

– Il est scellé. Je ne te tromperai pas.

Un moment après, ils quittent tous les deux le magasin à provisions. Leurs pas s'éloignent. Trempée, puante et épuisée, j'écoute sonner les sabots du cheval qui court, épouvanté, comme s'il galopait sur les cendres de notre monde.

Iule se met à pleurer. Petit à petit, ses larmes se colorent de sang.

VI

SI MON CHANT A QUELQUE POUVOIR

Virgile

Les verres de vin mêlé de résine qu'il a bus ne l'ont pas conduit sur les terres de l'oubli, ils n'ont fait que lui causer des brûlures. Il paie la note et s'ouvre un chemin au milieu d'hommes qui murmurent, accoudés au comptoir, sans doute des spéculateurs. Quand il quitte la taverne, le vieillard à la barbe blanche se lève, secoue sa tunique et le regarde. Il est clair qu'il le suivra sans perdre sa trace, comme un lévrier de chasse.

Il va, par des ruelles sinueuses, vide de toute pensée, abruti par ses maux d'estomac. Ses yeux s'arrêtent tour à tour sur un chien errant qui renifle les ordures répandues dans la rigole, sur une poule boiteuse qui picore la poussière ici et là, sur le potier qui fait tourner son tour et de ses mains modèle le ventre ondulant d'une jarre, sur l'esclave qui se nourrit des restes de ses maîtres et lèche un poisson à moitié mangé et une sauce froide, sur la femme qui balaie le seuil de sa maison comme l'exigent les règlements de propreté. En passant devant un lavoir à laine, il pisse dans un pot ébréché. Les teinturiers placent de grandes jarres devant leur porte afin que les passants les remplissent de l'urine dont ils se servent pour la lessive et, de fait, l'odeur aigre et nauséabonde des urinoirs de rue s'est répandue dans toute la ville.

Le soir s'avance et les gens de Rome se dirigent vers les thermes. Il serait sage de retrouver la sécurité de sa maison sur l'Esquilin et d'essayer de dicter quelques vers avant que le jour ne tombe, mais une fois de plus il y renonce, se laissant porter par la foule qui accourt aux bains. Il se sent en sueur, sale, il a besoin que l'eau efface la puanteur de son corps. De plus, dans le parcours qui mène de l'étuve aux salles chaudes, tièdes et froides, au milieu des baigneurs et des plongeons, peut-être a-t-il une chance de tromper son poursuivant. Il marche vers le Champ de Mars en remettant encore une fois le moment d'écrire à plus tard.

Il tourne la tête. Le vieux à barbe le suit à une certaine distance. Il lui semble un instant que cette poursuite a lieu dans un rêve, l'un de ces rêves dans lesquels ni le fugitif ni son poursuivant ne peuvent rien et tout se prolonge, sans résultat ni raison d'être, durée pure et pure angoisse pour celui qui dort.

À mesure qu'il s'approche des thermes, il est assailli par des essaims de mendiants, de guérisseurs et de devins. Les vendeurs ambulants vantent leurs marchandises à grands cris tandis que les chiromanciens essaient d'attraper sa main pour lui dire la bonne aventure. Près des portes, il s'arrête pour chercher dans sa poche la pièce qui paiera son entrée et quelque menue monnaie pour l'esclave qui surveille les affaires déposées au vestiaire. De dehors lui parviennent le tapage de ceux qui s'entraînent, les cris de ceux dont on a volé les vêtements, les claquements de paumes des masseurs et le charabia des vendeurs de charcuteries et de pâtisseries.

En levant la tête, il remarque un jeune aspirant écrivain qui récite ses vers devant la foule assemblée près des bains. Il est pris de pitié devant les gestes grandiloquents du jeune homme qui déclame son poème dans l'indifférence générale. À Rome, on voit de plus en plus de ces apprentis qui, faute de moyens pour pouvoir louer une salle et organiser une lecture publique, tentent d'attirer la curiosité des passants sur la voie publique et mendient un moment d'attention.

Tout à coup, le jeune homme remarque sa présence et s'écrie :

– Mais que vois-je ? Le grand Publius Vergilius Maro, maître des poètes et sommet de notre littérature !

De nombreux visages se tournent vers lui, dans l'expectative, de nombreux doigts se tendent dans sa direction, il écoute des murmures dans lesquels il croit reconnaître son nom, un vieil homme commence à applaudir de façon intempestive. Accablé, il renonce aux bains et décide de fuir. Dans sa timidité, il a toujours pensé qu'il ne pouvait que décevoir ses admirateurs. Il est trop gauche, trop disgracieux, il est débraillé, il a les grandes mains d'un paysan et, au lieu d'être éloquent, il bafouille chaque fois qu'il doit parler en public. Il ne trouve jamais ces formules pleines d'esprit qu'attendent les lecteurs. Devant ses admirateurs, il se sent maladroit comme un petit garçon que surveillent ses parents, comme quelqu'un qu'on est sur le point d'accuser d'une faute et qui commence à chercher ses excuses.

Le jeune poète lui court après, le rattrape.

– Salut à toi, Publius. C'est un honneur pour moi de te parler. Je m'appelle Tilius. Comme tu peux voir, je suis homme de lettres.

– C'est un métier difficile. Je te souhaite de réussir, murmure Virgile.

Il tente de s'écarter en marchant plus vite ou en s'arrêtant, mais toutes ses ruses sont inutiles. Il est évident que Tilius ne va pas le laisser partir comme ça.

Ils marchent tous les deux sur la via Sacra et le jeune aspirant poète parle sans s'arrêter, il fait l'éloge des quartiers de Rome, de ses temples, de ses théâtres et de ses statues, en y mêlant des vers de sa composition assez médiocres. Ce vain bavardage le fatigue et il y répond à peine. L'odeur répugnante de son propre corps lui semble maintenant encore plus forte. Il essaie d'échapper à l'importun :

– Je ne veux pas te détourner de ta route, Tilius. Je vais rendre visite à un ami malade dans le Trastevere, loin d'ici, près des jardins de César.

– Je viens avec toi. Je n'ai aucune urgence et ça ne m'ennuie pas.

Son mensonge leur offre une longue promenade jusqu'à l'autre rive du Tibre. Tilius respire profondément et dit :

– Publius, ne voudrais-tu pas me présenter à Mécène ? Personne n'écrit des vers aussi vite que moi, et même les orateurs du Forum envient ma façon de déclamer.

– Si tu as confiance en la qualité de tes poèmes, fais-les parvenir toi-même à Mécène. Seul le talent peut t'ouvrir les portes de son cercle.

– Publius, ne me refuse pas cette faveur. Je sais que toi, c'est le poète Horace qui t'a présenté quand tu étais encore un inconnu et vous êtes maintenant amis intimes. Sans ton aide, je ne pourrai pas parvenir jusqu'à lui. Je n'ai pas les moyens de corrompre ses esclaves pour obtenir un rendez-vous.

Cela ne le surprend pas qu'il y en ait qui ne craignent pas d'en soudoyer d'autres pour obtenir une entrevue avec Mécène. Personne n'ignore en ville qu'il est l'un des conseillers les plus puissants d'Auguste et que c'est lui qui est chargé de recruter les écrivains du cercle impérial.

– L'amitié de Mécène est un privilège, je crois savoir qu'il choisit ses protégés avec un très grand soin, dit Tilius.

Il se sent incapable d'expliquer au jeune l'extraordinaire mélange d'amitié et de contraintes, de cadeaux et de directives, de dettes et de faveurs qui n'en sont pas, qui préside à l'entrée dans le cercle.

– Tu nous accordes une importance excessive. Nous ne sommes qu'un groupe de poètes qui se réunissent pour bavarder de choses sans importance.

– Si je pouvais m'offrir une grande maison avec une grande salle destinée aux lectures publiques, j'inviterais les gens importants à venir m'écouter et je serais ensuite convié à leurs récitations. Alors, c'est sûr, je récolterais des applaudissements.

Il pourrait expliquer au jeune que le ronronnement des lectures publiques est loin d'être un plaisir, que ce sont de longues sessions pendant lesquelles on lit des morceaux interminables d'œuvres qui ne seront pas publiées, applaudies néanmoins par un auditoire d'amis désireux de plaire en attendant qu'on les applaudisse autant en retour. Mais Tilius lui rappelle trop ces auteurs qui, le grand jour arrivé, se lissent les cheveux, mettent une toge neuve, se couvrent les doigts de bagues et montent sur l'estrade avec le souci de séduire par les modulations de la voix, les gestes des mains et l'éclat du regard, tout en surveillant d'un œil la distribution des programmes, le corps des esclaves et les bâillements des spectateurs fatigués.

– Je ferai mon possible pour t'obtenir une invitation à la prochaine lecture, promet-il.

– Mille mercis, Publius. Tu es généreux.

Au-delà du temple de Vesta, il lui semble reconnaître de loin Horace et il lui fait des signes en espérant se débarrasser enfin de Tilius.

– Salut, Horace. Où vas-tu ?

– Tu sais que j'aime à déambuler sans hâte.

– Bien sûr, Horace, on m'a dit que tu voulais parler avec moi seul à seul, dit-il et il accompagne ses paroles de clins d'œil et de hochements de tête.

Horace, jovial, sourit. Il entend bien la demande, mais le bourbier dans lequel est tombé son ami semble l'amuser.

– Oui oui, il y a longtemps que j'ai envie de parler avec toi. Mais nous attendrons une meilleure occasion, c'est aujourd'hui le trentième samedi de l'année.

– L'occasion ne peut être meilleure. Je ne suis pas superstitieux.

– Mais moi oui. On a ses faiblesses. De plus, je vois que tu es très pris par un disciple, et des plus prometteurs, dit-il en ébauchant l'un de ses irrésistibles sourires.

Abandonné à son sort, Virgile le regarde s'éloigner. Blagueur et séducteur, Horace a précisément les talents qui lui manquent, à lui. Il a tant de fois souhaité posséder ne serait-ce qu'une miette de son humour, de son habileté à plaire, de sa maîtrise de l'ambiguïté et des faux-fuyants si utiles lorsqu'on a affaire aux puissants de ce monde…

– Un homme comme il y en a peu, dit le jeune homme.

– Tilius, laisse-moi te poser une question. Pourquoi tant d'acharnement à te vouer à la littérature ?

– C'est un office que tout le monde admire. As-tu entendu parler du vieil homme de Gades, en Espagne ?

– Non.

– L'histoire t'amusera. Le vieil homme dont je te parle vint un jour à pied de sa ville natale à Rome, allant des mois durant d'auberge en auberge par la poussière des chemins, car son rêve était de rencontrer l'écrivain Tite-Live, dont il savait toute l'œuvre par cœur. Il traversa des hauts plateaux, des bois, des montagnes, il supporta des attaques de bandits et des aubergistes sans scrupule, il endura le froid et le vent. Tout en marchant, il se récitait des passages de son cher historien. Il arriva finalement à Rome, le rencontra, le salua et, sans même faire un pas pour aller contempler la splendeur de la Ville, il rentra chez lui. Peu de temps après, il mourut.

Surpris par l'anecdote, il se demande si le vieux à la barbe blanche qui le suit ne pourrait pas être après tout un inoffensif admirateur venu de ses provinces pour le voir et le toucher, comme fit le vieil homme de Gades pour Tite-Live. D'un rapide coup d'œil en arrière, il vérifie que son poursuivant maintient le guet sans relâche.

– Tu veux qu'on t'admire ? demande-t-il à Tilius.

– Je ne peux le nier, j'aimerais jouir de la douceur de la renommée.

Une profonde tristesse l'accable. Pourquoi des hommes comme Tilius ne peuvent-ils servir les desseins d'Auguste ? Tilius accepterait sans hésiter des charges flatteuses et il les accomplirait avec enthousiasme. Pourquoi cela lui a-t-il échu à lui, lui qui le supporte si mal, lui que s'être vendu torture, lui qui se sent écrasé par cette énorme responsabilité ?

– J'aimerais devenir un grand poète comme toi, poursuit le jeune homme. On dit que tu es en train d'écrire un poème qui sera plus grand que l'*Iliade*.

Fatigué par tant de bavardage et de louanges intéressées, Virgile répond aigrement :

– Mais que crois-tu, mon garçon ? Le métier d'écrivain traîne avec lui de lourdes chaînes. Je ne suis qu'un employé bien nourri, un esclave au service d'Auguste afin de parer de prestige sa descendance et de relier ses hauts faits à ceux des héros anciens. On m'a octroyé des faveurs pendant que je remplis ma mission, mais la liberté me fait défaut et la honte et la peur me rongent.

Brusquement, comme souvent les hommes timides, il s'éloigne de Tilius sans plus de façons. Tandis que le soir tombe sur les eaux du Tibre, il voudrait de toutes ses forces quitter Rome, naviguer sur les mers et les siècles vers les côtes africaines et, une fois là, nouer autour d'Elissa et d'Énée un fil que la plus fine des lames ne pourrait couper.

VII

SIÈGE

Ana

Au point du jour, lui ai-je dit, viens dans la demeure d'Eshmun, dans le temple qui domine la ville du haut de la colline. Une révélation nous attend. C'est la pleine lune, le moment propice aux oracles. Ne t'attarde pas. La nouvelle est importante et tout retard se paie.

Alors que le jour n'est pas encore levé et que la nuit retient tout sous ses ailes noires, j'arrive sur la colline sacrée. J'ai quitté discrètement le palais, j'ai couru dans les rues obscures aussi vite que me le permettent mes jambes frêles, j'ai suivi le chemin qui conduit au temple posé entre des cyprès dressés comme les mâts d'une flotte prête à appareiller, j'ai grimpé jusqu'au perron à grandes enjambées, j'ai traversé le portique et, le cœur battant, je suis entrée dans la grande salle.

Les serviteurs du temple, encore endormis sur leurs grabats, maintiennent enflammées quelques torches, il ne doit jamais y avoir de ténèbres dans la maison du dieu. Je m'empare d'un flambeau en le sortant du cercle de métal qui le tient au mur. La flamme projette des ombres vives entre les colonnes brunes, entre les grappes et les rameaux de vigne qui les décorent.

J'ai apporté avec moi, caché dans la ceinture de ma tunique, un philtre d'herbes magiques. Ma mère m'a appris à distinguer les tiges de chanvre, les fleurs de la jusquiame noire, les racines de la mandragore, les jeunes pousses de la morelle, les arbustes de belladone, les graines de pavot. Avec leurs feuilles, je sais préparer des onguents, des potions et des fumigations, après m'être lavé les mains sept fois et avoir sept fois invoqué la déesse dont le nom ne se prononce pas, la Maîtresse de la Nuit ténébreuse. Je connais bien les effets de chacune de ces drogues et leur pouvoir pour calmer la douleur, éloigner les idées noires et libérer la transe divinatoire. Oui, ma mère m'a murmuré à l'oreille tous les secrets qu'on ne peut dire à voix haute. Aujourd'hui j'utiliserai une drogue douce qui endort la peur, dénoue les inquiétudes comme des liens qui se relâchent et qui facilite l'accès aux rêves. En respirant cette drogue, moi, je trouverai les paroles justes, et lui, il s'ouvrira à la révélation.

Je prends les vases d'arômes du temple et j'y fais brûler mes encens magiques. La salle s'emplit de parfums, éclatants et doux comme des colonnes de fumée. Sur la table de l'autel, je pose une lampe allumée dans le creux d'un coquillage et je reste à côté debout à attendre, à suivre les spires bleuâtres qui s'élèvent de mes sortilèges.

La peur s'agite en moi comme la toupie qu'un enfant fait tourner sans relâche. En cet oracle des dieux, dont je serai la messagère, repose tout mon espoir. Y tient toute notre chance de nous éloigner de la guerre et de sa moisson de cadavres, la chance de partir ensemble pour ne plus jamais nous séparer. Mon cœur se brise presque lorsque j'entends un bruit vif, le vent peut-être, ou des pas.

C'est lui. Il est venu. Nous avons le temps pour nous sauver. J'aspire l'air parfumé jusqu'au plus profond de ma poitrine.

– Me voici, Ana, comme tu me l'as demandé, dit-il.

– Écoute les mots que je vais prononcer. Grave-les dans ton cœur.

Puis je me tais, fixant des yeux les flammes lointaines. Je veux lui laisser le temps d'inhaler les volutes de fumée qui l'entourent.

– Que t'arrive-t-il, petite ? Te sens-tu bien ?

– Énée, les soldats de la ville trament ta mort. Malco le Bouclier, qui veut régner, a promis une récompense en or et en ivoire à un soldat s'il t'expédie cette nuit vers la tombe. L'attaque peut se produire n'importe quand, n'importe où.

Entre nos deux regards passe un éclair glacé.

– Es-tu sûre de ce que tu dis ? demande-t-il.

– Il te faut partir immédiatement. Carthage est un lieu maudit. Rappelle-toi ton règne à venir…

Les muscles de sa mâchoire se tendent.

– L'ambition de nos hommes et la cruauté de Iarbas détruiront Carthage. Les destins de la guerre feront verser de nouvelles larmes. Dans les fours de la ville, on ne cuit plus de pain, on forge uniquement des armes. Les forces ennemies se rapprochent, elles sont à nos portes. Le ciel se couvrira de flèches aussi nombreuses que des flocons de neige. L'avenir ici est menacé. Va-t'en, Énée.

Ses yeux s'élargissent, son regard s'assombrit. Un frisson le parcourt.

Un trouble agréable s'empare de moi. Peut-être ai-je mis à brûler un peu trop de mes drogues. Comment lui parler maintenant de mon violent désir de m'en aller avec lui sur ses nefs concaves, comment lui demander de persuader Elissa de partir à la recherche de terres nouvelles sous un autre soleil ? La pudeur m'inonde et j'ai honte de lui avouer mon souhait. Ma tête n'est que vertige, tourbillon, les idées s'agitent en moi. Il y a un moyen : son secret…

– Énée, tu es le fils de la déesse de l'Amour et de la Vie, ne l'oublie pas. On ne doit pas abandonner une femme, seule face à son sort, quand le fou désir de tuer s'empare des hommes. Le repentir est terrible.

La lumière vacille, effrayée, sur son visage pâli. Ses traits se dissolvent dans l'obscurité, je ne distingue clairement que l'éclat de ses yeux fiévreux. La drogue s'est saisie de moi, il me faut me hâter. Mes pensées ne sont plus très nettes.

– Tu as une dette, poursuis-je.

Je veux ajouter encore qu'Elissa leur a sauvé la vie après le naufrage et que c'est moi maintenant qui sauve la sienne. Les mots montent dans ma bouche qui veut parler, mais ils ne vont pas jusqu'à ma voix.

– C'est vrai, c'est vrai, murmure-t-il.

– Écarte Iule de la folie du combat. Aucun enfant ne devrait grandir ici où la guerre sème la destruction.

Sous mes yeux, son corps s'évanouit, englouti par l'ombre, avant de réapparaître. Je vois des filets de feu tourbillonner autour de moi, des fils brillants pénètrent sous ma peau. Je fais un ultime effort, avant que ma langue ne devienne trop pâteuse, pour le supplier de partir tous ensemble, tous ensemble.

– Emmène avec toi sur les flots ceux qui ont confiance en toi, ceux qui attendent de toi leur salut.

La dernière chose que je vois clairement ce sont ses mains, posées sur l'autel.

– Je reconnais là le message des dieux, dit-il tout bas.

Soudain, les vapeurs blanches qui montent jusqu'au toit prennent une forme humaine et m'entourent. Des visages naissent de la fumée et flottent, menaçants. Ce sont les spectres qui me poursuivent, qui tentent de m'étreindre. Je cours épouvantée vers la chambre secrète du dieu, hors de la vue d'Énée. Là, dans l'espace sacré au bout de l'escalier de bronze, après la porte d'ivoire, je cesserai d'aspirer la drogue et les terribles visions me quitteront. J'entre et je m'effondre. Je respire, couchée sur le sol. Mes yeux, lourds et brûlants, se ferment. Je tombe tout doucement dans les profondeurs du rêve.

Énée

Ils trament ma mort.

Entre les colonnes du temple vide résonnent les échos des terribles paroles, une effervescence de bruits qui se répandent comme un fleuve inonde peu à peu la vallée qui l'abrite.

Ils veulent que la terre boive mon sang.

Ana fixe sur moi son regard immobile. La jeune fille semble être sortie d'elle-même pour qu'un autre occupe son corps. Parfois elle est tendue et secoue la tête, mais une force mystérieuse la domine. Le dieu est ici et parle par sa bouche.

– Énée, tu es le fils de la déesse de l'Amour et de la Vie, ne l'oublie pas, dit la voix qui résonne.

J'ai l'impression qu'émergeant de l'obscurité, elle s'adresse à moi de très loin.

Dans mes prières, j'ai demandé un signe aux dieux, et le signe est là. Aucun mortel ne connaît le mystère de ma naissance. J'en demeure pétrifié. Mes cheveux se hérissent. Mon père disait la vérité. Une déesse m'a donné le jour et maintenant les immortels veillent sur moi et me protègent.

– On ne doit pas abandonner une femme, seule face à son sort, quand le fou désir de tuer s'empare des hommes. Le repentir est terrible.

Un froid épouvantable glace mon cœur. Je me rappelle Creüse la nuit du sac de Troie. Je ferme les yeux devant cette vision. Comment ai-je pu la perdre ? Elle est morte sans qu'une main pieuse ait posé un linceul sur sa dépouille. Je l'imagine flottant sur les eaux noires de la mort, le visage douloureux, meurtri, et emportée par un courant glacé jusqu'aux limites sans limites de l'au-delà.

– Tu as une dette.

La voix du dieu sonne en moi comme le sifflement du vent.

– C'est vrai, c'est vrai, murmuré-je.

Les remords me rongent de leurs dents pointues, grinçantes. J'ai toujours une dette envers les survivants de Troie. J'ai promis de les sauver de l'abîme de nos misères, je leur ai promis de fonder pour eux une nouvelle ville. Mes hommes ne voudront jamais rester à Carthage. Il me faut prendre la mer et aller là où nous appelle la prophétie, en suivant les vires de ma destinée, pour achever la tâche grandiose dont m'ont chargé les dieux. Carthage a été un imprévu, un détour, un dangereux refuge.

– Écarte Iule de la folie du combat. Aucun enfant ne devrait grandir ici où la guerre sème la destruction.

Je veux que Iule grandisse dans une ville dont les portes de la guerre resteront fermées par de solides verrous de fer. Nous poursuivrons la navigation à travers l'inconnu jusqu'à parvenir là où une vie nouvelle sera possible. La bataille n'y sèmera plus ses graines de terreur. Nous y protégerons la paix grâce à des lois sages. De l'ancienne Troie il ne reste que cendres et ruines qui ne se relèveront plus. Le passé est un bœuf docile qui tourne autour de la pierre du moulin, écrasant le grain de nos espoirs. Seul le futur germera en récolte sur une terre neuve.

– Emmène avec toi sur les flots ceux qui ont confiance en toi, ceux qui attendent de toi leur salut.

– Je reconnais là le message des dieux.

Je m'approche de l'autel et j'y pose mes mains. Des vases d'encens montent des souffles qui m'étourdissent. Je prie, enveloppé dans ces vapeurs éclatantes. Mes prières finies, Ana a mystérieusement disparu et je me retrouve, soudain, seul dans le temple. La petite flamme qui brûlait dans un coquillage s'est éteinte.

Submergé par l'émotion, je marche vers les portes. Combien de temps s'est écoulé depuis mon arrivée ? Tout était alors plongé dans la nuit sous la lune pleine qui signale le temps des augures et maintenant, au contraire, la clarté safranée de l'aurore inonde le ciel et nous rend à nos travaux et à nos fatigues. Les yeux à demi fermés à cause de la lumière, depuis le seuil d'ivoire, je contemple la colline.

Où est Iule ? Il m'a accompagné dans les heures sombres du petit matin et il devait m'attendre ici, assis entre les colonnes du portique.

– Iule ! Iule !

Un aboiement qui diminue est seul à me répondre.

Dans une étrange boucle du temps me revient en mémoire la quête angoissée qui a suivi le naufrage. Tandis que je parcours le labyrinthe de colonnes et d'escaliers grandit en moi la certitude que Carthage nous est un territoire hostile. Comment ai-je pu espérer que nous pourrions vivre ici au milieu d'ennemis ?

Les cyprès de la colline bruissent, sveltes, noirs. J'entre dans les ombres du bois, foulant les aiguilles crissantes des pins. De nouveau, la peur.

– Iule, es-tu là ?

Le froid de l'aube me fait trembler. Quelqu'un pourrait-il voler un enfant à l'intérieur de l'enceinte sacrée ? Le dieu a été clair dans ses paroles : sur ce lieu pèse une malédiction.

– Iule !

– Papa ? me répond enfin le grelot de sa voix.

Je le trouve assis sous un pin à jouer avec de petits bouts de bois.

– Regarde ce que j'ai construit ! dit-il en me tendant un morceau d'écorce où il a fixé des branchettes, comme un bateau prêt à tendre ses voiles et à partir.

Le signe se confirme.

Je me baisse pour caresser ses cheveux et lui parler à l'oreille, presque murmurer.

– Iule, toi et moi allons maintenant partir chercher nos hommes et ensuite nous irons au port. Il nous faut préparer le matériel et la flotte. Si tu te comportes bien, quand nous lèverons l'ancre, tu pourras t'asseoir sur le banc avec Palinure, le pilote, et l'aider à tenir le gouvernail.

– Ana pourra piloter aussi avec moi ? demande-t-il. Je peux lui apprendre.

– Ana ne voudra pas partir avec nous. Sa maison est ici. Nous ne pouvons la séparer des siens.

Iule me regarde d'un air fâché, il étire sa lèvre inférieure. Je dois l'attraper par le manteau pour qu'il se lève et le traîner par la main. Il avance sur le chemin de petits cailloux bleutés en trébuchant, sans lâcher son petit bateau.

– Ana, Ana, cette barque était pour elle, répète-t-il en un murmure plaintif, les yeux embués de larmes.

Je me demande ce que fait Elissa à ce moment précis. Dort-elle encore, le visage couvert de ses longs cheveux comme d'une aile protectrice ? Ou aura-t-elle découvert mon absence ?

Éros

Aucun dieu, pas même le plus perfide d'entre eux ou le plus destructeur, ne pourrait créer un malentendu de cette envergure. Il ne faut pas qu'Énée lève l'ancre. Malgré mes efforts et mon immense expérience, les humains continuent à se moquer de moi, ils se rebellent, renversent mes plans, trouvent des voies de secours. Je ne parviens pas à déchiffrer l'énigme des espérances démesurées qu'ils placent en moi alors qu'en même temps, ils redoublent de zèle pour m'esquiver.

Inquiet du revirement rapide de la situation, je fends les airs et glisse sur les courants de ce matin venteux pour parvenir auprès d'Elissa. Je la trouve sur le bastion du rempart, près d'un groupe de soldats. Tous contemplent, absorbés par l'horizon rouge, le déploiement des troupes de Iarbas autour de la ville.

– À l'aube, nous avons remarqué pour la première fois un lointain nuage de poussière, dit la sentinelle. Nous pensions que c'était un tourbillon de sable, mais ensuite, en voyant qu'il gardait la même forme et qu'il se rapprochait de nos murs, nous avons compris ce qui arrivait.

Elissa observe les vagues d'hommes qui galopent sur des chevaux sans brides, vêtus de tuniques de poils de chameau et lourdement armés. Puis elle regarde les bêtes qui charrient le grain et les outres d'eau.

– Leur plan est d'assiéger la ville, affirme-t-elle. Ignorants ! Ils ne savent pas que nous pouvons nous approvisionner par la mer. De leurs armes primitives, ils défient nos troupes expertes dans l'art de combattre.

– Qu'ordonnes-tu, reine ?

– Renforcez les portes. Quand ils s'approcheront pour démolir le rempart ou l'escalader, faites pleuvoir sur eux un déluge de pierres, de torches brûlantes, de pieux effilés et de flèches.

Au milieu des dunes de la plaine, Elissa aperçoit le campement ennemi, d'où commencent à s'élever, en file, les premiers pavillons de toile. Je prends son menton dans ma main et je tourne son regard vers les étendards de guerre et les mâts du port, là où les hommes d'Énée se hâtent de calfater les navires pour entreprendre le voyage. Le soupçon traverse son esprit avec la rapidité de l'éclair. Une lueur de fièvre lui vient aux yeux.

– Tenez-moi au courant de tout ce qui arrivera, ordonne-t-elle à ses soldats.

Elle abandonne précipitamment le bastion. Aveugle, fiévreuse, elle parcourt les rues qui mènent au port, mes mains la portent, elle vole presque, son pas se précipite. Je suis sûr qu'elle parviendra à arrêter la fuite des Troyens.

Nous trouvons Énée roulé dans sa cape, occupé à diriger les travaux, il ne participe pas même d'un sourire aux réjouissances communes. J'allume une lueur d'espoir. Cette rencontre sur le port est le croisement de tous nos désirs.

Énée sursaute en découvrant l'arrivée d'Elissa. En la voyant là, les hommes qui s'employaient aux équipements, aux voiles et aux cordages grimpent sur le navire, laissant seuls, face à face, les deux amants. Brisant la solitude de la rencontre, je découvre la figure familière d'un homme au teint brun et de grande taille qui les observe depuis le bord même du quai, à quelques pas de la mer, les yeux pleins de tristesse.

– Tu pars sans dire un mot ? demande Elissa, la gorge serrée.

Énée garde le silence.

– La flotte appareille en plein hiver, quand les vents mugissent, poursuit Elissa, exagérant la force de la brise. Est-ce moi que tu fuis ? Je t'en prie, au nom de notre union, au nom de ta loyauté, si tu m'as aimée, si tu as éprouvé quelque tendresse pour moi, attends, change d'avis, je t'en supplie.

Énée la regarde sans ciller.

– Je te serai toujours reconnaissant, tu as été généreuse envers moi. Tu sais bien que je ne t'ai jamais rien promis et tu sais aussi que ma bouche n'a jamais proféré de mensonge.

– Comment peux-tu me parler ainsi ? dit Elissa, perplexe. Pour toi, j'ai encouru la haine des Libyens et des nomades. Pour toi, je me suis heurtée à mes hommes.

L'étranger au regard de spectre fait quelques pas vers eux. J'éprouve l'impression insolite qu'il perçoit ma présence, je jurerais presque qu'un court instant il a posé sur moi ses yeux tristes, cherchant un appui. Incapable néanmoins de reconnaître ce visage suppliant, je me sens découvert, privé de mon enveloppe invisible. Pourtant les amants, spectateurs privilégiés de leur seule souffrance, continuent à nous ignorer.

– Depuis le début, je t'ai prévenue : j'obéis à une prophétie, répond Énée. J'ai douté… Mais aujourd'hui, à l'aube, j'ai reçu un message divin, un ordre du ciel. Les oracles m'imposent de faire voile vers l'Italie.

– Encore l'Italie ? Encore cette légende ? Pourquoi abandonnes-tu une ville déjà construite pour une autre toute à bâtir ?

L'homme au teint brun se met à marcher autour d'eux, comme un mage qui, par sa danse conjuratoire, ferait se rétrécir le cercle afin de les rapprocher l'un de l'autre. À cause d'Orphée, qui est descendu au royaume d'en bas pour en remonter sa femme morte, la présence de l'étranger me semble venir d'un autre monde, être irréelle et hors du temps.

– Carthage n'est pas mon destin, le dieu m'ordonne de partir. Ne te torture pas, ne nous tourmente pas. Je pars, mais ce n'est pas par plaisir.

– Ainsi tu as reçu un oracle, tu es le héraut de la volonté d'un dieu…, dit Elissa, incrédule. Nous appelons tous « dieux » nos propres désirs.

Les répliques se succèdent à une vitesse si vertigineuse que je n'ai pas le temps d'ourdir quelque ruse pour les réconcilier. Les discussions des humains me rappellent toujours l'Hydre de Lerne, le monstre d'où renaissaient plusieurs têtes chaque fois qu'Hercule en tranchait une. Il n'est pas facile de résoudre ce conflit. Énée, sous l'effet de l'oracle, interprète tout en termes épiques, aussi bien le déchirement entre la volonté et le désir, qu'entre l'ordre du monde et les besoins personnels, entre le divin indémêlable et les sentiments secrets. Elissa, en revanche, soupçonne que la prophétie n'est qu'un pur prétexte pour ennoblir un abandon dû à la lassitude, à l'indifférence, à la jeunesse d'Énée et à son envie de sillonner les mers en toute liberté.

– Accorde-moi un court délai, ne pars pas encore, supplie Elissa après un silence. Je ne te demande qu'un tout petit peu plus de temps, Énée, que ma douleur connaisse une trêve, que j'apprenne à supporter l'idée de ton départ.

– Ne te berce pas d'illusions. Cela ne servirait à rien.

Soudain, ma mémoire éternelle se rappelle le nom du poète aux yeux doux et mélancoliques qui contemple la scène en tournant autour d'Elissa et d'Énée, sur la triste orbite de leurs pas. Depuis les siècles futurs, Virgile est apparu dans cette histoire.

– Si au moins tu me laissais un fruit de ton amour, poursuit Elissa, entourant son ventre et se balançant, le regard absent. Si je voyais jouer dans le palais un petit Énée, qui te ressemblerait, pour le visage au moins, je ne pleurerais pas ainsi ton départ.

– Elissa, je n'ai pas le choix. Les sorts ne me permettent pas de vivre ma vie. Je dois trouver une terre à mes Troyens sur d'autres rivages.

– Je t'ai recueilli quand tu étais naufragé, j'ai sauvé tes navires, j'ai sauvé tes hommes de la mort, je t'ai offert une part de mon royaume et j'ai offert un foyer à ton fils. C'est ainsi que tu exprimes ta gratitude ? Mon dévouement, mes attentions, mes bras accueillants, la chaleur de mes caresses, tout cela ne sert à rien ?

– Mon chemin est tracé.

Elissa, furieuse, le toise de la tête aux pieds.

– Alors, je ne te retiens plus, je ne te supplie plus. Pars vers l'Italie sur les ailes du vent ! Cherche-toi des royaumes sur les vagues noires ! Je ne demande aux dieux qu'une seule chose : que mon nom te tourmente et que, lorsque le froid de la mort m'emportera, tu voies dans les ténèbres de la nuit mon fantôme vengeur.

– Je suis arrivé ici après avoir fui dix années de guerre, de mort et de saccage, explique Énée d'une voix inquiète. J'ai promis à mes hommes de bâtir une cité juste où la loi vaudrait plus que l'épée. Voilà pourquoi je t'ai prévenue contre les tempêtes de sang qui balaient ces terres, voilà pourquoi je t'ai conseillé de gagner l'amitié des peuples voisins en envoyant chez eux ambassades et pacifiques caravanes de commerçants. Mais tes hommes et toi, vous avez préféré l'arrogance de vos armes, que vous croyez invincibles. En invoquant les dieux de la guerre, tu m'as ordonné une expédition punitive, un saccage. Tu as maintenant la guerre que tu as souhaitée. Vous êtes plus forts qu'eux, vous vaincrez les nomades et vous vous emparerez de leurs terres et de leurs fleuves, mais nous, vaincus à Troie, nous n'avons pas dans le cœur une audace et un orgueil semblables. Moi, j'ai déjà vécu tout cela. Je ne veux pas que mon fils grandisse ici.

– Je parviens à peine à le croire, tu n'as pas la moindre larme pour ma souffrance. Je pars. Je ne veux pas entendre un seul mot de plus de ta bouche, dit Elissa, même si son souhait le plus vif est qu'il la rappelle, retardant leur séparation.

Mais aucune voix ne prononce son nom et Elissa demeure seule sur le quai, pâle et inconsolable.

Je balance entre la surprise et la frustration. Les humains s'aiment de façon si imprévisible… Pourquoi les difficultés font-elles s'obstiner les uns et abandonner les autres ? Pourquoi l'amour entre deux éphémères humains ne naît-il pas toujours avec la même force ? Pourquoi l'un perçoit-il plus clairement son profond désir tandis que l'autre perd toutes ses forces dans l'inquiétude et les intermittences de son propre cœur ? Étrange paradoxe des mortels : l'amour leur est une expérience partagée mais rarement en même temps, le fléau de la balance ne repose jamais dans l'équilibre.

Énée, qui me tourne le dos, regarde avec angoisse le soleil se refléter sur l'eau en disques de lumière.

Abattu, les yeux les plus tristes que j'aie jamais vus, Virgile s'en va au milieu des hommes qui préparent les rames et chargent les derniers vivres en prévision du départ. Tandis qu'il retourne à la mélancolie des siècles, on entend résonner au loin les premiers tambours de la guerre.

Ana

– Les bateaux prennent la mer sans nous !

J'enfonce ma tête entre les genoux d'Elissa. Elle me caresse les cheveux. Je ressens encore le vertige et les effluves des herbes consacrées.

– Ma fille, je peux à peine le croire moi-même, mais c'est ainsi, ils nous abandonnent. Apprends que tous nos espoirs sont tissés de fumée.

Je tremble. La chaude vague des pleurs monte en moi et m'étrangle.

– Je l'ai supplié devant l'autel du divin Eshmun de nous emmener avec lui, loin de cette ville. Je peux encore sentir l'odeur du sang dans les rues. Je lui ai dit le danger, la menace qui plane sur lui… Et il part sans moi.

– De quel danger parles-tu, Ana ?

– Une obscure malédiction est dans ces murs. Tout a couleur de mort. Quelqu'un se prépare à le tuer… Et aujourd'hui, à l'aube, je le lui ai dit dans le temple. J'aurais dû te le dire. Tu aurais su quoi faire.

Elissa tient ma tête dans ses mains, son regard est soudain glacé.

– Ana, réponds-moi. Qui veut tuer Énée ?

– Le Bouclier… C'était Malco le Bouclier, il offrait or et ivoire à un soldat – je n'ai pas vu son visage – s'il tuait Énée sans tarder.

Je me serre contre elle, je ferme mes poings et sanglote. Des larmes que je ne peux retenir commencent à couler. La soudaine douleur de la séparation m'inonde comme une marée. Je caresse la tunique d'Elissa, et c'est alors que je tombe sur un objet dur, qu'elle dissimule sous le tissu. Je me demande ce qu'elle cache là.

– Malco ! Tu es sûre que c'était lui ?

– Il a dit qu'il agissait ainsi pour pouvoir t'épouser. Il a dit qu'il avait donné l'ordre de tuer aussi d'autres hommes importants.

Je lève les yeux vers elle et je vois son regard fermé, sa blessure ouverte. La douleur me pénètre jusqu'aux os, l'abandon où nous voilà a planté son terrible dard, tel un insecte furieux. J'imagine Iule crier mon nom quand la nuit vient et que les vagues se font sombres. Loin de lui, l'avenir se couvre de ténèbres.

– Comme il m'a trompée ! s'exclame Elissa. Malco le Bouclier a tramé toutes ces morts mystérieuses. Penser qu'il a répandu tant de sang pour m'obtenir, tandis qu'Énée m'abandonne, oubliant ma générosité envers lui, oubliant ces mains qu'il a tant caressées…

Je bute de nouveau sur l'objet qu'elle a caché. Je tâte sa forme, le parcours du doigt, je le mesure. Je devine qu'il s'agit de quelque chose d'important, je veux savoir ce que c'est. Prudente, discrète, je soulève la tunique. Le tissu découvre peu à peu la jambe nue d'Elissa.

– Si seulement ses vaisseaux n'avaient jamais fait naufrage sur nos côtes, poursuit Elissa sans rien sentir de mes prudents mouvements. Si seulement le dieu n'avait jamais pointé sur moi son arc d'or et ne m'avait pas blessée de ses flèches. À présent, Énée parti, tout sera redevenu nuit noire, infestée de loups.

J'étouffe un cri en voyant ce qu'Elissa dissimule. Un poignard très aiguisé, attaché à sa cuisse par un lien de cuir. Mes lèvres tremblent, mes doigts se crispent.

Le silence autour de nous se brise soudain. Des pas s'approchent, des voix graves chuchotent de l'autre côté des portes. Quelqu'un cherche la reine dans le labyrinthe des couloirs du palais. Enfin, le commandant de la garde entre dans la salle.

– Reine, j'apporte un message du roi Iarbas. Il demande que tu lui livres le trône de Carthage en devenant sa femme. Il va attendre la réponse jusqu'au coucher du soleil de ce jour qui maintenant galope à travers les cieux. Si tu ne consens pas, il menace de s'emparer de la ville par le sang et par le feu.

La peur me reprend. J'enlace Elissa de mes bras, cherchant et serrant l'unique colonne qui tient encore debout au milieu des ruines.

Elissa

La sécurité des remparts du palais est derrière nous. Sur notre route, je vois le vent qui emportera Énée dans la danse de ses tourbillons de sable. Devant la porte, j'ordonne à l'un des hommes de ma garde d'annoncer notre arrivée. Les heurtoirs battent à grand bruit et un esclave accourt.

– Dis à ton maître que la reine est venue honorer cette demeure de sa présence.

Les grandes portes s'ouvrent pour nous permettre d'entrer. Suivie par les pas sonores de mes gardes et le sifflement du vent, j'entre dans la maison au milieu de la hâte des esclaves chargés de me montrer le chemin. J'avance avec l'impression de tomber dans un abîme.

Malco le Bouclier m'attend dans la grande salle.

– Bienvenue dans mon humble foyer, reine, dit-il. C'est la première fois que tu me fais l'honneur de passer le seuil de ma porte.

– D'immenses souffrances auraient été évitées si j'étais venue plus tôt, mon cher Malco.

Mes paroles semblent énigmatiques. Malco me regarde, partagé entre le contentement et l'incertitude. Impatient, il traverse la salle d'un bout à l'autre. L'écho de ses pas résonne contre les murs.

– Dis-moi en quoi je peux t'être utile, répond-il.

– J'imagine que tu as déjà entendu parler du départ imminent des Troyens, qui préparent leurs bateaux pour lever l'ancre dès que possible, dis-je, essayant de gagner sa confiance.

– Oui, on m'a informé de l'ignoble projet de fuite que nourrit le Troyen Énée.

Je fais un pas vers Malco. Le bruit du vent se perd dans les lointains. Maintenant, j'écoute seulement le son de sa voix, dur comme deux épées qui se croisent.

– Tu dois connaître déjà l'ultimatum du roi Iarbas. Il exige que j'accepte de l'épouser et menace de saccager la ville si je le repousse de nouveau.

– Fanfaronnades ! Pure arrogance et pure témérité, s'exclame Malco en riant. Tanné par le soleil, le sable et ses constantes escarmouches dans le désert, il est plein de belliqueuse confiance.

– Depuis l'arrivée des Troyens, la ville a été dévastée par des morts étranges, par de mauvais présages et par la violence des troupes de Iarbas, comme si une invisible plaie empoisonnait notre terre. Il nous faut en finir avec ça, il faut éradiquer la malédiction qui nous frappe. Et pour réussir, Carthage a besoin d'un grand défenseur, d'un bastion à notre puissante muraille.

Mes yeux le fixent et scrutent l'effet de mes paroles. Une expression de triomphe se dessine sur son visage. En moi, tout s'effondre en silence.

– Mon épée a toujours été au service de la ville, afin de te couvrir de gloire, ma reine, dit-il.

– La force nocive de cette malédiction a épouvanté les Troyens. Dans ces moments où tout sombre, il me faut tenir les rênes et m'appuyer plus que jamais sur un protecteur loyal.

– Donner à Carthage un roi guerrier et courageux serait une sage décision, murmure-t-il.

Ses lèvres tremblent.

Je m'approche encore de lui. Je n'avais jamais senti d'aussi près la présence de son corps. Je peux entendre ma propre respiration.

– L'heure est venue d'agrandir la ville et de la couronner de victoires en sorte que son nom soit craint sur toute la côte africaine.

– Elissa, tes mots m'emplissent de joie. Mes bras sont ouverts.

Je lui autorise l'embrassade rituelle. Son souffle effleure ma peau. Le silence est dense, presque insupportable. Alors ma main, comme si elle n'était déjà plus à moi, palpe la ceinture de ma tunique, saisit le poignard que j'y cache et d'un geste froid et bref, je l'enfonce dans son ventre.

Dans mes bras, Malco frémit et exhale un gémissement léger, proche des sanglots de l'amour.

– Voici tes noces, la mariée est la mort pourpre, dis-je en un murmure.

Ses cheveux se hérissent comme le poil d'un loup qui montre les dents. La dague, guidée par mon bras, le traverse de nouveau. Le sang jaillit. Il chancelle, ses yeux se révulsent et, au troisième coup, il s'effondre au sol.

Je recule de quelques pas, du poignard dans ma main tombent des gouttes de sang. Les serviteurs de Malco, stupéfaits, contemplent son agonie. Rien ne bouge. La mort survient rapidement. On n'entend que le léger bruit que font les doigts du blessé, qui frappent de petits coups convulsifs sur le sol.

– J'ai fait justice, dis-je à voix haute. J'ai tiré vengeance d'un assassin. Cet homme rusé et insatiable avait des projets criminels. Ahiram la Lance, Safat le Poignard et Elibaal l'Arc ont fléchi les genoux et sont descendus au vain royaume des morts à cause de son ambition démesurée. Il méritait de mourir ainsi.

Le chef de ma garde, comme s'il se réveillait d'un songe, donne l'ordre de me protéger contre les serviteurs armés qui gardent la maison. Reconnaissante, je m'avance vers lui et place mes mains sur ses épaules.

– Hanon, à partir de cet instant, je te nomme chef suprême de mes troupes. C'est toi qui dirigeras la guerre contre Iarbas. J'ai confiance en toi. Défais son armée de nomades et d'indigènes, écrase-les, fais en sorte que leurs entrailles servent de nourriture aux vautours et aux corbeaux.

Hanon consent. Protégée par mes hommes, je quitte la salle. Les traces sanglantes de mes pieds laissent un sillage derrière moi. Personne n'ose se mettre en travers de notre chemin.

Énée

De l'épée, je coupe rapidement les amarres. Le vent de l'après-midi palpite dans les voiles déroulées, mais mes hommes, assis en rangs sur les bancs, prennent les rames pour hâter le départ. Nous chevauchons bientôt au flanc des vagues, montant et descendant dans un doux flottement. Je fais un signe à Acate, qui m'observe de son poste près du plat-bord de la *Leona*, et lui aussi donne l'ordre de lever l'ancre. Les rameurs de son équipage obéissent avec des cris de joie et, de leurs bras robustes, ils balaient la plaine écumante. Un à un, tous les bateaux de ma flotte prennent la mer.

Debout près de la grande jarre d'eau potable retenue au beaupré par des cordes, je respire le souffle humide qui monte avec la brise. J'entends les voix des rameurs qui accompagnent leur mouvement. Sur le mât, fixées à la vergue, les voiles gonflent et claquent. Mon regard s'arrête sur le ciel au couchant, rayé d'un dernier trait de lueur rouge. Puis, plein de tristesse, je vais à la poupe, les coudes sur le rebord, tournant le dos au gouvernail, je contemple le quai qui s'éloigne de plus en plus. Depuis le port de la ville, les bateaux carthaginois, leurs grands yeux noirs peints sur la coque pour conjurer les maléfices, semblent me regarder dans un muet reproche. Nos navires laissent à leur passage un sillage argenté, des traces lumineuses vite recouvertes par les vagues sombres.

Iule aussi a choisi d'être à la poupe pour le départ. Dans un coin du pont, il a disposé avec soin tous les jouets de son séjour à Carthage : un grand coquillage de couleur mauve, le cheval en bois de pin, des coquilles, des noix, des noyaux de cerise et une balle de tissu cousue par Ana. Protégé par sa petite armée d'enfant, il garde le regard rivé à la ville qui se perd au loin. L'après-midi, dans l'agitation des préparatifs et du chargement, du ramendage des voiles et du travail sur les cordes, il s'est échappé en douce. En découvrant son absence, de grandes craintes m'ont saisi : un rapt, une fuite, une tentative pour empêcher notre départ ? Mais Iule est revenu de son plein gré. Depuis son étrange fuite, il refuse de dire un seul mot et de se nourrir. Mais dans son silence, je peux entendre les sanglots qui l'étouffent et le bruit sourd de sa colère contre moi.

Comme Iule qui a étalé ses jouets, je déploie mes souvenirs au crépuscule. Il me semble voir la peau d'Elissa, brune comme l'argile du potier, et le ruban qui retient ses cheveux noirs. Je reviens en esprit à cette après-midi où, serrant son corps tiède dans la fraîcheur de la grotte, je contemplais les gouttes de pluie qui tremblaient sur le bord des feuilles des arbres puis tombaient soudain et s'écrasaient au sol. Des yeux de la mémoire, je retrouve l'image de la femme nomade qui dormit dans ma tente après l'assaut donné au village, l'éclat des foyers dans le désert, le bateau en flammes, le cadavre du conseiller sous la lune rouge, le cheval blanc qui galopait en rond, poussé par le désir de s'échapper.

Nous naviguons rapidement, soulevant de chaque côté de la proue deux vagues lumineuses et bruissantes. Devant les murs de Carthage se déroule une scène connue : le début du siège. Les soldats de Iarbas enfoncent de solides perches à pointe de bronze dans les rangées de briques du rempart pour ouvrir une brèche. Près des foyers, ses archers allument une flamme au bout des flèches qu'ils sortent de leur carquois et les lancent brûlantes sur les créneaux. Les premiers assaillants progressent vite, levant des échelles de bois pour grimper sur les parois.

On prépare une autre guerre inutile, une nouvelle semaison de cadavres. J'ai fait tout ce que je pouvais pour l'éviter mais, contre les présages, contre les sorts, contre la volonté des dieux, les Carthaginois veulent se battre, mus par l'orgueil que leur inspirent leur force et leur puissance. Je comprends maintenant qu'en quittant Carthage, je suis en train de rompre les amarres qui me liaient encore à Troie, au vieux monde. Je sais maintenant que mon destin est de fonder une cité nouvelle, fortifiée par des lois justes. Et si les puissances m'assistent, ma tâche sera, là où je trouverai un séjour paisible pour mon peuple, d'abattre le superbe et de toujours plaindre le vaincu.

– Ana viendra me chercher, murmure Iule, grelottant de froid.

Je fais quelques pas en arrière, prends un manteau et l'enveloppe dans mes bras.

Une brise salée me caresse, je sens de nouveau me frôler l'aile légère de l'espoir. Je crois que Carthage était inscrite sur ma route, que je n'ai jamais dévié. Peut-être, sans le vouloir, Elissa m'a-t-elle aidé à trouver mon chemin, à reconnaître ma voie. Les desseins des dieux s'ordonnent devant moi, comme les étoiles qui occupent l'espace qui leur a été assigné dans le ciel profond.

Je lève les bras et murmure une nouvelle prière. Libérez-moi, dieux, des remords vengeurs, de la souffrance, du lest de la peur, de la pâle maladie, de la faim, de la misère, de la guerre et de la discorde qui agite sa chevelure de serpents.

Oui, la bataille commence à Carthage, mais cette fois mon arc reste muet et étranger au sifflement des flèches embrasées. Je lève les yeux vers le ciel bleu outremer infini. Le cri solitaire des oiseaux marins descend sur moi.

Virgile

Je crois que j'ai de la fièvre. Je transpire, je suis abruti. Autour de moi, les gens sensés se retirent chez eux, s'enferment et barrent les portes. Les verrous grincent en passant sur les battants. Les étals et les échoppes des marchands qui tout le jour encombrent les trottoirs ont disparu à une vitesse mystérieuse. Les mendiants ont rampé de nouveau vers leurs taudis obscurs. Par moments le doute me saisit et je me demande si je suis en train de voir une après-midi à Carthage ou une après-midi à Rome, si ce sont les hordes de Iarbas qui me poursuivent ou si c'est l'inquiétant inconnu à la barbe blanche qui a suivi mes pas toute la journée.

Mais la forme menaçante que prend la nuit lorsqu'elle tombe sur Rome, couvrant la ville de l'ombre d'un danger imminent, ne se confond avec rien. La ville nocturne devient sinistre. Tout le monde sait que sans lampes à huile, sans torches accrochées aux murs, sans l'éclat amical d'une lanterne au-dessus d'une porte, c'est un territoire de voleurs, d'assassins et d'êtres violents de tous acabits. De ce moment et jusqu'au lever du jour, personne ne s'aventure à sortir sans une garde personnelle ou sans une bonne escorte d'esclaves. Seules les rondes de vigiles armés, leurs torches à la main, rappellent, dans ces ruelles peuplées de naufragés sans port d'attache, que nous vivons dans le monde tenu d'une main de fer par l'empereur Auguste, père de la Patrie, de la noble souche des Iulii, qui fait remonter son origine à Iule le Troyen.

Je crois que je suis malade. L'air que je respire est rance. Mon estomac ne me laisse pas en paix. Je parcours une rue qui pue l'égout et les déchets de poisson. Un goût de vomi monte à ma bouche. Je ne saurais même pas dire où je suis. Mon cœur bat violemment quand je m'aperçois que j'ai pris une rue sans issue. Je n'ai plus d'autre choix que d'affronter mon poursuivant, l'homme qui m'a obstinément suivi comme une ombre. Il tient là sa chance. Ici, aussi fort crierai-je, nul ne viendra à mon aide.

Pourquoi ne suis-je pas rentré chez moi, n'ai-je pas rejoint la sécurité de ma prison dorée quand il était encore temps ? Qu'est-ce qui m'a poussé à errer dans la ville, sans but, sans aucune raison, dans cette danse macabre avec celui qui pourrait être mon assassin ?

L'homme à la barbe blanche avance lentement vers moi. La lumière de la lune le tient dans une clarté fantomatique. Un grand accablement et un chagrin nouveau s'emparent de moi. Malgré le jeu téméraire qui m'a conduit dans cette ruelle obscure et bien que j'aie tenté la mort, je veux vivre. Mes jambes se dérobent. Sur le visage de l'inconnu, qui avance toujours, apparaissent de profondes rides, creusées entre les sourcils par une vie longue et pénible. Désespéré, je joins les mains, esquissant une prière. Mon poursuivant s'arrête et m'observe d'un regard vide. Malgré son âge, c'est un homme robuste, face auquel je ne peux me défendre. Pourquoi prolonge-t-il autant cette pause crucifiante ? Est-ce son tour de se jouer de moi ?

Soudain, le vieillard marmonne quelques paroles rythmées et les répète d'une voix monotone, profonde et aussi terrible que l'écho d'un tonnerre. Je reconnais ces mots. Quel sens tout cela peut-il avoir ? Qui pourrait me poursuivre et m'acculer dans une ruelle sombre pour réciter des vers en langue grecque ?

Une image née de la fièvre se fraie un passage dans ma tête épuisée. Suis-je resté tout le jour à guetter le fantôme du poète éternel ? Le spectre d'Homère lui-même prétend-il me punir de tenter d'usurper sa couronne de laurier ? Mon cœur bat à grands coups, mes cheveux se dressent, la folie m'effraie. Mon esprit est-il malade ? Je me le demande, épuisé de fatigue et d'angoisse.

Le vieillard continue à répéter son refrain. Pour la première fois, le sens de ses paroles me pénètre et je les comprends. *Iliade*, livre VI. Hélène, la légendaire, parle, affligée, au cours du siège de Troie : « Plus tard, les poètes chanteront nos malheurs pour les hommes à venir. » Dans ma tête fiévreuse, le vers tourbillonne. Ils chanteront nos malheurs. Une idée, une révélation m'illuminent soudain.

La fièvre m'enflamme. Le vieil Homère garde le silence. Puis il fait demi-tour et s'éloigne, s'évanouit dans l'obscurité.

Accablé par la surprise et la peur, je demeure immobile. Débridées, mes pensées galopent. Les guerres tombent dans l'oubli, les chants demeurent. Seul reste le poème pour dire la souffrance des vaincus, le sort de ceux que les imparables événements qui forgent l'Histoire ont écrasés. Ceux qu'aujourd'hui nous nommons héros ont été un jour des êtres fouettés par le malheur. De la vendange de la souffrance jaillit le vin des légendes. Je connais la souffrance, le doute, le lourd lest de la peur, mais j'ai aussi éprouvé le salut et la consolation qu'apportent les mots. Maintenant, je sais. Je peux écrire ce poème.

J'ai trouvé ma voix.

Elissa

Le soleil mourant s'enfonce dans la mer. Sous peu, en moins de temps qu'il n'en faut à un attelage de bœufs pour creuser un sillon, le délai fixé par Iarbas prendra fin et il déchaînera son attaque. Je prends congé du jour, je prends congé de la paix, je prends congé des heures dorées, du bonheur si difficile à saisir.

J'ai cherché la solitude de la terrasse du palais pour contempler ce coucher de soleil. L'âpreté de la fumée brûle ma gorge, les hautes flammes chauffent mon dos. Je regarde vers le port. Les navires d'Énée partent en quête de nouveaux mouillages où jeter l'ancre. Ils s'éloignent, à coups de rames et de voiles. Mes yeux suivent les bateaux en fuite, je vois les cordes tendues sur les vergues, je vois la mer fendue par les proues. Les mâts déchirent le crépuscule du ciel, les casques noirs ouvrent l'eau. Le vent qui sèche mes larmes gonfle leurs voiles.

Jamais je n'ai ressenti pareille tristesse. L'avenir n'est que dense obscurité, que nuit de pluie sans fin. La colère de le voir partir me secoue et, malgré tout, le désir qu'il revienne au dernier moment, repenti, faisant virer ses navires, revit en moi. Mais il n'y aura pas de retour. Sur ma peau s'ouvrent des sillons de chagrin, le malheur laboure mon visage.

Sur l'horizon noir, le soleil s'est déjà caché. Les hordes de Iarbas appuient leurs échelles sur les remparts et commencent à grimper. Les troupes qui attendent au pied des murs soutiennent leur progression en lançant des flèches enflammées. Mes soldats, retranchés derrière les créneaux, jettent sur eux des chaudrons de poix brûlante. Les brûlures arrachent des rugissements de douleur.

J'abandonne le parapet et je m'approche du grand foyer que j'ai fait allumer sur la terrasse. J'ai décidé de brûler tout ce qui a appartenu à Énée, souvenirs de jours meilleurs, coups portés par la mémoire. Je veux voir comment le feu dévore la tunique et le manteau pourpre que je lui ai offerts, mais aussi le voile brodé qu'il a sauvé du sac de Troie et qu'il a voulu mien. Alimenté, le feu s'apaise puis repart, les flammes s'agitent et rugissent. De grandes volutes de fumée montent vers le ciel.

Je saisis la poignée de l'épée que j'avais fait faire pour Énée par le meilleur artisan de la ville. Je me demande quel destin donner à une pièce aussi belle, forgée pour être légère et précise comme un membre vivant, embellie d'une pierre verte sertie dans le pommeau. Moi-même, jouissant à l'avance de sa joie, j'avais accouru à la forge lorsque le maître forgeron trempait la feuille de métal. Je ne verrai plus jamais Énée la porter.

Le vacarme de la bataille redouble. Je me penche de nouveau pour apercevoir le combat depuis la tour de la terrasse. Je vois un essaim humain en ébullition, comme des fourmis se tordant au bout de la pique dont on se sert pour détruire une fourmilière. Les victimes tombent des deux côtés, les hommes s'effondrent tels des peupliers abattus par un bûcheron.

Soudain me parvient, venu de l'autre côté de la ville, l'écho d'aboiements enragés. Loin du cœur de la bataille, Iarbas a réussi à ouvrir une brèche dans la muraille et ses soldats surgissent dans les rues. Des clameurs de mort s'élèvent, mêlées à la fumée, à la confusion, à la fureur. Des incendies jaillissent, les poutres des palais et celles d'humbles maisons brûlent, les femmes courent chercher refuge dans la forteresse tandis que nos troupes tentent de contenir l'ennemi en élevant des barricades où elles attendent embusquées. Les envahisseurs nomades, l'épée prête au massacre, lancent une grêle serrée de flèches, s'ouvrent la voie et sèment des cadavres sur leur passage. Une peur glacée se saisit de moi. L'impossible est en train de se réaliser. Nous sommes envahis. Un traître, un prisonnier sous la torture, aura-t-il révélé à Iarbas le point le plus fragile de nos murs ? La mort de Malco a-t-elle à ce point affaibli nos défenses ?

J'ai toujours pris en peine le sort des femmes devenues butin de guerre, obligées de pétrir le pain, de transporter l'eau, de partager la couche des vainqueurs. Sera-ce ma destinée ? Quelle pitié puis-je espérer de Iarbas si notre ville tombe ?

L'obscurité d'avant l'apparition de la lune règne. De leurs étranges yeux froids, les étoiles regardent la bataille qui se livre dans Carthage. Je sens que la nuit et les astres sont indifférents à notre malheur. Le monde que j'ai cru sûr est ravagé par le deuil et l'épouvante. Comme le vent emporte la fumée, ainsi s'évanouit, en un seul jour, tout ce que j'ai bâti.

Je me détourne du combat et regarde vers le feu qui se meurt en une danse lente. Je palpe la lame de l'épée abandonnée par Énée. Un calme soudain s'empare de moi. Les mots sèchent dans ma bouche, toutes mes pensées s'endorment, sauf une : je navigue désormais hors du temps.

Ana

Trop tard, je suis arrivée trop tard. Je n'ai vu que les poupes des bateaux troyens, terminées en queue de poisson, qui s'éloignaient de nos côtes. Sur l'un des navires, Iule s'enfonçait sans adieux dans le lointain. J'ai agité le bras jusqu'à en avoir mal, quand bien même je savais qu'il ne pouvait me voir. Un cormoran a volé en cercles au-dessus de la mer, il est descendu et il a plongé d'un coup. Le soleil derrière la ligne de l'horizon a peu à peu fermé son grand œil pourpre et la nuit est tombée sur moi. J'ai vite perdu de vue les voiles des navires et l'éclat écumeux de leur sillage blanchissant les vagues sombres.

Notre joie s'est brisée, me suis-je dit, comme se rompt un roseau dans une cannaie. Puis j'ai erré, tremblante et au bord des larmes, dans les environs du port, à travers les rues désertes, me laissant porter par mes pas sans but. Comment ont-ils pu me laisser derrière eux, dans cette ville maudite, où aucun enfant ne naît et où je me sens comme une herbe qui se fane dans un coin ?

J'arrive au bassin où Iule et moi avons joué si souvent à lancer nos coques de noix et à les regarder voguer, soulevant de nos mains les vagues qui les pousseraient. Au milieu, l'eau est aussi plate qu'un toit. Mais, dans ce coin, caché dans l'ombre, qu'y a-t-il là à flotter ? C'est un petit radeau d'écorce, piqué de branchettes, un jouet d'enfant. Je m'approche, le prends dans mes mains et le caresse en silence. Les larmes me brûlent la gorge. Seul mon petit Iule a pu le laisser là, pour moi.

Soudain, mes doigts rencontrent d'étranges incisions dans le bois de la coque que l'obscurité ne me laisse pas voir. Je trouve rapidement une lanterne accrochée au-dessus d'une porte, je me place sous l'oscillant faisceau de lumière et j'observe soigneusement les entailles que je viens de toucher. Ce sont les traces d'une écriture maladroitement gravée au couteau, un message abandonné à la dérive sur le bassin, la mer de nos jeux. Je déchiffre peu à peu les grossiers dessins d'enfant jusqu'à en recomposer le sens : « Iule n'oublie pas Ana. Cherche-moi au pays des loups. »

Je te chercherai. Je parcourrai l'Italie et je te trouverai, dussé-je m'aventurer jusque dans le repaire des loups.

Je m'assieds, le dos appuyé au mur, et je place le petit bateau sur mes genoux. Je serre mon poing sur ma bouche et pleure. Combien de temps passe, je ne sais. Près de moi j'entends des cris, des pas, des sabots de chevaux, des bruits éloignés qui viennent des maisons. Soudain, un silence menaçant, la ville elle-même retient son souffle. J'attends. Quelque chose de terrible va se déchaîner, je le pressens. Dans les lointains abois des chiens vibre la terreur. Puis j'entends une longue lamentation humaine, des cris de femme qui déchirent l'air. Sur les toits commencent à s'élever des langues de feu.

Qu'arrive-t-il ? Mon cœur bondit de peur tel un poulain. Je me mets debout. Un petit détachement de soldats surgit de l'obscurité, ils galopent, la flamme du combat dans les yeux. Ils attrapent des torches et des armes.

– Cours chercher un abri, me crie l'un d'eux en passant.

Les torches passent l'angle d'un mur et la lumière y disparaît. Mon bateau de bois dans les bras, je cours vers la maison. Le désastre, la confusion, le vacarme grandissent au milieu de la nuit qui défigure toute chose. Sur mon chemin, je rencontre des femmes en pleurs, la fumée des incendies ride l'air. Certaines demeures en flammes montrent déjà l'armature noircie de leurs poutres. J'accélère ma course, mordant mes lèvres desséchées.

Près des portes du palais, sur la pente de la colline, quelque chose comme un présage me fait frémir et m'emplit de froid. Le serpent de l'épouvante se glisse en moi, je commence à trembler. Je me rencogne où je peux dans la rue. Ce morceau de chemin, comme il est solitaire et comme il est spectral ! J'aperçois soudain une forme d'une blancheur éclatante, une extraordinaire clarté qui se rapproche sans bruit. Tel un remous de sable blanc apporté par le vent, ou peut-être un flottant lambeau de brume. Je le reconnais lorsqu'il passe près de moi, c'est la silhouette du cheval d'Elissa, rapide, lumineux, agile, ses sabots ne semblent pas toucher le sol. Son galop ailé me laisse entrevoir une horrible blessure qui lui déchire le poitrail, un filet écumeux de sang noir. L'animal, ombre blanche, galope sans brides ni selle ni rênes, droit vers la mer.

Je cours en aveugle, effrayée. J'entends un brouhaha de cris graves, je vois des lueurs de torches. La garde s'est rassemblée devant l'entrée du palais pour défendre Elissa. Me reconnaissant, ils me laissent passer. Je franchis le seuil, traverse le premier patio, les sentinelles tirent les verrous et barrent les portes après moi. Je suis en sécurité.

Je vais de salle en salle, de porte en porte, appelant ma sœur à grands cris. En proie à la peur, les esclaves ne répondent pas à mes questions.

– Elissa, où es-tu ?

Je grimpe les escaliers raides et sombres qui mènent à la terrasse.

– Elissa, si tu m'entends, réponds-moi !

J'ouvre la petite porte. Devant la balustrade, un feu s'éteint doucement, baignant le lieu d'une lueur tremblante. Elissa est allongée sur le sol, tranquille et pâle. Telle une statue tombée. Ses yeux ouverts sont deux miroirs obscurs et opaques, deux flaques vides. Une épée lui traverse la poitrine.

– Elissa !

Je la serre dans mes bras, j'essaie, avec mes vêtements, d'étancher le sang qui coule, de recueillir sur mes lèvres le moindre souffle de son haleine. Mais je sais que j'étreins une ombre.

Virgile

Cherchant mon chemin sans torche, en aveugle dans ce labyrinthe de montées et de ruelles tortueuses et sombres, je suis parvenu à trouver ma maison sur l'Esquilin. La nuit est profonde, tout est silencieux, mes esclaves se reposent après avoir trimé tout le jour. Mais moi, couché sur mon lit, je m'agite sans repos. La rosée du sommeil ne caresse pas mes yeux, le fantôme rencontré m'empêche de dormir. Je me lève et vais au jardin. Je me réfugie dans mon coin préféré, au bord du bassin, de là je peux admirer les colonnes de marbre du péristyle, les chapiteaux ornés de feuilles d'acanthe et de fruits, les étoiles qui tremblent sur l'eau de la citerne.

Je pense au temps où j'étais étudiant, au moment où j'ai abandonné le clinquant de Rome pour rejoindre la communauté épicurienne à Naples. Je n'oublierai jamais cette ferme sous les cieux limpides et chauds de Campanie où nous avons séjourné avec des jeunes désireux de voir d'autres normes régir nos vies. Là, tout ce que nous possédions était bien commun, nous nous dispensions de tout luxe pour nous faire à la simplicité et nous nous efforcions de créer une petite société plus juste et plus humaine, que les guerres civiles n'atteindraient pas. Cela nous paraissait la seule forme possible de vie et c'était notre seule attente.

Mais chercher refuge ne servit à rien. Les troubles de mon époque vinrent me déloger de mon abri. Qu'il est difficile de se tenir loin des dangers du temps, même si on s'éloigne du champ de bataille, même si on renonce aux vains emblèmes du pouvoir !

L'annonce de la fin arriva sous forme de lettre, cette triste lettre envoyée de chez moi, de mon petit village des Andes. Mon père et ma famille allaient être expulsés et nos terres livrées aux vétérans. Pour les sauver, j'ai contracté envers Auguste une dette de gratitude que je n'ai pas fini de solder. Je sais que mes vieux parents perdront tout si je ne la liquide pas et je sens le poids du destin sur mes épaules. Ce poème sera ma dernière traite.

Malgré la réputation que j'ai acquise, même si mes œuvres portées au théâtre ont connu un succès retentissant, même si tous les Romains me connaissent et si beaucoup m'envient, j'ai toujours dans la bouche un amer arrière-goût d'échec. La beauté de mes vers est forgée en l'honneur du terrible maître de Rome – et souvent sous sa dictée. J'ai corrompu le langage en le mettant au service d'un homme que j'estime dangereux, mes livres ont lavé le sang qui souille les mains du tyran. Les biens qu'il m'a octroyés en récompense n'ont pas été un baume pour ma conscience malmenée et, pourtant, je ne saurais m'en passer car ma santé s'est détériorée et il me faut des soins. J'ai appris que la même personne peut porter le masque du triomphe et le visage de la défaite. Je crois que quelque chose de semblable se produit pour l'Empire romain, cette immense prouesse gagnée par tant de violences et par la trahison de tant d'idéaux.

« Les poètes chanteront nos malheurs. » La phrase résonne encore et encore dans ma tête. Je sais maintenant que je suis capable de raconter comment tout a commencé, à ce moment où Énée a sauvé de la débâcle son vieux père et son jeune fils. Je veux que mes vers redisent sa fuite, fassent entendre le crépitement du feu dans le tourbillon du saccage des Grecs. Rappeler le tout début de la grandeur romaine, les premiers pas vacillants d'un héros qui perdit la guerre, de quelqu'un qui allait s'effondrer, un vieillard sur les épaules et un enfant à la main. Maintenant je sais que la défaite est toujours le point de départ d'une grande histoire.

J'illuminerai la tristesse de cette légende : le voyage d'Énée sur les mers depuis l'incendie de Troie et son naufrage sur les côtes carthaginoises, l'amour qui l'unit à Elissa, les espoirs d'Ana, le suicide d'Elissa quand s'effondre tout ce qu'elle a construit et aimé. J'évoquerai les lamentations d'Ana sur le corps sans vie d'Elissa, la vanité de ses illusions lorsqu'elle pensait reconstruire avec Iule les jours heureux de leurs jeux sur le rivage. Je décrirai le départ d'Énée vers l'Italie, à la tête de ses navires et ignorant encore la guerre, la violence et la mort qui là-bas l'attendent. Je dirai enfin comment il fondera une ville sur les terres du Tibre mais sans vivre assez longtemps pour la voir grandir.

Par mes vers, les malheurs se feront chant.

Pendant des mois, j'ai lutté contre moi-même pour donner à Énée et à Elissa, à Ana et à Iule, une fin plus douce, plus clémente, mais le libre envol de l'imagination m'a été refusé. Même dans les royaumes rêvés du poème, je ne peux sacrifier la fondation de Rome au bonheur de deux amants et aux jeux de deux enfants. Il me faut être fidèle à la légende, entrer dans le fleuve du temps, conduire mon chant sur la voie déjà tracée pour qu'arrive ce qui est arrivé et que s'accomplisse le passé de notre peuple. Comme Énée, je dois obéissance à l'impérieuse prophétie qui, dans la nuit des temps, a décrété l'arrivée des Troyens en Italie.

J'éprouve leurs échecs comme s'ils étaient les miens. Leurs souhaits ont fait naufrage tout comme notre petit paradis de la Campanie. Je lève la tête et contemple les constellations, là où les sages astronomes ont tracé la figure des héros : Hercule, Persée, Andromède, Cassiopée… C'est extraordinaire : la légende rend une justice nouvelle aux vaincus. Il existe une splendeur humaine dans toutes nos défaites.

« Les poètes chanteront nos malheurs pour les hommes à venir. » Dans les sages paroles du vieil Homère, j'ai trouvé ma voie. Je composerai pour Auguste le poème qu'il désire tant, par mes vers je donnerai vie à ses ancêtres, mais je leur insufflerai mes espoirs et non sa soif de pouvoir. L'empereur aura l'hommage qu'il souhaite ardemment, mais le poème épique abritera la mélodie rebelle de toutes les aspirations inabouties. Je chanterai l'Empire le plus puissant du monde quand il n'était encore que le songe fragile d'un naufragé.

Demain, aux premières lueurs du jour, je commencerai à écrire.

VIII

RETENEZ LES EAUX DE L'OUBLI

Éros

Invisible et transparent, j'assiste à l'enterrement en plein air. Non loin d'ici on entend retentir le chant de la mer et les cris des mouettes qui survolent la baie le matin. Un groupe d'amis attristés entoure la petite stèle dressée dans l'herbe, le creux occupé par ce qui reste du corps et le monticule de terre fraîche qui le comblera. Je ne sais pas pleurer, mais aujourd'hui je voudrais partager avec les hommes l'extraordinaire bienfait des larmes chaudes qui coulent de leurs paupières avant de tomber.

Il me semble surprenant, en y pensant maintenant, que tant d'hommes meurent, génération après génération, en croyant par erreur qu'ils ont échoué. C'est dû sans doute, j'imagine, à la brièveté de leurs vies, à leur manque de recul. Nous les dieux savons que de nombreuses graines germent alors que leurs semeurs ne sont plus là pour les voir pousser. Les individus meurent, mais la mort n'en sort pas triomphante pour autant. L'humanité chemine loin de la lumière du soleil sans jamais rester tout à fait dans l'ombre et elle va sa route en entonnant des chants qui rendent sa vie mémorable. C'est pour cela que nous les dieux ne pouvons nous distraire de la fascination qu'exerce sur nous leur monde éphémère.

Dans la blessure originaire du temps, les humains voient leur audace se transformer et c'est grâce à elle qu'ils aiment, souffrent, jouissent, luttent, labourent, naviguent, construisent et, dans leur temps de repos, tissent mythes et légendes afin de recréer leur monde à travers les récits. Il nous semble, à nous, dieux de l'Olympe, sans chair ni sang, engourdis dans l'éternité, être de bien froids fantômes face aux mortels. Dans les moments d'ivresse que provoquent le nectar et l'ambroisie, nous connaissons le vertige de n'être qu'une part des récits humains, de pâles abstractions mises là pour donner un sens à leurs histoires.

La beauté appartient entièrement aux humains. Je parle de cette beauté émouvante et rare qui est celle des actions généreuses, du bien que personne ne viendra récompenser, de l'acte juste qu'on paie très cher, de la lutte perdue d'avance contre des adversaires invincibles. Dans leur finitude, les créatures éphémères savourent toutes les joies : l'intensité du désir, la passion fulgurante, la puissance transfiguratrice de l'amour, le hasard du risque, l'imagination qui permet d'inventer des mots et des images pour se placer au-dessus du chaos et, au bout du compte, le rêve lumineux d'une vie fugace et de la mort ensuite.

Tandis qu'à la lueur des torches les fossoyeurs commencent à couvrir la fosse et que les pelletées de terre résonnent sur l'urne funéraire, je médite sur le cours sinueux de l'histoire humaine, où tant de défaites apparentes s'achèvent en victoire.

Énée parvint sur les rives du Tibre pour accomplir le destin dont les dieux l'avaient chargé. Il mourut par l'épée et la discorde mais, plus tard, très près de sa tombe, sur les sept collines du Latium, s'épanouit une civilisation que rappelle la grandiose architecture de ses lois, une civilisation qui unifia toute la Méditerranée, construisit des ponts et des routes pour rassembler les peuples auparavant soumis. D'entre ses habitants, Énée fut nommé « le père de Rome ». Ni la paix des chemins empierrés, ni l'eau qui coule paisible dans les aqueducs, ni le rempart du droit qui protège les citoyens n'existeraient sans ses multiples naufrages et son obstinée conviction.

Son fils Iule, grand chasseur, espérance des Troyens émigrés, construisit une ville, Albe la Longue, et y régna.

On dit qu'ici naquirent des jumeaux, Romulus et Rémus, que nourrit une louve. À l'aide d'un soc, ils tracèrent un sillon autour du Palatin et fondèrent la grande cité de Rome. Des siècles plus tard, Jules César et Auguste, descendants de la souche des Iulii, se dirent successeurs de ce jeune Iule qui joua sur le sable d'une plage africaine.

Ana partit pour une navigation riche d'aventures, droit vers l'Italie. Après avoir fait naufrage sur la côte, elle retrouva Énée et Iule qui l'accueillirent dans leur palais. Ils pleurèrent ensemble sur Elissa et sur le souvenir du temps passé. Un jour, Ana disparut mystérieusement et on ne sut plus jamais rien d'elle. Il y a des siècles que, sous le nom d'Ana Perenna, elle est vénérée et évoquée sur les rives du Tibre comme une aimable petite déesse, qui cuit des tourtes pour libérer le peuple de la faim.

Carthage, la ville construite par Elissa, devint une grande puissance méditerranéenne, l'unique adversaire capable de mettre en danger la souveraineté romaine, au cours de trois conflits, les guerres puniques, qui fauchèrent la vie de plusieurs générations de jeunes guerriers. Dans le plus sanglant de ces trois conflits, le général Hannibal traversa les Pyrénées et les Alpes avec une armée d'éléphants. Il ne réussit jamais à triompher de Rome. De l'amour saccagé d'Elissa et Énée naquit la malédiction qui dressa les deux peuples l'un contre l'autre, mer contre mer, plage contre plage, légion contre légion, en une lutte acharnée dont héritèrent les pères, les fils et les petits-fils des petits-fils. Mais tout ce que la reine construisit et aima perdure dans la mémoire des hommes.

Les fossoyeurs ont achevé leur travail. La terre recouvre la tombe. Virgile est mort de fièvres un paisible jour de septembre. Il a consacré, dans l'ensemble, dix années de sa vie au poème que l'on connaîtra sous le titre d'*Énéide*. Pendant son agonie, il a supplié avec beaucoup d'insistance son homme de confiance, un jeune nommé Éros, de jeter au feu le manuscrit. Il est convaincu que son œuvre ne mérite pas de voir le jour. Mais Auguste a pris des précautions pour que l'*Énéide* soit sauvée et publiée. Et ainsi, sur ordre de l'empereur, l'ultime souhait de Virgile n'a pas été respecté.

L'assemblée des affligés quitte le lieu solitaire. Le corps repose à deux mille de Naples, là où un jour vécut une humble communauté épicurienne. L'épitaphe gravée sur la petite stèle, quelques mots à peine, dit : « J'ai chanté les bergers, les champs, les héros. »

Virgile ne l'a jamais su, mais il a écrit une œuvre plus durable que l'Empire romain lui-même. Il n'a jamais su que, au long des siècles, des enfants et des jeunes allaient apprendre à connaître la forme des mots et à aimer la puissance de la langue à partir des vers de son *Énéide*. Il n'a jamais su que, génération après génération, beaucoup allaient lire et aimer son poème dans des langues encore à naître. J'en pourrais moi-même réciter de parfaite divine mémoire de longs passages et je considère comme un honneur d'être l'un de ses personnages. J'avoue que j'aime mieux l'harmonie vibrante de ses vers que la monotone et surfaite musique des sphères.

La première lueur du jour point. Mon rôle dans cette histoire s'achève ici. Je fais demi-tour et grimpe les marches du vent jusqu'à ma demeure dans la fastidieuse éternité.

Cette traduction en français est dédiée à ma petite-fille, Maëlys, à qui j'ai déjà raconté tant de fois le début de cette vieille histoire.

Bernadette Engel-Roux

Table

DE LA MÊME AUTRICE

L'INFINI DANS UN ROSEAU, Les Belles Lettres, 2021 ; Le Livre de Poche, 2023 ; Prix des lecteurs du Livre de Poche catégorie documents/essais.

ÉTINCELLES D'HUMANITÉ, Les Belles Lettres, 2024.

« LES GRANDES TRADUCTIONS »
(extrait du catalogue)

VIOLA ARDONE
Le Train des enfants
Le Choix
Les Merveilles
traduits de l'italien par Laura Brignon

ALESSANDRO BARICCO
Châteaux de la colère, prix Médicis étranger 1995
Soie
Océan mer
City
Homère, Iliade
traduits de l'italien par Françoise Brun

ISHMAEL BEAH
La Petite Famille
traduit de l'anglais par Stéphane Roques

ANDREI BITOV
Les Amours de Monakhov
traduit du russe par Antonina Roubichou-Stretz
La Datcha
Un Russe en Arménie
traduits du russe par Christina Zeytounian-Beloüs

ELIAS CANETTI
Histoire d'une jeunesse, la langue sauvée, 1905-1921
Les Années anglaises
Le Livre contre la mort
traduits de l'allemand par Bernard Kreiss
Le Flambeau dans l'oreille, histoire d'une vie, 1921-1931
traduit de l'allemand par Michel-François Démet
Jeux de regard, histoire d'une vie, 1931-1937
traduit de l'allemand par Walter Weideli

VEZA ET ELIAS CANETTI
Lettres à Georges
traduit de l'allemand par Claire de Oliveira

ELIAS CANETTI ET MARIE-LOUISE MOTESIZKI
Amants sans adresse, correspondance 1942-1992
traduit de l'allemand par Nicole Taubes

GIUSEPPE CULICCHIA
Le Pays des merveilles
traduit de l'italien par Vincent Raynaud

DANIEL DEFOE
Robinson Crusoé
traduit de l'anglais par Françoise du Sorbier

DONATELLA DI PIETRANTONIO
Borgo Sud
L'Âge fragile
traduits de l'italien par Laura Brignon

ANTHONY DOERR
Toute la lumière que nous ne pouvons voir
traduit de l'anglais (États-Unis) par Valérie Malfoy

DAPHNÉ DU MAURIER
Rebecca
traduit de l'anglais par Anouk Neuhoff

EMUNA ELON
Une maison sur l'eau
traduit de l'hébreu par Katherine Werchowski

DAVIDE ENIA
Sur cette terre comme au ciel
La Loi de la mer
traduits de l'italien par Françoise Brun

TOM FRANKLIN
Braconniers
La Culasse de l'enfer
traduits de l'anglais (États-Unis) par François Lasquin et Lise Dufaux
Smonk
traduit de l'anglais (États-Unis) par Michel Lederer

FABIO GEDA
Le Dernier Été du siècle
traduit de l'italien par Dominique Vittoz

ESTHER GERRITSEN
Frère et sœur
traduit du néerlandais par Emmanuelle Sandron

DANA GRIGORCEA
La Dame au petit chien arabe
traduit de l'allemand par Dominique Autrand

JOÃO GUIMARÃES ROSA
Diadorim
traduit du portugais (Brésil) par Maryvonne Lapouge-Pettorelli
Sagarana
Mon oncle le jaguar
traduits du portugais (Brésil) par Jacques Thiériot

GEORG HERMANN
Henriette Jacoby
traduit de l'allemand par Serge Niémetz

JUDITH HERMANN
Maison d'été, plus tard
Rien que des fantômes
Alice
Au début de l'amour
Certains souvenirs
Une clarté dans le lointain
traduits de l'allemand par Dominique Autrand

ALAN HOLLINGHURST
L'Enfant de l'étranger
traduit de l'anglais par Bernard Turle
La Piscine-bibliothèque
traduit de l'anglais par Alain Defossé
L'Affaire Sparsholt
traduit de l'anglais par François Rosso
Nos soirées
traduit de l'anglais par David Fauquemberg

EDWARD P. JONES
Le Monde connu
Perdus dans la ville
traduits de l'anglais (États-Unis) par Nadine Gassie

IAKOVOS KAMBANELLIS
Mauthausen
traduit du grec par Solange Festal-Livanis

YASUNARI KAWABATA
Récits de la paume de la main
traduit du japonais par Anne Bayard-Sakai et Cécile Sakai
La Beauté, tôt vouée à se défaire
traduit du japonais par Liana Rossi
Les Pissenlits
traduit du japonais par Hélène Morita
Première neige sur le mont Fuji
traduit du japonais par Cécile Sakai

YASUNARI KAWABATA ET YUKIO MISHIMA
Correspondance
traduit du japonais par Dominique Palmé

DANIELA KRIEN
L'Amour par temps de crise
L'Incendie
traduits de l'allemand par Dominique Autrand

GUYLA KRÚDY
L'Affaire Eszter Solymosi
traduit du hongrois par Catherine Fay

OTTO DOV KULKA
Paysages de la métropole de la mort
traduit de l'anglais par Pierre-Emmanuel Dauzat

MICHAEL KUMPFMÜLLER
La Splendeur de la vie
traduit de l'allemand par Bernard Kreiss

DORIS LESSING
Le Carnet d'or
Les Enfants de la violence
traduits de l'anglais par Marianne Véron
Journal d'une voisine
traduit de l'anglais par Marianne Fabre
Si vieillesse pouvait
traduit de l'anglais par Natalie Zimmermann

PRIMO LEVI
Le Système périodique
traduit de l'italien par André Maugé
Auschwitz, ville tranquille
traduit de l'italien par Louis Bonalumi, André Maugé,
René de Ceccaty et Martine Schruoffeneger

EDOUARD LIMONOV
Autoportrait d'un bandit dans son adolescence
traduit du russe par Maya Minoustchine
Journal d'un raté
traduit du russe par Antoine Pingaud
Le Petit Salaud
traduit du russe par Catherine Prokhorov

PAUL LYNCH
Un ciel rouge, le matin
La Neige noire
Grace
Au-delà de la mer
Le Chant du prophète
traduits de l'anglais (Irlande) par Marina Boraso

NORMAN MAILER
Les Nus et les Morts
traduit de l'anglais (États-Unis) par Clément Baude

MICHAEL MAGEE
Retour à Belfast
traduit de l'anglais par Paul Matthieu

DAVID MALOUF
Harland et son domaine
traduit de l'anglais (Australie) par Antoinette Roubichou-Stretz
Ce vaste monde, prix Femina étranger 1991
L'Étoffe des rêves
traduits de l'anglais (Australie) par Robert Pépin
Chaque geste que tu fais
Une rançon
L'Infinie Patience des oiseaux
traduits de l'anglais (Australie) par Nadine Gassie

THOMAS MANN

Les Confessions du chevalier d'industrie Felix Krull

Dr Faustus

traduits de l'allemand par Louise Servicen

SÁNDOR MÁRAI

Les Braises

traduit du hongrois par Marcelle et Georges Régnier

L'Héritage d'Esther

Divorce à Buda

Un chien de caractère

Mémoires de Hongrie

Métamorphoses d'un mariage

Le Miracle de San Gennaro

traduits du hongrois par Georges Kassai et Zéno Bianu

Libération

Le Premier Amour

L'Étrangère

La Sœur

Les Étrangers

Les Mouettes

Ce que j'ai voulu taire

La Nuit du bûcher

Dernier jour à Budapest

Journal (3 volumes)

traduits du hongrois par Catherine Fay

ALESSANDRO MARI

Les Folles Espérances

traduit de l'italien par Anna Colao

VALERIE MARTIN

Maîtresse

Indésirable

Période bleue

Le Fantôme de la Mary Celeste

traduits de l'anglais (États-Unis) par Françoise du Sorbier

JOHN MCGAHERN

Les Créatures de la terre et autres nouvelles

Pour qu'ils soient face au soleil levant

traduits de l'anglais (Irlande) par Françoise Cartano

Mémoire
traduit de l'anglais (Irlande) par Marie-Lise Marlière

STEVEN MILLHAUSER
La Vie trop brève d'Edwin Mulhouse, écrivain américain, 1943-1954,
racontée par Jeffrey Cartwright,
prix Médicis étranger 1975,
prix Halpérine-Kaminsky 1976
traduit de l'anglais (États-Unis) par Didier Coste
Martin Dressler, le roman d'un rêveur américain,
prix Pulitzer 1997
Nuit enchantée
traduits de l'anglais (États-Unis) par Françoise Cartano
Le Roi dans l'arbre
Le Lanceur de couteaux
traduits de l'anglais (États-Unis) par Marc Chénetier

ROHINTON MISTRY
Une simple affaire de famille
L'Équilibre du monde
traduits de l'anglais (Canada) par Françoise Adelstain

KALANIT OCHAYON
De la place pour un seul amour
traduit de l'hébreu par Catherine Werchowski

EMILIANO PODDI
Immersion
traduit de l'italien par Sophie Royère

ROSELLA POSTORINO
La Goûteuse d'Hitler
traduit de l'italien par Dominique Vittoz
Et moi, je me contentais de t'aimer
traduit de l'italien par Romane Lafore

CHRISTOPH RANSMAYR
La Montagne volante
Le Syndrome de Kitahara
Atlas d'un homme inquiet
Cox ou la course du temps
traduits de l'allemand par Bernard Kreiss

MORDECAI RICHLER
Le Monde de Barney
traduit de l'anglais (Canada) par Bernard Cohen

RAFFAELLA ROMAGNOLO
Bella Ciao
traduit de l'italien par Françoise Brun

DONAL RYAN
Le Cœur qui tourne
Une année dans la vie de Johnsey Cunliffe
traduits de l'anglais (Irlande) par Marina Boraso
Tout ce que nous allons savoir
Par une mer basse et tranquille
Soleil oblique
traduits de l'anglais (Irlande) par Marie Hermet
La vie est chose étrange
traduit de l'anglais (Irlande) par Sabine Porte

BEATRICE SALVIONI
La Malnata
traduit de l'italien par François Bouillot

IVAN SCIAPECONI
40 manteaux et un bouton
traduit de l'italien par Romane Lafore

ARTHUR SCHNITZLER
Gloire tardive
traduit de l'allemand par Bernard Kreiss

ALEX SCHULMAN
Prochain arrêt
traduit du suédois par Anne Karila

HUBERT SELBY JR.
Last Exit to Brooklyn
traduit de l'anglais (États-Unis) par Jacqueline Huet
et Jean-Pierre Carasso

PAOLO SORRENTINO
Ils ont tous raison
traduit de l'italien par Françoise Brun

MADELEINE ST JOHN
Les Petites Robes noires
traduit de l'anglais (Australie) par Sabine Porte
Rupture et conséquences
traduit de l'anglais (Australie) par Anouk Neuhoff

DAVID SZALAY
Ce qu'est l'homme
Turbulences
traduits de l'anglais par Étienne Gomez

SOPHIE TOLSTOÏ
À qui la faute ? Réponse à Léon Tolstoï
traduit du russe par Christine Zeytounian-Beloüs

NICK TOSCHES
La Main de Dante
Le Roi des Juifs
traduits de l'anglais (États-Unis) par François Lasquin
Sous Tibère
Moi et le diable
traduits de l'anglais par Héloïse Esquié

DUBRAVKA UGRESIC
Le Ministère de la douleur
traduit du serbo-croate par Janine Matillon

ERICO VERISSIMO
Le Temps et le Vent
Le Portrait de Rodrigo Cambará
traduits du portugais (Brésil) par André Rougon

CAROLINE WAHL
22 longueurs
traduit de l'allemand par Dominique Autrand

ROHAN WILSON
Murmurer les noms des disparus
traduit de l'anglais (Australie) par Étienne Gomez

CHRIS WOMERSLEY
Les Affligés
La Mauvaise Pente
La Compagnie des artistes
traduits de l'anglais (Australie) par Valérie Malfoy

PAUL YOON

Autrefois le rivage

Chasseurs de neige

traduits de l'anglais (États-Unis) par Marina Boraso

Composition IGS-CP
Impression CPI Bussière en mai 2025
Éditions Albin Michel
22, rue Huyghens, 75014 Paris
www.albin-michel.fr

ISBN : 978-2-226-49802-1
N° d'édition : 26146/01 – N° d'impression : 2084100
Dépôt légal : août 2025
Imprimé en France